Fabio Volo

Lust auf dich

Roman

Aus dem Italienischen von
Peter Klöss

Diogenes

Die Originalausgabe erschien 2011
bei Arnoldo Mondadori Editore, Mailand,
unter dem Titel ›Le prime luci del mattino‹

Umschlagillustration unter Verwendung von
Motiven von iStockphoto.com

Den kleinen Aufmerksamkeiten

www.diogenes.ch
200/14/8/1
ISBN 978 3 257 30025 3

I'd rather be hated for who I am,
than loved for who I am not.

Kurt Cobain

Und auf der Straße, Seit an Seit,
sind wir viel mehr als nur zu zweit.

Mario Benedetti

Und plötzlich schenkt das Leben dir unerwartete Augenblicke der Schönheit. Du hältst inne und wirst dir bewusst, dass ringsumher alles perfekt ist, das Geschenk eines Gottes, der weniger unaufmerksam ist als sonst. Alles wirkt wahrhaftig. Die Geburt eines neuen Lebens, das Heraufziehen einer Veränderung, etwas Tiefes oder einfach die Erwiderung eines bis dahin verborgenen, heimlichen Gefühls, das wir aus Scham still für uns behalten haben. Oder das Ende von etwas, das Ende eines Moments, einer schwierigen Phase, die man kaum noch ertragen hat. Wenn die Kurzatmigkeit endet und ein langer, tiefer Atemzug die Brust füllt und leert. In diesen Augenblicken fehlt mir nichts.

3. Januar

Ich misstraue mir total. Ich habe Angst, dass mein Leben ein einziges Missverständnis ist. Vielleicht bin ich gar nicht die Frau, die ich zu sein glaube.

Diese Gedanken sind mir heute Morgen durch den Kopf gegangen, nach dem Aufwachen, als ich mich zu erinnern versuchte, was ich geträumt hatte: Ein Sonntagnachmittag im Sommer, ich im T-Shirt, das mir fast bis zu den Knien reichte, hängte auf dem Balkon zum Innenhof Wäsche auf. Aus der Nachbarwohnung hörte ich, wie jemand am Waschbeckenrand einen Rasierer ausklopfte. Plötzlich trat aus der Balkontür gegenüber ein Mann und zündete sich eine Zigarette an. Er hatte die nassen Haare nach hinten gekämmt und war nur mit einem Unterhemd und einer braunen Hose bekleidet. Er lächelte mir zu, wir grüßten uns: »Denk dran, heute Abend sind wir zum Essen verabredet.« Ich ging in die Wohnung, um ein Kleid auszusuchen.

Ich war aufgeregt, erregt und glücklich. Er empfing mich an der Tür, nahm mich bei der Hand und führte mich hinein. Es war die Wohnung, in der ich aufgewachsen bin.

»Du hast hier mal gewohnt, weißt du noch?«

»Natürlich weiß ich das noch.«

Ich sah mich um: Alles war wie damals, als ich noch ein kleines Mädchen war. Sogar die orangefarbene Uhr hing noch an der Wand. Er stellte sich vor mich, nahm mein Gesicht in seine Hände, schnupperte an meinem Hals. Ich kriegte eine Gänsehaut. Als er mich auf die Lippen küssen wollte, klingelte es.

Ich hab geblinzelt und die Augen aufgemacht: Paolos Wecker. Ich wusste, dass er noch zweimal klingeln würde, im Abstand von zehn Minuten.

Der Traum war noch lebendig in mir: das Gefühl der Freiheit, die Aufregung wegen der Verabredung, das Erregende der Begegnung. Ich habe mich umgedreht und eine Zeitlang meinen Mann betrachtet, der noch schlief. Im Traum hatte ich nicht ein einziges Mal daran gedacht, dass ich verheiratet bin und die Einladung vielleicht gar nicht annehmen könnte.

Ich bin ins Bad, habe geduscht und mich noch immer gefühlt wie die Frau im Traum. In letzter Zeit ist da eine innere Stimme, die mich verwirrt, meine Gewissheiten untergräbt, mich unsicher und unentschlossen macht, und da ist das, was ich heute Nacht im Traum empfunden habe, bestimmt nicht hilfreich.

Am Nachmittag ist mir wieder eingefallen, welches Kleid ich im Traum trug: Ich habe es letztes Jahr gekauft, aber nie angezogen, weil ich mir darin nicht mehr gefiel, als ich es zu Hause noch einmal anprobierte. Heute nach dem Abendessen habe ich es aus dem Kleiderschrank geholt, und wie ich es so betrachtete, habe ich mich gefragt, ob es wirklich am Kleid gelegen hat damals.

15. Januar

Wenn ich keinen Parkplatz finde, macht mir das nichts aus, weil ich in letzter Zeit oft und lange im Auto mit Carla telefoniere, nur damit ich nicht gleich nach Hause muss. So war es immer mit ihr, seit unserer Zeit im Gymnasium: Ich brauche ihr meine Stimmung nicht erst lang und breit zu erklären, sie muss nur meine Stimme hören und weiß schon Bescheid. Wenn ich dann aus dem Auto steige und nach Hause gehe, hoffe ich nur, dass er noch nicht da ist und ich eins dieser Viertelstündchen Alleinsein geschenkt kriege, die mir so guttun. Wenn ich weiß, dass er schon da ist, lasse ich mir Zeit. Zu Hause versuche ich dann, das Unbehagen zu verbergen, das ich mit mir herumtrage. So habe ich, ohne es zu wollen, gelernt zu schauspielern, mich zu verstellen, mich als jemand auszugeben, der ich nicht bin. Ich tu so, als wäre ich die Ehefrau, die ich gemäß meinen Vorstellungen sein müsste; als wäre ich noch die Frau, die ich als Frischverheiratete war und die ich jetzt nicht mehr sein kann. Nur um meine innere Unruhe und das Übermaß an Traurigkeit in mir zu verbergen. Wenn ich die Wohnungstür aufschließe, habe ich oft Angst, dass ich nichts mehr für ihn empfinde.

Deshalb hole ich vorher an der Schwelle tief Luft und setze eine Maske auf. An manchen Tagen denke ich, er merkt, dass ich mich verstelle, und sagt nur nichts. Vor lauter Verstellung weiß ich manchmal gar nicht mehr, wie ich wirklich bin.

Wie hat es so weit kommen können? Wo wir uns unserer Liebe doch so sicher waren. An den Tag, an dem wir geheiratet haben, erinnere ich mich, als ob es gestern gewesen wäre. Ich erinnere mich an die Vorbereitungen, an die Aufregung über den Schritt, den wir gemeinsam gehen wollten. Wie hatte ich mir diesen Tag herbeigesehnt! Ich hatte mir immer schon einen Mann an meiner Seite erträumt, immer. Ich musste nur den richtigen finden.

Schon bevor ich Paolo traf, war ich fest entschlossen gewesen zu heiraten. Nur mit einem Ehemann würde ich zur Frau werden, hatte ich mir eingebildet. Die Ehe war das Versprechen auf eine ruhige Zukunft, weil sie die Angst vor dem Alleinsein für immer verscheuchte. Deshalb waren wir bei der Heirat so glücklich, und nicht nur wir, auch alle Hochzeitsgäste. War das wirklich so, oder habe ich mein Leben vielleicht mit den Augen der anderen betrachtet?

Alles war rein und schneeweiß, wie die Laken des Ehebetts, in dem wir für den Rest unseres Lebens schlafen und miteinander schlafen würden.

Anfangs war ich so enthusiastisch, dass schon Kleinigkeiten mich glücklich machten, Einkaufen zum Beispiel: zwei bunte Frühstücksschalen, weiße Küchenhandtücher mit blauem Rand, ein Kissen fürs Sofa, neue Handtücher fürs Bad.

Vielleicht hat sich das nur in meinem Kopf abgespielt. Die meisten dieser Dinge haben wir kaum benutzt: Die Wok-Schale, die Champagnerkelche, die japanischen Tee-

tassen, der Topf für das Fondue bourguignonne *sind praktisch noch neu.*

Unsere Wohnung ist voller Kerzen, die nie gebrannt haben. Wie wir beide. Der Docht ist noch weiß.

Vor der Hochzeit habe ich mir das Leben mit Paolo haarklein ausgemalt. Wie wir uns abends unterhalten und ich ihm von meinem Tag erzähle, was ich erlebt hatte und gemeinsam mit ihm unternehmen wollte. Ich habe mir vorgestellt, wie wir Freunde zum Abendessen einladen und hinterher, wenn alle weg wären und wir den Tisch abräumten, noch ein wenig über sie tratschten. Und wie wir abends, allein zu Haus, unter einer Decke auf dem Sofa aneinandergekuschelt, einen Film guckten. Praktisch nichts von alledem ist eingetroffen. Geredet haben wir immer weniger, und irgendwann bin ich zu dem Schluss gekommen, dass es womöglich gar nicht nötig ist, viel miteinander zu reden, wenn man sich nur liebt. Je mehr Jahre vergehen, desto lieber schweigt man, als eine Unterhaltung zu führen, die einen nicht mehr interessiert.

Manche Themen sind mit der Zeit auch tabu geworden; aus Angst, zu viel zu sagen, haben wir fast gar nichts mehr gesagt. Manchmal frage ich mich, ob es nicht all diese ungesagten Dinge sind, die uns voneinander entfernt haben. Die Prioritäten und Dringlichkeiten haben sich so sehr verschoben, dass wir irgendwann vergessen haben, was wir uns ursprünglich einmal ersehnt hatten.

Meine Tage sind traurig geworden, ohne dass davon etwas durchscheint. Er verwechselt meine Traurigkeit mit Müdigkeit.

Nichts überrascht mich mehr: weder Paolo noch das Leben noch ich selbst.

Ab wann hat die Zukunft, die ich mir vorstellte, zu verblassen begonnen? Wo sind die Träume vom Tag meiner Hochzeit hin?

Es gibt Schlimmeres als verschwundene Träume: die Unlust, überhaupt noch zu träumen. Wir sind langsam erloschen, eingeschlummert, ohne es auch nur zu merken. Erst haben wir die Zukunft ausgehöhlt, dann haben wir begonnen, dasselbe mit dem Alltag zu tun, der Gegenwart. Wenn man nicht kriegen kann, was man will, liebt man eben das, was man kriegen kann.

Mein Mann ist für mich wie ein Bruder geworden, und trotzdem schaffe ich es nicht, ihn zu verlassen. Ich sehe, was alles schiefläuft, aber ich bin blockiert. Ich träume davon, aufzuwachen und eine andere Frau zu sein, die ein anderes Leben führt. Doch dafür müsste ich alles aufgeben, und das bringe ich nicht fertig.

Wenn ich diese Worte lese, empfinde ich unendliche Zärtlichkeit. Die Frau, die sie geschrieben hat, ist so zerbrechlich, dass es mich zutiefst berührt. Am liebsten würde ich zu ihr gehen, sie umarmen und beruhigen. Sie soll sich keine Sorgen machen, möchte ich ihr sagen, und dass die Dinge sich ändern und alles gut wird beziehungsweise dass alles gut geworden *ist,* auch wenn sie das noch nicht wissen kann. Sie weiß nicht, dass sie den richtigen Weg finden wird, um diese Situation hinter sich zu lassen; dass sie bald schon Antworten auf ihre Fragen bekommen wird. Sie weiß noch nicht, dass sie dabei ist, sich von allem zu befreien, das sie fesselt, gefangen hält, blockiert.

Das sind nicht einfach nur schöne Worte, die Mut machen sollen. Ich rede mir die Zukunft dieser Frau nicht rosig. Diese Zukunft ist meine Gegenwart.

Denn diese Frau bin ich gewesen, vor wenigen Jahren.

Könnte ich in der Zeit reisen, begäbe ich mich zu ihr, ich weiß ja noch, wie einsam sie war. Nicht um zu verhindern, dass sie die Erfahrungen macht, die heute zwischen uns liegen, und seien sie noch so schmerzlich, denn auch der Schmerz hat ihr dabei geholfen zu wachsen. Ich würde mich einfach nur neben sie setzen, damit sie meine Anwesenheit spürt.

Ich hab sie sehr gern, die Frau, die ich mal gewesen bin. Obwohl zerbrechlich, war sie nie schwach; obwohl müde und erschöpft, hat sie nie aufgehört zu kämpfen. Sie hat sich gewehrt. Der Frau, die ich mal gewesen bin, verdanke ich viel: den Mut zum Irrtum, den Willen, mich den Dingen zu stellen, die Verantwortung für mich selbst anzunehmen, wie ich bin.

Es wird der zweite Umzug meines Lebens. Oder der dritte, wenn ich den als Kind mitzähle, als ich sieben war und meine Eltern beschlossen, in eine andere Stadt zu ziehen. Damals habe ich nicht viel mitgeholfen, ich habe hauptsächlich geweint.

»Die neue Wohnung wird dir bestimmt gefallen, Elena … dein Zimmer ist größer, und es passen mehr Spielsachen rein«, versuchte meine Mutter mich zu beruhigen.

»Ich will kein größeres Zimmer, ich will meins behalten, ich will hierbleiben!«

Die Umzugsleute gestern Nachmittag meinten, ich könne mich beruhigt zurücklehnen, sie würden sich um alles kümmern. Sie wollten wissen, wie sie die Sachen packen sollten, aber ich habe ihnen gesagt, sie sollten nur die leeren Kartons bringen, ich würde alles selber erledigen.

Auch Carla hat ihre Hilfe angeboten. Aber ich habe mich entschlossen: Ich will alles allein machen.

Mit achtunddreißig bin ich dabei, mein Leben noch einmal einzupacken. Wie viele Kartons werde ich brauchen? In wie viele Kisten passt mein Leben?

Zwei Tage Zeit zum Packen, habe ich mir gesagt. Ich lasse es langsam angehen. Das wird ein langes, anstrengendes Wochenende, aber ich bin mir sicher, dass ich alles gepackt bekomme.

Gestern Abend habe ich mit der Küche angefangen: Teller, Gläser, Schalen, Tassen. Heute und morgen erledige ich den Rest.

Ich habe mir einen Kaffee gemacht. Während ich ihn trinke, gehe ich durch die Zimmer. Der Anblick der Dinge, die bereitstehen, um eingepackt zu werden, die offenen Kisten, das Bewusstsein, zum letzten Mal durch diese Wohnung zu gehen – all das haut ganz schön rein.

Ich bin dabei, von hier fortzugehen. Und ich will das allein machen, in aller Stille. Ohne Eile will ich gehen, ganz bewusst, und mir vor Augen halten, was ich zurücklasse, voller Vorfreude auf das, was mich erwartet. Was immer es sein wird.

Ich versuche, die Gerüche, die Klänge, das Licht auf den Wänden einzufangen. Zum letzten Mal auf die Geräusche zu lauschen, die mein Dasein in dieser Wohnung begleitet haben. Deshalb wollte ich die Kisten allein packen: weil ich mein Leben ordentlich zusammenfalten möchte, indem ich jeden Gegenstand berühre und die Geschichte und die Erinnerungen, die er hervorruft, noch einmal durchlebe. Jede Erinnerung wird wie ein Wort in einer Erzählung sein.

Ich setze die Kaffeetasse ab und nehme ein paar Bücher aus dem Regal. Ich mag es, sie aufzuschlagen und all die Sätze zu sehen, die ich im Lauf der Jahre angestrichen habe. Zu entdecken, was mich beeindruckt hat, was ich empfunden, eigentlich gesucht habe.

Wie es zu dem Umzug gekommen ist, steht auf den Seiten meines Tagebuchs, es ist die Erzählung von der Frau, die ich einmal gewesen bin.

19. Januar

»Ich bin müde, ich hab's satt, ich langweile mich, wir müssen mal wieder was unternehmen«, sage ich immer wieder, aber von ihm kommt keine Reaktion. Er benimmt sich, als wäre nichts passiert, als liefe alles wie geschmiert. Nur dass er nicht mehr versucht, mit mir zu schlafen: Er weiß, dass ich ihn abweisen würde, deshalb fragt er nicht mehr.

Wie soll man einen Mann begehren und lieben, der alles einfach so hinnimmt? Früher hätte er genau umgekehrt reagiert. Wäre zu mir gekommen und hätte mich gefragt, ob ich Lust auf Sex hätte. Ich weiß noch das eine Mal, als ich gerade Geschirr spülte und er aus heiterem Himmel gefragt hat: »Hast du Lust? Sollen wir rübergehen und miteinander schlafen?« Selbst wenn ich nicht gänzlich abgeneigt gewesen wäre, wäre mir bei dieser nüchternen Frage jegliche Lust vergangen. Je mehr er sich erniedrigt, je netter und unterwürfiger er ist, desto genervter und heftiger reagiere ich.

Es fällt mir immer schwerer, mit ihm zu schlafen. Früher war das Schlimme nicht die Sache an sich, sondern die Gespräche danach. Die Sache selbst hatten wir sowieso in ein paar Minuten erledigt. Sex ist nicht das Wesentliche, sage ich mir immer wieder. Nach all den Jahren kann unsere Beziehung sich auf andere Dinge stützen:

Zuneigung, Einverständnis, Vertrautheit wie mit sonst niemandem.

28. Januar

Urplötzlich habe ich unbändige Lust zu reisen, zu lachen, Spaß zu haben. Lust, eine neue Welt zu erleben, die anders ist als meine. Ich muss hoffen können. Ich muss lieben. Ich will keine Ausreden mehr dafür finden, dass ich nicht liebe.

Paolo ist das genaue Gegenteil: Er arbeitet, kommt nach Haus, isst, sieht fern und geht ins Bett. Es ist fast, als wäre er erloschen, er redet wenig, morgens wacht er mit demselben Gesicht auf, mit dem er abends eingeschlafen ist. Logisch, wo sich alles gleich bleibt in unserem Leben. Wenn wir heute nicht glücklich sind, werden wir es morgen auch nicht sein. Ich habe das Gefühl, als würde ich mein Leben verbrauchen, während ich auf etwas warte, das nie eintreffen wird.

Dieser Tage habe ich wieder mit ihm zu reden versucht, dass es so nicht weitergeht. Es sei jetzt nicht der richtige Moment dafür, hat er geantwortet. Wie immer: morgens, weil er gerade aufgewacht ist, abends, weil er einen schweren Tag hatte und wenigstens zu Hause mal seine Ruhe haben möchte; und später im Bett sagt er, dass er müde ist und lieber ein andermal darüber reden würde, weil er sich sonst zu sehr aufregt und nicht mehr einschlafen kann.

»Lass uns morgen drüber reden.«

Nur dass dieses Morgen nie kommt. Wobei ich gar nicht so genau weiß, was ich sagen will. Auch ich habe Angst, gewisse Themen anzusprechen. Ich habe so fest an die Geschichte mit Paolo geglaubt, dass ich nicht einsehen will, dass ich mich geirrt habe. Es ist nicht leicht zuzugeben, dass all die Opfer, die Tränen und die unterdrückten Worte zu nichts geführt haben. Es ärgert mich wahnsinnig, dass ich es nicht geschafft habe, zu bekommen, was ich mir immer gewünscht habe, die Vorstellung, gescheitert zu sein. Ich höre ihn schon, den Satz: »Ausgerechnet ihr zwei, ihr wart doch so ein schönes Paar!«

Ich bin versucht, lieber den Verzicht zu wählen als die Niederlage, einfach so zu tun, als hätte das Leben uns nicht still und leise voneinander entfernt. Dann beginne ich mich zu fragen, ob nicht ich an allem schuld bin, vielleicht weil ich zu viel will, weil ich einem Traum von Perfektion hinterherjage, der nicht Wirklichkeit werden kann. Paolo ist ja eigentlich ein lieber Kerl, vielleicht muss ich nur lernen, weniger fordernd und dafür ein bisschen ausgeglichener zu sein, und mich besser anpassen. Wenn Paolo es so zufrieden ist, bin ich wohl diejenige, die falschliegt. Ihm scheint es zu genügen, dass ich da bin, wenn er abends die Tür aufschließt.

Das geht schon wieder vorbei, versuche ich mir einzureden. Nur eine kleine Krise. Du liebst nicht genug!, schelte ich mich und nehme mir fest vor, ihn mehr zu lieben, vielleicht kann sich ja alles wieder einrenken, wenn ich intensiver liebe. Ich versuche, all meine Energie darauf zu richten, diesen Traum wahrzumachen. Woher ich die Kraft nehme, weiß ich selbst nicht.

Wenn die Zukunft weniger eine Hoffnung ist als eine Bedrohung, braucht man verdammt viel Energie, um sich eine Gegenwart zu erfinden.

Ich fange an, auf mein Verhalten, meine Handlungen, meine Worte zu achten. Ich schmiede neue Pläne: ein Wochenende, ein Abendessen, ein Rezept, eine neue Frisur. Ich möchte die Gewissheit, alles getan zu haben, was in meiner Macht lag. Um meine Ehe zu retten, habe ich sogar seltsame Phantasien entwickelt. Zum Beispiel stelle ich mir Paolo mit einer anderen Frau vor, male mir aus, dass er mich betrügt, nur damit ich noch etwas empfinde.

Eine Weile glaube ich daran und scheint alles zu funktionieren. Aber dann genügt eine Kleinigkeit, und die Zweifel brechen wieder über mich herein wie eine Riesenwelle. Letzten Samstag zum Beispiel bin ich aufgewacht und wollte frühstücken, in aller Ruhe: Butter, Marmelade, Orangensaft, Kaffee. Als ich in die Küche kam, hatte Paolo den kaputten Staubsauger auseinandergenommen, der ganze Tisch lag voller Einzelteile! Ich hab nichts gesagt, habe nur die Kaffeekanne aufgesetzt und bin zurück ins Schlafzimmer. Ich war genervt, hatte aber keine Lust auf eine Diskussion, deshalb bin ich im Bett geblieben. Kurz darauf ist er reingekommen und hat gefragt, ob ich wüsste, wo die Garantie für den Staubsauger ist. Er hat den Kleiderschrank geöffnet und in einer Kiste gewühlt. Dann ist er zurück in die Küche gegangen, ohne die Türen von Kleiderschrank und Zimmer zu schließen, und hat geräuschvoll weitergebosselt.

Da habe ich gedacht, dass dieses Leben nichts mehr für mich ist. Ich hab mich gefühlt wie dieser Staubsauger:

ein Haufen Einzelteile, die ich nicht mehr zusammenhalten kann.

So eine dumme Kleinigkeit reicht, dass ich mich woandershin wünsche. Ich erkenne mich nicht wieder: Ich war immer guter Laune, fröhlich, verständnisvoll; jetzt aber lege ich ein Verhalten an den Tag, für das ich mich schäme. Manchmal, wenn wir streiten, spüre ich, dass er recht hat und ich vielleicht übertreibe und eine richtige Nervensäge bin, doch es ist stärker als ich: Ich ertrage es einfach nicht mehr. Manchmal wache ich morgens schon schlechtgelaunt auf und muss sofort aus dem Bett, weil mich selbst die Bettdecke einengt. Früher ist mir das nie passiert. Ich habe Angst, dass ich eine böse Alte werde. Ich ertappe mich dabei, dass ich genau das tue, was ich bei meiner Mutter immer gehasst habe.

Ich weiß nicht, was ich tun soll, damit ich da wieder rauskomme. Ich weiß auch nicht, ob ich all die Schwierigkeiten angehen will, zumal die praktischen, die automatisch auf mich zukämen, wenn ich mich trennen würde. All diese Unsicherheiten rauben mir die Energie und den inneren Antrieb. Ich frage mich, ob ich genug Kraft haben werde, um die Bindungen zu sprengen, die ich über so lange Zeit aufgebaut habe. Ich bin nicht in der Verfassung, all das anzugehen, was mich erwartet, wenn ich von hier wegginge.

Ich brauchte jemanden, der mir zuhört.

29. Januar

Heute war ein schwieriger Tag auf der Arbeit. Seit ich in der Firma zur Leiterin der Marketingabteilung befördert wurde, stehe ich plötzlich im Mittelpunkt des Interesses. Die tumbe Bosheit gewisser Leute macht mich sprachlos. Manchmal könnte ich sie alle auf den Mond schießen.

Federica hat mir erzählt, Binetti hätte auf meine Kosten Anspielungen gemacht. Ich hätte was mit dem Chef, hat er angedeutet, und nicht zum ersten Mal.

Beim Abendessen wollte ich mir Luft machen und habe Paolo erzählt, was passiert ist. Ich brauchte einen Vertrauten, wollte verstanden und beruhigt werden. Wie oft höre ich mir seine Probleme an, die er auf der Arbeit hat. Heute war ich mal dran. Aber Paolo hat mich gar nicht ausreden lassen: »Was soll ich da erst sagen?« Und dann fing er an, mir von seinem Tag zu erzählen, meinen Ärger mit seinem zu vergleichen. Ich könne mich nicht beschweren, meinte er, meine Probleme seien nichts im Vergleich zu dem, was er ertragen müsse.

Ich habe nichts erwidert. Ich hätte es so nötig gehabt, dass er mir dieses eine Mal zuhört und was Nettes sagt. Eine stumme Umarmung hätte genügt. Dabei hätte ich es doch wissen müssen. Er ist eben so und wird sich auch nicht ändern.

30. Januar

Als Federica heute Morgen ins Büro kam, war sie völlig neben der Spur. Sie hat erzählt, sie sei mit einem Typen ausgegangen, mit dem sie seit Tagen flirtet, und mit ihm im Bett gelandet. So ein Stehvermögen sei ihr noch nie untergekommen, hat sie gemeint. Nach dem Abendessen hätten sie angefangen, und gegen zwei Uhr hätte sie ihn um eine Pause bitten müssen. »Als ich in die Küche bin, um Wasser zu trinken, habe ich geschwankt, als hätte er mir die Hüfte ausgekugelt. Ich hab's echt mit der Angst gekriegt.«

Wir haben herzhaft gelacht. »So was dürfte nicht frei rumlaufen. Den müssten sie irgendwie kennzeichnen, mit einer Marke oder mit einem Stempel auf dem Arm!« Federica bringt mich mit ihren Geschichten immer zum Lachen. Unsere Vertrautheit ist mit Sicherheit ein Grund dafür, dass ich gern zur Arbeit gehe.

Heute war wieder ein anstrengender Tag, doch die Sitzung ist gut verlaufen. Ich war in Höchstform: Ich habe tadellos durch die Präsentation geführt und alle Fragen, die kamen, problemlos beantworten können. Die Lancierung dieses neuen Produkts ist sehr wichtig, deshalb hat der Chef beschlossen, viel Geld in die Werbung zu stecken. Wir haben uns einer neuen Agentur anvertraut, die von Anfang an große Professionalität an den Tag gelegt hat.

Ich muss ehrlich sein: Federica hat mir sehr geholfen. Mittlerweile sind wir ein eingeschworenes Team, wir verstehen uns blind. Zwischendurch, in der Kaffeepause, hat sie mich gefragt, ob ich mitbekommen hätte, wie mich der Texter der Agentur angeschaut hat.

Also wirklich, als ob ich bei all der Anspannung während der Sitzung auch noch darauf achten könnte, wer mir da gegenübersitzt…

Von wegen! Ich erinnere mich genau daran, wie er mich ansah, an dem Tag während der Sitzung. Wer weiß, warum ich mich selbst belog, als ich an diesem Abend ins Tagebuch schrieb. Vielleicht wollte ich die Lüge fortspinnen, die ich Federica aufgetischt hatte: »Also, ich hab nichts bemerkt. Aber ich glaube auch nicht, dass er mich auf die Art angesehen hat, wie du meinst. Wir haben uns einfach nur gegenübergesessen.«

»Du magst ja eine Top-Marketingleiterin sein, aber was diese Dinge angeht ... Umso besser, dann schaut er vielleicht nicht mehr dich an, sondern mich. Ich wär heute Abend nämlich frei!«

Ich ging auf Toilette und bemerkte im Spiegel, dass mein Haar nicht in Ordnung war. Als die Sitzung weiterging, fiel mir auf, dass er mich tatsächlich häufig ansah und sogar anlächelte.

Er war ein schöner Mann, dunkles Haar mit grauen Stellen an den Koteletten, schwarze Augen. Hemd, Sakko und Krawatte saßen untadelig, ohne den Hauch einer Falte. Als er nach der Sitzung mit den Kollegen aufbrach, hat er sich als Letzter von mir verabschiedet. Er reichte mir die Hand und sah mir tief in die Augen. Das verwirrte mich. Diesen Blick fühlte ich noch stundenlang auf mir ruhen. Den ganzen Tag lang.

Und als ich abends im Auto nach Hause fuhr und daran zurückdachte, stellte ich fest, dass ich lächelte, einfach so. Damals war ich es nicht gewohnt, dass man mich so ansah.

2. Februar

Sie sind sündhaft teuer, ich weiß, aber sie gefallen mir. Außerdem kaufe ich mir sonst nie was, und jetzt werde ich mir bestimmt eine ganze Weile lang nichts mehr kaufen. Ich habe mich sofort in sie verliebt, gleich als ich sie im Schaufenster sah, und sie sind mir nicht mehr aus dem Kopf gegangen. Heute Morgen, als ich an der roten Ampel stand, habe ich eine junge Frau gesehen, die auch so welche trug. Da habe ich mich entschlossen. Nach der Arbeit bin ich in den Laden, um sie zu kaufen. Zu Hause habe ich sie sofort anprobiert. Sie stehen mir super. Ich bin zu Paolo ins andere Zimmer, um mich zu zeigen und zu erfahren, ob sie ihm gefallen. Ich hätte schon einen Schrank voller Schuhe und Stiefel und solle das Geld nicht so zum Fenster rauswerfen, meinte er. Außerdem finde er sie zu auffällig für mich. Das heißt, ich werde sie nur anziehen, wenn ich ohne ihn ausgehe.

Ich bin ins Schlafzimmer und habe mich ausgezogen. Was weiß er schon über solche Sachen? Als er von Geld anfing, habe ich sofort Reißaus genommen; hätte er mich gefragt, wie viel sie gekostet haben, hätte ich vermutlich gelogen. Oder nein: auf jeden Fall!

Ich habe mich ein bisschen gedreht, um die Schuhe zu betrachten. Meine neuen Hacken sind wunderschön. Das hab ich richtig gut gemacht.

3. Februar

Heute hat mich Federica wieder mal so richtig zum Lachen gebracht: Sie ist mit einem so tiefen Ausschnitt ins Büro gekommen, dass ich irgendwann nicht anders konnte und sie darauf angesprochen habe. Das sei Absicht, hat sie gesagt, sie hätte verschlafen und keine Zeit mehr gehabt, sich die Haare zu waschen. »Aber so merken es die Männer nicht, weil sie woandershin gucken.«

Tagsüber denke ich manchmal daran, wie der Mann mich angeschaut hat. Wie wir uns verabschiedet haben. In ein paar Tagen findet die nächste Sitzung statt.

So viel Angst hatte ich vor dieser Begegnung, dass ich es nicht mal ins Tagebuch schrieb und sogar mir selbst gegenüber so tat, als hätte die Existenz dieses Mannes nichts in mir verändert.

Meine damalige Verwirrtheit schrieb ich ausschließlich jenem Blick und jenem Mann zu. Mit ein bisschen zeitlichem Abstand habe ich jedoch begriffen, dass meine Reaktion zum Teil auch damit zu tun hatte, dass ich mich schon seit so vielen Jahren nicht mehr als begehrenswert empfunden hatte. Wenn ich mich in jener Zeit überhaupt als Frau fühlen wollte, benötigte ich die Hilfe von Zwölf-Zentimeter-Absätzen, eines ausgeschnittenen Kleids und eines knallroten Lippenstifts. Auch heute ziehe ich diese Dinge manchmal noch an, doch ich habe gelernt, dass sie nur Accessoires sind: Eine Frau bin ich auch in Jeans und flachen Schuhen, ungeschminkt.

5. Februar

Alles glattgegangen heute. Mehr Sitzungen wird es nicht geben, nur noch die Unterzeichnung des Vertrags und das Abschlussbankett in London mit den Leuten von der Firmenzentrale. Und Schluss.

Das war einer der anstrengendsten Jobs, die ich je gemacht habe! Beim Gedanken an ihn muss ich immer lächeln, bis ich sein Bild wieder aus meinem Kopf verscheuche. Heute Morgen bin ich lange vor dem offenen Kleiderschrank gestanden, ich wusste nicht, was ich anziehen sollte.

Während der Sitzung habe ich mir alle Mühe gegeben, ihn nicht anzuschauen, um ihn nicht zu ermutigen, vor allem aber, um in mir selbst keine unsinnigen Gedanken aufkeimen zu lassen. Auf der Arbeit will ich es gar nicht erst zu potentiell peinlichen Situationen kommen lassen. Das fand ich immer schon lästig. Männer, die dich nicht wie einen Profi behandeln, kenne ich zur Genüge. Sie schauen dich nicht an, lassen dich nicht zu Wort kommen, und wenn doch, unterbrechen sie dich, ehe du fertig bist, oder sie lassen dich ausreden, und danach haben sie ein Lächeln im Gesicht, das zugleich Überlegenheit und Mitleid ausdrückt. Männer mit der oberflächlichen Gleichung »hübsch gleich doof« im Kopf. Die automatisch denken, eine Frau bekommt eine Führungsposition nur, weil sie mit jemandem gepennt hat. Wie dieser Trot-

tel von Binetti. Er kann einfach nicht akzeptieren, dass ich auf direktem Weg Abteilungsleiterin geworden bin, ohne Umweg über irgendwelche Betten.

Wieso ist er dann trotz meiner zur Schau getragenen Gleichgültigkeit in mein Büro gekommen und hat das getan?

Damals wusste ich praktisch nichts über ihn, doch meine Intuition sagte mir, dass er mich nicht ausnützen wollte. Allerdings konnte ich nicht sicher sein, dass er mich nicht zu verführen versuchte, um daraus Vorteile bei den Verhandlungen zu ziehen.

Ich wollte es zwar nicht mal mir selbst eingestehen, aber ich hoffte doch, dass seine Aufmerksamkeiten aufrichtig und ohne Hintergedanken wären.

In den Sitzungen sprach er wenig, mit warmer Stimme. Er gehörte zu jenen Männern, die fremde Blicke nicht fürchten. Er war sehr konkret: Die Punkte, auf die er hinwies, und die Kritik, die er vorbrachte, waren stets sachbezogen.

In der Pause, während alle im Nebenraum Kaffee tranken, ging ich an meinen Schreibtisch, um ein paar Unterlagen zu ordnen.

»Pause kann man das ja nicht nennen«, sagte er plötzlich in meinem Rücken.

Als ich seine Stimme hörte, wurde ich verlegen. Mein Gesicht wurde heiß. »Ach, ich brauche grad keinen Kaffee, und wenn ich mich jetzt gleich um die Angelegenheit hier kümmere, verlieren wir weniger Zeit.«

»Dann erwarten wir dich drüben.«

»Ja, ja, danke.«

Er ging, und ich hatte Mühe, die Arbeit zu beenden, so unkonzentriert war ich auf einmal.

Ich weiß noch, dass ich den Rest der Sitzung über versucht habe, ganz cool zu wirken, als wäre nichts, obwohl ich es keineswegs war. Zum Glück musste ich nicht mehr viel reden. Meine Gelassenheit war aufgesetzt. Ich musste nicht mal mehr den Blick heben, um seine Augen auf mir zu spüren.

Am Ende der Sitzung merkte ich, dass er alles tat, um sich anzupirschen. Wieder verabschiedete er sich als Letzter von mir und sah mir dabei in die Augen. Ich schaute zu Boden und erwiderte den Gruß flüchtig. Bald wäre alles ausgestanden.

Als ich am Abend aus dem Büro ging, fand ich in meiner Manteltasche einen Zettel: Darauf standen sein Name und die Privatnummer. Mir wurde ganz heiß. Ich steckte den Zettel sofort in die Tasche zurück, als müsste ich ihn verheimlichen, als machte ich mich allein durch die Tatsache, dass ich ihn in der Hand hielt, eines Vergehens schuldig. Dann öffnete ich die Schreibtischschublade, die immer abgeschlossen ist, und warf den Zettel hinein. Obwohl ich allein im Büro war, fühlte ich mich beobachtet. Ich schloss ab und fuhr nach Hause.

6. Februar

Als ich heute Morgen ins Büro kam, habe ich sofort die Schublade geöffnet, um nachzusehen, ob es auch wirklich passiert ist, und – der Zettel hat noch da gelegen. Ich habe ihn lange angestarrt und dann zurückgelegt. Den ganzen Tag über kam es mir so vor, als wäre dort etwas Lebendiges eingeschlossen.

Mir gefällt, dass er nicht einfach auf seiner gedruckten Visitenkarte den Nachnamen durchgestrichen hat. Dass alles von Hand geschrieben ist.

Die Nummer werde ich nie anrufen. Nie im Leben. Das hab ich von Anfang an gewusst. Und doch habe ich es nicht über mich gebracht, den Zettel zu zerreißen. Er liegt noch immer da, in der Schublade.

Ich habe mit niemandem darüber gesprochen, nicht mal mit Federica. Warum, weiß ich nicht. Mir war, als würde ich ihm Unrecht tun.

Nur Paolo habe ich es gesagt. Beim Abendessen habe ich ihm alles haargenau erzählt, allerdings so, als wäre es Federica passiert.

»Der macht das doch bestimmt immer so. Wie mein Bruder: Wenn solche Typen nur den Hauch einer Chance wittern, versuchen sie es sofort. An dich hat er sich wahrscheinlich nur deshalb nicht rangemacht, weil er den Ehering gesehen hat.«

Darüber habe ich mich sehr geärgert. Weniger, weil Paolo so denkt, als wegen der Tatsache, dass dieser Mann in mir vielleicht eine leichte Beute sieht.

Ich freu mich schon auf Montag, dann werde ich den Zettel im Büro zerreißen.

9. Februar

Gute Neuigkeiten im Büro. Mir wurde ein neues Projekt anvertraut, das ich zusammen mit Federica umsetzen werde. Ich bin total happy.

Den Zettel mit der Nummer habe ich zerrissen. Ich geb zu, es ist mir nicht ganz leichtgefallen, aber schließlich habe ich eingesehen, dass es das einzig Richtige ist. Ich möchte nicht mehr darüber reden.

Lieber möchte ich über Paolo schreiben. Seit ein paar Tagen ist er wie ausgewechselt. Als er heute Abend von der Arbeit kam, hat er mir sogar einen Kuss gegeben. Das tut er sonst nie. Ich hab ihn angeschaut, als wollte ich sagen: Was ist denn hier los? Aber da ist er schon wieder weg und hat den Kopf in den Kühlschrank gesteckt. Beim Abendessen war er komisch, irgendwie abwesend, aber liebevoller als sonst. Ich hatte Angst, dass er vielleicht mein Tagebuch gelesen hat. Unmöglich. Das würde er nie tun.

Wenn ich mich auf diesen Seiten über Paolo ausheule, habe ich hinterher immer ein schlechtes Gewissen. Oft würde ich gern alles durchstreichen oder ganze Seiten rausreißen, doch in Tagebüchern darf man nichts durchstreichen oder rausreißen. An diese Regel halte ich mich: Mit den Jahren habe ich festgestellt, dass sich gerade das, was ich gern durchgestrichen hätte, später als die Wahr-

heit herausgestellt hat. Entsetzliche Vorstellung, ein anderer – Paolo, die Putzfrau, ein Einbrecher – könnte es lesen. Für mich ist es der wertvollste Gegenstand in dieser Wohnung.

10. Februar

Gestern hat Paolo mir einen Kuss gegeben, und heute Morgen hat er die Katze aus dem Sack gelassen: Sonntag fahren wir zum Mittagessen zu seiner Mutter. Mir fehlen die Worte. Der Judaskuss: Paolo weiß ganz genau, dass die Fahrten zu seiner Mutter für mich der blanke Horror sind.

Als ich heute nach Feierabend wieder daran dachte, hab ich Lust bekommen, zum Friseur zu gehen.

Ich gefalle mir nie, wenn ich frisch vom Friseur komme, und mache mir zu Hause die Haare immer erst mal nach meinem Gusto neu. Heute hat mir der Schnitt aber gefallen, er macht mich jünger, finde ich. Ich hatte zwar immer noch keine Lust auf den Besuch bei seiner Mutter, aber weder das noch Paolos Judaskuss haben mich weiter belastet. Ich war weder wütend noch traurig. Beim Abendessen mit Paolo ist diese leichte Fröhlichkeit allerdings gleich wieder verschwunden. Ob es daran liegt, dass er nie was sagt oder dass er meine neue Frisur nicht bemerkt hat? Ich weiß es nicht, aber es macht mich melancholisch. Es ist jedenfalls nicht das erste Mal, dass ihm eine Veränderung bei mir nicht auffällt.

Wer von uns beiden ist blinder? Er sieht nicht, ich verstehe nicht. Ich kann nicht verstehen, warum mich das noch verletzt. Ob er mich jemals wieder so anschauen wird wie am Anfang?

Das Mittagessen bei meiner Schwiegermutter war jedes Mal eine Tortur, wie ein mündliches Examen. An dem Tag war auch Simone da, Paolos Bruder. Obwohl schon fast vierzig, wechselte er alle zwei Monate die Freundin und zog immer über uns Verheiratete her: »Wer heiratet, verspricht sich nicht ewige Liebe, der verspricht sich nur, ewig zusammenzubleiben, auch wenn man sich nicht mehr liebt. Ihr Ärmsten... habt Angst, allein zu sein, was? Alleine alt zu werden, die Vorstellung erschreckt euch. In Wirklichkeit seid ihr schon allein und merkt es nur nicht.«

Anfangs fand ich das ziemlich ätzend und bin immer auf seine Provokationen reingefallen. Obwohl er es auf sympathische und ironische Weise vortrug, stritt ich mit ihm darüber. Ich verteidigte die Ehe so aggressiv, dass ich mich später, wenn ich diese Diskussionen ins Tagebuch schrieb, oft fragte, ob ich wirklich glaubte, was ich da gesagt hatte. Mit der Zeit aber weckte Simone Zweifel in mir. Manchmal kam mir der Verdacht, dass ich an die Worte, die ich mit solchem Eifer aussprach, in Wirklichkeit vielleicht selbst nicht mehr glaubte, dass sie nichts als leere Hülsen waren.

Jetzt, nach allem, was passiert ist, sehe ich Simone mit anderen Augen. Er scheint mir so viel Angst vor der Liebe zu haben, dass es mich schon wieder rührt. In einem aber war er mit Sicherheit weiter als Paolo: Er hatte sich aus den Fängen der Mutter befreit.

Diese Frau versteht es, mit Selbstmitleid Schuldgefühle zu wecken. »Ich bin hier immer allein, ich komme nicht mehr aus dem Haus, seit euer Vater tot ist, keiner fährt mich mal mit dem Wagen wohin. Dabei würde ich so gern eure Cousine Marina besuchen und ihr Baby sehen …«

Darauf Simone: »Schon mal was von öffentlichen Verkehrsmitteln gehört, Mama? Eine tolle Erfindung: Du kaufst dir einen Fahrschein, und ein Herr in blauer Uniform fährt dich an dein Ziel. Es gibt sogar Taxis, die dich bis vor die Haustür fahren, und die Fahrer sagen auch noch ›Danke‹, wenn du aussteigst …«

Paolo hingegen: »Keine Sorge, Mama, Elena und ich fahren dich später vorbei, in Ordnung?«

Ich blitzte meinen Mann an, doch er machte nur ein leidendes Gesicht, als wollte er sagen: »Die arme Mama …«

Meine Schwiegermutter ist eine Frau, die in der Vergangenheit lebt, als sie noch Vollzeitehefrau und -mutter war. Ständig erzählte sie Geschichten, die ich schon auswendig kannte, immer die gleichen, in Endlosschleife. Sie verherrlichte ihren Mann, und sobald sie über ihn redete, fingen ihre Sätze immer mit einem *Wenn* an: »Wenn dein Vater noch da wäre, wäre das nie passiert«, oder: »Wenn dein Vater noch da wäre, hätte er sich darum gekümmert«, oder: »Wenn dein Vater das hören würde, der würde dir die Ohren langziehen.«

Ich mochte Paolos Mutter nicht, und sie bemühte sich

auch nicht um ein gutes Verhältnis zu mir. Ich hasste es, wie Paolo sich in ihrer Gegenwart veränderte. Er wurde wieder zum Söhnchen, unfähig zu widersprechen, nein zu sagen, egal um welche Bitte es sich handelte. Außerdem konnte ich ihre Angewohnheit nicht ausstehen, mich am Arm zu packen, wenn sie mit mir sprach, als hätte sie Angst, ich könnte Reißaus nehmen.

Dabei war sie nie freundlich zu mir. Immer hatte sie was auszusetzen: wie ich kochte, was ich einkaufte und wo, wie ich spülte, wie ich mich kleidete.

An jenem Tag hatten wir uns kaum an den Tisch gesetzt, da ging es schon los: »Bügelst du ihm eigentlich die Hemden nicht, oder warum trägt er immer T-Shirt und Pulli? Dabei stehen ihm Hemden so gut… Paolo, willst du welche, soll ich dir welche kaufen?«

»Nicht nötig, Mama, ich hab genug Hemden, und außerdem braucht Elena sie gar nicht zu bügeln, dafür haben wir eine Zugehfrau. Elena arbeitet doch auch den ganzen Tag«, versuchte er dagegenzuhalten.

»Ich hab seinerzeit auch gearbeitet, aber eine Zugehfrau konnten wir uns nicht leisten. Ich musste alles selbst machen, und wehe, Vaters Hemden waren nicht tipptopp gebügelt, dann war aber was los, weißt du noch? Ach, apropos, ich hab für dich und deinen Bruder Unterhosen gekauft, die waren im Angebot. Aus Baumwolle, beste Qualität.«

»Wann hörst du endlich auf, mir Unterhosen zu kaufen, Mama?«, platzte Simone heraus. »Ich hab dir schon mal gesagt, dass ich das nicht will.«

»Ach, sei du bloß still, dir kann man es ja nie recht

machen.« Sie stand auf, ging ins Nebenzimmer und kam mit zwei Tüten wieder herein.

»Soll ich sie jetzt gleich anprobieren, beim Essen, bist du dann zufrieden?«, scherzte Paolos Bruder und warf seine Tüte aufs Sofa. Manchmal bringt Simone mich echt zum Lachen.

Paolo bedankte sich artig, betrachtete seine Unterhosen von vorne und von hinten, sah mich an und fragte: »Gefallen sie dir?« Ich rang mir ein trauriges Nicken ab, woraufhin er sie wieder zusammenfaltete, in die Tüte zurücksteckte und diese neben der Eingangstür abstellte, um sie bloß ja nicht zu vergessen.

Während des Essens lästerte meine Schwiegermutter in einem fort über die Cousine, die vor kurzem Mutter geworden, aber nicht verheiratet war.

»Was geht dich das eigentlich an, Mama? Wenn sie glücklich sind, spielt es doch keine Rolle, ob sie verheiratet sind oder nicht.«

»Natürlich, Simone, für dich ist das alles in Ordnung. So wie du über die Ehe denkst. Aber ich begreife einfach nicht, wieso sie nicht heiraten, jetzt, wo sie auch noch eine kleine Tochter haben. Wenn das sowieso keine Rolle spielt, wie du sagst, dann gibt es auch nichts, was dagegenspricht.«

»Lass sie doch in Ruhe, die Ärmsten. Schau dir ihre Schwester an: Die hat mit fünfundzwanzig geheiratet und ist jetzt ein depressives Fass. Sie beschäftigt sich nur noch damit, was sie für die Kinder kochen soll, die auch schon zwei kleine Fässer sind.«

»Und was hat das mit der Ehe zu tun?«

»Ich weiß, ich weiß, damit hat das nie was zu tun.«

»Wirst schon sehen, sobald du die Richtige triffst, redest du anders und willst sofort heiraten, so schnell es geht.«

»Bestimmt, Mama.«

»Aber solange du mit diesen Schlampen ausgehst ...«

»Schlampen, welche Schlampen denn? Was meinst du damit?«

»Du weißt genau, was ich meine, zwing mich nicht, es auszusprechen, es ist Sonntag, aber du weißt Bescheid. Außerdem hat das auch der Papst heute beim Angelusgebet gesagt, dass man keine Familie ist, wenn man nicht verheiratet ist.«

»Ach, super, der Papst, dann ist ja alles in Ordnung. Was weiß der schon von der Ehe? War er schon mal verheiratet? Wenn man nur heiraten müsste, um eine Familie zu sein, hätten wir die Probleme dieser Welt gelöst. Und was die Frauen betrifft, mit denen ich ausgehe, so kannst du dir ein für alle Mal merken, dass eine Frau, die sich weigert, Ehefrau oder Mutter zu sein, noch lange keine Nutte sein muss.«

»Simone! Es ist Sonntag, und wir sitzen bei Tisch. Wenn dein Vater noch hier wäre, würdest du nicht so reden.«

Wie so oft, wenn der Bruder da war, sprachen Paolo und ich wenig, weil Simone und die Mutter die ganze Zeit miteinander zankten. Wir tranken Kaffee und aßen die Eistorte, die wir mitgebracht hatten. Nach dem Essen machte ich wie immer Anstalten, ihr beim Spülen zu helfen, doch sie wies mich zurück. Ich beharrte nicht darauf. Simone rauchte, und die Mutter sagte, er solle damit aufhören oder wenigstens fertige Zigaretten kaufen, statt welche zu drehen.

»Irgendwann verrate ich ihr mal, dass das gar keine Zigaretten sind …«, flüsterte er mir augenzwinkernd zu.

Ich wollte nur so rasch wie möglich nach Hause. Ehe wir gingen, musste Paolo noch mal auf Toilette, und als er zurückkam, sprach seine Mutter wie immer, seit ich sie kenne, den unvermeidlichen Satz: »Hast du das Licht hinter dir ausgemacht?«

Während wir vor dem Aufzug auf meine Schwiegermutter warteten, warf Simone Paolo seine Tüte mit Unterhosen zu. »Kannst auch meine haben. Ist *Baumwolle, beste Qualität.*«

»Wir wollen Mama doch jetzt bei Marina vorbeifahren. Wenn sie sieht, dass du mir deine Unterhosen gegeben hast, ist sie bestimmt gekränkt.«

»Dann tröste sie, das kannst du ja gut. Ciao, ihr Trauerklöße.« Er wandte sich zur Treppe, drehte sich aber nach zwei Stufen zu mir um. »Steht dir gut, die neue Frisur.«

Paolo sah mich an. »Ach, stimmt … steht dir wirklich gut.«

16. Februar

Alles bestätigt: In einer Woche fahren wir nach London und feiern den Abschluss des Projekts. Tagsüber wird gearbeitet, danach Aperitif und Abendessen, und am nächsten Morgen geht's mit dem Flieger wieder zurück. Ich freue mich auf die Reise, vielleicht finde ich ja ein bisschen Zeit, um mir die Stadt anzuschauen. Ich bin schon lange nicht mehr in London gewesen. Mit Federica habe ich bereits einen Fluchtplan für vor dem Aperitif geschmiedet. Sogar eine Liste mit Geschäften, die wir uns unbedingt anschauen müssen, haben wir erstellt.

Eben ist Paolo ins Zimmer gekommen und hat mich in einem unangenehmen Ton gefragt, was ich da jeden Abend in mein Tagebuch schreibe. »Dass du ein langweiliger Gatte bist«, habe ich geantwortet, und er hat gelächelt.

Ich habe ihn gefragt, ob er mit nach London fahren will. Die Idee ist mir heute gekommen, vielleicht täte ihm ein bisschen Luftveränderung auch mal ganz gut. Gern, hat er gesagt, und sei es nur, um mich am Geldverprassen zu hindern, aber die Arbeit erlaube es ihm nicht. Ich hab nachgehakt, aber nichts zu machen.

Vielleicht ist es besser so.

Er ist wirklich ein langweiliger Gatte.

17. Februar

Heute waren wir mit Giovanni und Anna aus. Von allen befreundeten Paaren sind sie mir die liebsten. Es macht Spaß, sie zusammen zu sehen. Sympathische, fröhliche Leute, die immer etwas Lustiges und Interessantes zu erzählen haben. Ich glaube nicht, dass sie nur so tun. So wie es aussieht, lieben sie sich wirklich sehr. Anna hat erzählt, dass sie vor etwa einem Monat mit Tango angefangen hat. Sie klang begeistert. Wie eine Droge sei das, hat sie gesagt, sie könne gar nicht mehr ohne, so viel Spaß mache es, und ihr Lehrer hat gemeint, dass sie schon sehr gut sei.

Demnächst will sie mit Giovanni zwei Wochen nach Argentinien fahren. Wir haben uns sehr darüber amüsiert, dass Giovanni Tango tanzt, denn wenn er eins nicht ist, dann Tänzer. Er bewegt sich wahnsinnig linkisch, und uns ist gleich das eine Mal an Silvester eingefallen, als wir Tränen gelacht haben über seine Art, das Tanzbein zu schwingen.

Das mit Argentinien ist Giovannis Idee gewesen. »Ich hab ihr einen Intensivkurs spendiert, da habe ich tagsüber frei, um mir die Stadt anzuschauen, und kann den Argentinierinnen schöne Augen machen«, hat er gesagt.

Anna hat nur gelächelt. Deshalb mache sie sich keine Sorgen, mit den Argentiniern könne Giovanni sich nicht messen, die seien für die Liebe gemacht, findet sie, wie die Kubaner.

Woher sie das denn wissen wolle, hat Paolo gefragt.

»In meiner alten Wohnung hatte ich einen argentinischen Nachbarn, und wenn der es nachts trieb, hörte es sich an, als würde jemand in einer Abstellkammer Fußball spielen. Ich bin mal im Aufzug mit einer Frau gefahren, die zu ihm wollte. Ich hab sie angeschaut wie eine, die das große Gewinnerlos in der Tasche hat und es noch nicht weiß.«

Mal abgesehen von den Witzeleien: Das mit der Tanzreise fand ich rührend von Giovanni. Bei Tisch hat er ständig ihre Hand genommen, sie gestreichelt und geküsst. Wenn ich sehe, wie er sie anschaut, wenn sie spricht, werde ich fast neidisch. In unserer Beziehung sind in der Öffentlichkeit keine Zärtlichkeiten vorgesehen. Im Privaten auch nicht, um ehrlich zu sein.

Ich habe das Kleid angezogen, das ich mir Samstag gekauft habe, und versucht, mich so hübsch wie möglich zu machen, wobei ich inzwischen gar nicht mehr weiß, ob ich das für mich mache oder für Paolo. Mir gefällt die Vorstellung, dass mir in seiner Gegenwart Komplimente gemacht werden. Heute Abend habe ich diverse Komplimente bekommen. Aber keins von ihm.

Auf dem Nachhauseweg haben wir kaum ein Wort geredet. Paolo meinte nur, Argentinien sei ein gefährliches Land und »die zwei da« sollten bloß vorsichtig sein. Im Schweigen dieser nächtlichen Autofahrt hatte ich plötzlich das gleiche Gefühl wie neulich im Büro, als Silvia einen Strauß Blumen geschenkt bekommen hat. Als der Bote ihn anschleppte, habe ich ihn gleich gefragt, für wen sie wären. Ich schäme mich ein bisschen, das zu schreiben, aber ich hatte gehofft, sie wären für mich. Doch sie waren für Silvia. Sie hat seit kurzem einen festen Freund, der ihr solche Überraschungen macht. Er wartet sogar vor dem Büro auf sie, damit sie nicht den Bus nehmen muss. Paolo schenkt mir seit Jahren keine Blumen mehr, abgesehen von der obligatorischen Mimose zum internationalen Frauentag. Natürlich kann ich von meinem Mann nicht verlangen, dass er mir Rosen schickt. Die Idee müsste ihm schon selber kommen. Viel schlimmer finde ich jedoch, dass ich mir so Sachen wie Reisen oder andere Dinge abschminken muss. Anders als bei den Rosen bin ich dafür aber mitverantwortlich. Seit wie vielen Jahren habe ich nichts Neues mehr angefangen? Etwas, das mich, das uns packt? Tango wäre vermutlich nichts für mich, aber vielleicht gibt es ja was, das besser zu mir passt. Also habe ich zu ihm gesagt: »Wir könnten doch auch mal eine Reise machen, über Ostern vielleicht, und nicht ganz so weit wie Argentinien …« Schon als ich es aussprach, habe ich mich unwohl gefühlt, fast habe ich mich geschämt. Und dann noch hinzugefügt: »Bist du wirklich sicher, dass du nicht mit nach London kommen willst?«

Ohne sich mir zuzuwenden, den Blick starr auf die Straße gerichtet, hat er geantwortet: »Nach London kann ich nicht mit, ich hab zu viel zu tun. Irgendwann mal verreisen … warum nicht? Nur nicht über Ostern, das ist eine schwierige Zeit für mich. Danach ginge es vielleicht.«

Schon als er es sagte, haben wir beide gewusst, dass es zu dieser Reise nie kommen würde. Bei uns gibt es nie den richtigen Zeitpunkt. Dafür sind wir richtig gut darin geworden, so zu tun, als wüssten wir nicht, dass das Ganze eine Lüge ist. Trotzdem ist es, als würden wir beide kurz daran glauben und sogar ein leises Echo der Gefühle empfinden, die da angekündigt, aber nie gelebt werden.

An anderen Tagen aber erschöpft mich das alles wahnsinnig, selbst die Dinge, die wir nicht tun.

Umso mehr freue ich mich jetzt, nächste Woche nach London zu fahren.

Am Tag vorher telefonierte ich Carla. »Nur eine Postkarte willst du? Ach, komm schon, ich bring dir irgendwas Schönes mit, wenn ich was sehe!«

»Ich möchte aber unbedingt eine Postkarte, ich hab so lange keine mehr gekriegt. Und wenn du darüber hinaus noch was für mich findest, dann sag ich nicht nein.«

»Lass mich nur machen. Was für eine Postkarte willst du denn: die Queen, Lady Di oder Charles und Camilla?«

»Ich hätte am liebsten eine, auf der man was von London sieht.«

Nur Carla konnte mich um eine Postkarte bitten.

Wir unterhielten uns dann auch noch über ihn, den Mann, der mich immer so anschaute. Carla war abgesehen von Federica die Einzige, die von ihm wusste. Mir war es unangenehm, dass wir das Thema wieder aufwärmten, trotzdem vertraute ich ihr an, dass ich hoffte, in London nicht in peinliche Situationen zu geraten. Keine Bange, meinte sie nur, ich solle mir lieber überlegen, welche Kleider ich mitnähme, und dann erinnerte sie mich auch noch an die neuen Schuhe.

»Nimm sie mit, wann sonst willst du sie tragen, wenn nicht zu solchen Anlässen?«

An die Schuhe hatte ich auch schon gedacht, dann aber wieder an Paolos Kommentar denken müssen.

»Ich möchte nicht so auffallen. Und wenn die anderen normale Schuhe anziehen, möchte ich da nicht mit Zwölferhacken auftauchen. Hab's ja gewusst, dass ich sie nie anziehen würde, das war Geldverschwendung, Paolo hat recht.«

»›Paolo hat recht‹ will ich echt nicht mehr hören, verstanden? Und überhaupt, was scheren dich die anderen? Tu, was ich dir sage, und trau dich: Pack die Schuhe ein.«

23. Februar

London ist wunderschön. Gleich nach Ende der Sitzungen bin ich mit Federica shoppen gegangen und habe mir einen Rock, ein Top, ein Paar Schuhe und noch ein paar hübsche Kleinigkeiten für die Wohnung gekauft. Wenn's nach mir gegangen wäre, hätte ich viel mehr ausgegeben, aber ich war brav und hab's nicht übertrieben. Neben Liberty, wo ich schon mal war, habe ich mich in einen anderen Laden verliebt, Anthropologie in der Regent Street, sowie in Ottolenghi in Notting Hill, ein Restaurant, in dem wir einen Tee getrunken haben. Dann sind wir zurück ins Hotel, zu Aperitif und Abendessen. Es war sehr amüsant, fast hätte ich vergessen, dass ich beruflich hier bin.

Während des Stehempfangs ist er nicht zu mir gekommen und hat mich auch nicht sonderlich beachtet. Wir haben nur ein paar schnelle Worte gewechselt, und ich habe mich sehr zurückgehalten. Vielleicht, hab ich gedacht, ist er gekränkt, weil ich nie angerufen habe. Den Zettel hat er jedenfalls nicht erwähnt.

Beim Abendessen habe mehr ich ihn beobachtet als er mich – ich konnte nicht anders. Wenn sich unsere Blicke begegneten, hat er mich angelächelt und mir von ferne zugeprostet und sich dann wieder den anderen zugewandt. Wenn ich merkte, dass er mich beobachtete, habe ich mich gefreut. Und wenn ich mitbekam, dass er sich mit anderen Frauen unterhielt, war ich fast eifersüchtig.

Dann ist es passiert: Als ich mich wieder umdrehte, um ihn anzuschauen, bin ich seinem Blick begegnet, der irgendwie anders war, tiefer. In diesem Augenblick bin ich mir »auserwählt« vorgekommen, als hätte er beschlossen, dass ich ihm gehören soll. Richtig begehrt hab ich mich gefühlt. Ich habe weggeschaut und mich das restliche Abendessen über nicht mehr nach ihm umgedreht.

Später sind wir rüber in die Bar, und er hat den ganzen Laden unterhalten: Er hat uns alle zum Lachen gebracht und verzaubert, Männer wie Frauen. Da ist mir klargeworden, dass es ihm gewiss keine Mühe bereitet, eine Frau zu verführen.

Die Seiten über die Reise nach London muss ich nicht nachlesen. Ich erinnere mich auch so daran, als wäre es gestern gewesen. Ich stand vor der Tür zu meinem Zimmer, als ich plötzlich hörte, wie der zweite Lift sich öffnete und dann seine Stimme sagte: »Gute Nacht, Elena.«

Ich war verlegen und zugleich angenehm überrascht, dass er mich ansprach.

»Keine Angst, ich bin dir nicht gefolgt. Mein Zimmer liegt nur neben deinem, ich muss zwangsläufig hier vorbei.«

»Ich habe keine Angst.«

Das stimmte nicht – ich hatte eine Mordsangst.

Er kam näher. Sehr nahe. So nahe, dass meine Nase von seinem Duft erfüllt war. Ich hatte etwas getrunken, vielleicht war mir deshalb plötzlich leicht schwindelig. Er kam noch näher. In meinem Kopf begann es sich zu drehen.

»Verzeih mir, dass ich grad jetzt hochgefahren bin, das muss aussehen, als wäre ich dir gefolgt… Obwohl, wenn ich ehrlich sein soll, ich bin dir wirklich gefolgt. Ich wollte dir nämlich etwas sagen.«

Ich befürchtete, so aus der Nähe könne er mitbekommen, dass auch ich ihn begehrte.

»Ich wollte dir dazu gratulieren, wie du die ganze Sache gemanagt und das Projekt zum Abschluss gebracht hast. Ich hoffe, wir werden noch öfter Gelegenheit haben, zusammenzuarbeiten.« Und dann schob er mir mit einer sanften Geste die Haare aus dem Gesicht, sagte: »Gute Nacht«, und ging zu seinem Zimmer.

Als wir beide vor unserer Tür standen, haben wir uns ein letztes Mal angeschaut.

»Die Schuhe stehen dir übrigens ausgezeichnet.«

»Danke«, sagte ich und huschte flugs in mein Zimmer, wo ich die Tür schloss und mich mit dem Rücken dagegen lehnte. Meine Beine zitterten. Meine Knie gaben nach, und ich glitt langsam nach unten, bis ich auf dem Boden saß. Kurz darauf war mir, als würde ich seine Schritte hören, die vor meinem Zimmer haltmachten. Ich legte das Ohr an die Tür. Im Dunkeln, die Augen geschlossen, saß ich da und lauschte auf jedes winzige Geräusch. Mein Herz schlug wie wild, und meine Hände schwitzten. Ein paar Minuten verharrte ich reglos in dieser Stellung, dann legte ich mich aufs Bett.

Ich war aufgewühlt. Mein Herzschlag wollte sich nicht beruhigen. Aber nicht nur mein Herz pochte. Mein ganzer Körper war erschüttert, erhitzt, lebendig, vibrierend.

Eine ganze Weile fand ich keinen Schlaf. Nur langsam legte sich die Aufregung, und schließlich schlief ich ein.

Als ich am Morgen aufwachte, kam mir das, was am Abend vorgefallen war, fern vor, als hätte ich alles nur geträumt. Ich nahm mir fest vor, keinen Alkohol mehr zu trinken. Dann rief ich Carla an.

»Sag mir bitte, dass du gerade in dein Zimmer zurückgekehrt bist und höllisch aufgepasst hast, dass dich keiner sieht, wie du aus seinem Zimmer kommst. Sag mir, dass du die Nacht mit ihm verbracht hast und jetzt einen solchen Hunger hast, dass du das ganze Frühstücksbuffet verputzen könntest …«

»Carla! Ich bin eben erst aufgewacht, und zwar allein, in meinem Zimmer. Tut mir leid, dass ich dich enttäuschen muss … Viel gefehlt hätte aber nicht …«

»Hat er's versucht?«

»Nein, nicht direkt.«

»Wie, ›nicht direkt‹?«

»Während des Essens hat er mir einen Blick zugeworfen, bei dem ich Gänsehaut gekriegt habe, und beim Gutenachtsagen im Flur hat er sehr nah bei mir gestanden.«

»Und hat er dich geküsst?«

»Nein, er ist weitergegangen, zu seinem Zimmer.«

»Was ist nur aus den Männern geworden?!«

»Mir war's recht, gestern hat es einen kurzen Moment gegeben, da hätte ich mich womöglich drauf eingelassen. Ich hatte was getrunken und war nahe dran, eine Dummheit zu begehen. Dann wäre alles furchtbar kompliziert geworden.«

»Wer weiß? Vielleicht würde es dir jetzt supergut gehen.«

»Das glaube ich kaum, zurzeit erscheint mir mein Leben schon chaotisch genug. So was fehlt mir gerade noch.«

»Tatsächlich? Ich habe mir gestern dich und ihn zusammen vorgestellt, und du warst glücklich.«

»Ach, hör doch auf.«

»Doch, wirklich. Ich habe darüber nachgedacht, und letzten Endes denke ich, dass es dir wirklich guttun würde.«

»Es braucht nur gegen Paolo zu gehen, und du …«

»Stimmt«, schnitt sie mir das Wort ab. »Hast du die neuen Schuhe angezogen?«

»Ja.«

»Mit dem schwarzen Kleid oder dem roten?«

»Mit dem roten.«

»Sehr gut. Hör zu, wann kommst du mich mal besuchen? Ich habe dir eine Menge zu erzählen.«

»Nächste Woche schau ich mal, wie es mit der Arbeit geht, und sobald ich was weiß, rufe ich dich an. Ich kann's auch kaum erwarten! Ich muss unbedingt ein bisschen Zeit mit dir verbringen, ist echt eine seltsame Phase.«

Nach dem Gespräch ging ich nach unten. Paolo hatte mich nicht angerufen und nicht mal eine SMS geschickt, um zu erfahren, wie alles gelaufen war. Als ich in den Frühstücksraum kam, saß *er* alleine da.

Unentschlossen, ob ich mich an einen eigenen Tisch oder zu ihm setzen sollte, ging ich ans Buffet. Ich steckte zwei Scheiben Brot in einen Toaster mit nur einem Fach. Ich starrte auf die Brotscheiben im Toaster: schon nach wenigen Sekunden wurden sie getoastet wieder ausgespuckt. Um Zeit zu gewinnen, drückte ich sie noch einmal runter. Danach waren sie mehr oder weniger schwarz. Als ich mich umdrehte, stand er hinter mir.

»Hast du gut geschlafen?«

»Ja.«

»Hast du Lust, dich zu mir an den Tisch zu setzen?«

»Gern.«

Während des Frühstücks unterhielten wir uns über alles Mögliche: Kino, Musik, Orte auf der Welt, Urlaub.

Nicht ein Mal haben wir die Arbeit erwähnt oder jenen berühmten Zettel, den er mir in die Manteltasche gesteckt und den ich zerrissen hatte. Dann kamen auch Federica und Giorgio, ein anderer Kollege. Während die anderen sich unterhielten, trafen sich manchmal unsere Blicke, und er deutete immer ein leichtes Lächeln an. Dass wir dieses Frühstück alleine begonnen hatten, hatte eine gewisse Intimität zwischen uns geschaffen. Als wir uns voneinander verabschiedeten, küsste er mich auf die Wangen und flüsterte mir ins Ohr: »Du duftest wunderbar.«

27. Februar

Was ist nur mit mir los? Kann man einen Mann lieben und einen anderen begehren?

Seit Tagen verfolgt mich diese Frage und macht mich nervös. Neulich beim Essen mit Freunden habe ich so lang an allen und allem rumgenörgelt, bis die anderen mich darauf angesprochen haben.

Heute bin ich aufgewacht und habe Paolo beobachtet, als er noch schlief. Ganz genau hab ich ihn mir angeschaut und etwas Albernes bemerkt: Ihm wachsen lange Haare aus den Ohren. Die sind mir noch nie aufgefallen. Seit Tagen nerven mich Dinge an ihm, die mir vorher gar nicht aufgefallen sind. Wenn er morgens sein Frühstücksei isst, ertrage ich nicht mehr, wie er mit dem Löffel gegen die Schale klopft. Ich hasse mich deswegen, weil er ja nichts Schlimmes tut.

Wenn ich ihn derzeit anschaue, erscheint er mir wie ein Fremder, als würde ich ihn überhaupt nicht kennen. Dauernd fühle ich mich schuldig, wenn ich mit ihm zusammen bin. Je mehr er mich nervt, desto mehr Schuldgefühle kriege ich, und je mehr Schuldgefühle ich habe, desto mehr nervt er mich. Oft verspüre ich den Impuls, ihn um Verzeihung zu bitten, obwohl es gar keinen Grund gibt.

Ich glaub, ich werde langsam hysterisch. Gestern Abend

ist Paolo aus der Dusche gekommen, die Haare nass und frisch nach hinten gekämmt, so dass man noch die Furchen sah, die der Kamm gezogen hatte, er ist in den Jogginganzug geschlüpft, hat sich aufs Sofa gesetzt, ferngesehen und Pistazien gefuttert. Für die Schalen hatte er sogar eine Papierserviette auf den Couchtisch gelegt. Ich bin aufgestanden und in die Küche gegangen, als ob ich mir ein Glas Wasser holen wollte, dabei bin ich in Wirklichkeit nur vor dem Impuls geflohen, ihm die ganzen Pistazien über den Kopf zu kippen. Alles hat mich genervt: die Geräusche, ihm beim Knabbern zuzuschauen, selbst der kleine Berg Schalen auf der Serviette.

Immer mehr Dinge an ihm ertrage ich nicht mehr: Gesten, Handlungen, Redensarten, Gewohnheiten. Jeden Tag zwinge ich mich aufs neue, sie zu ignorieren. Manchmal überrasche ich mich dabei, dass ich mich absichtlich so verhalte, dass es ihn nervt: aus purer Bosheit, das ist das Schlimmste. Ich verspüre das Bedürfnis, ihn für etwas zu bestrafen, das ich nicht näher erklären kann.

Neulich wollte er mich küssen, und ich hab mich ganz mies gefühlt. Die Vorstellung, ihn zu küssen, gefällt mir nicht mehr, und ich will auch nicht mehr, dass er mich anfasst. Mein Begehren ist weg. Ich weiß nicht, warum und wohin es verschwunden ist oder was an seine Stelle getreten ist. Er nervt mich sogar, wenn er sieht, dass ich über etwas nachdenke, und mich fragt: »Was denkst du gerade?« Geht dich nichts an, würde ich ihm gern antworten. Ich empfinde alles als eine einzige Grenzüberschreitung.

Ich bin gemein. Ich weiß.

Schlimmer als ein verwehrter Kuss, wenn man gern einen hätte, ist ein Kuss, den man kriegt, wenn es zu spät ist.

Früher hatte ich immer Lust, mich mit ihm zu unterhalten, auch über das Notwendige hinaus. Inzwischen möchte ich am liebsten kein Wort mehr sagen. Ich verfalle in langes Schweigen. Was ist nur mit mir los? Was geht da mit mir vor? Mir ist, als wäre ich zwei Menschen, als hätte ein Teil von mir begonnen, mich von außen zu betrachten, mein Leben zu beobachten. Ich weiß nur, dass ich immer öfter Lust bekomme, fortzugehen. Wohin, weiß ich nicht … fort von allem, von meinem Leben, von mir selbst, von den Dingen, die ich besitze, von der Frau, die ich geworden bin.

Vielleicht müsste ich auch nur mal ein bisschen allein sein. Ich hätte Lust, den Keller herzurichten und dort einzuziehen, doch das wäre zu hart und schwer zu erklären.

Besser, ich höre mit dem Tagebuchschreiben auf und gehe ins Bett. Ich weiß, ich könnte jetzt schlimme Dinge schreiben – und hinterher könnte ich nicht mehr so tun, als ob nichts wär.

3. März

In letzter Zeit schaue ich mich häufiger im Spiegel an: von vorn und im Profil, ich schiebe die Haare zurück, schneide Grimassen, setze Gesichter auf, ziehe die Haut nach hinten, um zu sehen, wie ich geliftet aussähe. Für mein Alter habe ich einen schönen Körper, finde ich. Ich gehe nicht ins Fitnessstudio, obwohl ich eigentlich müsste, doch mein Busen ist noch schön, und meine Hüften gefallen mir. Ich glaube, mein Körper ist begehrenswert.

In letzter Zeit verhalte ich mich anders als sonst, unabhängiger. Nicht mehr so brav.

Gestern nach Feierabend war ich noch mit ein paar Kollegen etwas trinken. Normalerweise lehne ich solche Einladungen ab, doch gestern habe ich aus einem plötzlichen Impuls heraus ja gesagt. Ich habe zwei Cocktails getrunken, und als die anderen nach draußen sind, eine rauchen, bin ich mit und habe auch um eine Zigarette gebeten. Natürlich habe ich keine Lungenzüge genommen.

Ich müsste öfter mal mit anderen Leuten ausgehen, gestern hatte ich Spaß, ich war locker und relaxed, nicht so angespannt wie sonst immer. Wegen der zwei Cocktails war ich so aufgekratzt, dass ich vor dem Schlafengehen nicht mehr ins Tagebuch geschrieben habe.

Auf dem Heimweg im Auto war ich glücklich, doch plötzlich bin ich, warum auch immer, ganz wehmütig ge-

worden und hab an früher denken müssen, wenn ich nach der Schule nach Hause kam. Es wäre schön gewesen, wie damals die Tür aufzuschließen und meine Mutter dabei anzutreffen, wie sie den Tisch für Spaghetti bolognese deckt.

Komisch, aber immer wenn ich trinke, werde ich wehmütig. Heute nach der Arbeit habe ich ausnahmsweise mal etwas Lasterhaftes getan. Ich habe mir ein Dessous gekauft, das ich jetzt beim Schreiben trage. Ein Babydoll aus schwarzer Spitze. Es ist das erste Mal, dass ich mir so was kaufe, Spitze fand ich immer ein bisschen vulgär und unpassend für mich. Doch dieser Fummel, bei dem der Busen durchscheint, hat mir sofort gefallen, schon im Geschäft, als ich ihn anprobierte.

Jetzt ziehe ich ihn aus und lege ihn in die Schublade, ehe Paolo mich damit erwischt. Ich käme mir bestimmt lächerlich vor.

10. März

Bevor ich aufschreibe, was mir heute passiert ist, möchte ich erzählen, was am Sonntagmorgen vorgefallen ist.

Nach dem Frühstück habe ich mir einen Kaffee gekocht und ihn auf dem Sofa getrunken. Paolo war nicht da. Ich habe an alles Mögliche gedacht, und plötzlich bin ich aufgesprungen und habe die Fenster in der Wohnung aufgerissen. Wie eine Verrückte. Ich kann mir nicht erklären, was mich dazu veranlasst hat, doch ich hatte den plötzlichen Impuls, sie sperrangelweit zu öffnen und frische Luft reinzulassen. Danach habe ich geduscht und bin spazieren gegangen. Sogar Blumen habe ich gekauft. Zurzeit bin ich echt komisch drauf. Ich brauchte jemanden, der mir zuhört und hilft. Allein schaffe ich es nur, auf diesen Seiten zu berichten, was ich empfinde und erlebe, doch eine Lösung für mein Unbehagen zu finden, dazu ich bin nicht in der Lage. Ich hoffe, dass alles bald vorbeigeht, dass sich die Dinge bald auflösen und meine Zweifel verschwinden. Aber ich habe Angst, dass alles noch schlimmer wird.

Heute habe ich etwas gemacht, wofür ich mich schäme und worauf ich keine Antwort finde. Silvia hat diesen Monat schon zum zweiten Mal einen Strauß Rosen ins Büro geschickt bekommen, die Mädchen machen sich schon über sie lustig. Silvia lächelt so schön zurzeit, sie ist fröh-

lich und total verliebt. Wenn sie ins Büro kommt, ist es, als würden ihre Füße kaum den Boden berühren. Heute Nachmittag, kurz vor Feierabend, hat sie mir eine Mail weitergeleitet, die sie an die Agentur geschickt hat. Darin hat sie einige Dinge, die wir vorher besprochen hatten, durcheinandergebracht. Trotzdem, meine Reaktion war vollkommen überzogen. Ich habe sie lautstark zur Schnecke gemacht, was mir sonst nie passiert. Ich weiß gar nicht mehr, worüber ich so sauer war. Silvia hätte fast losgeheult. Gleich danach hat es mir leidgetan, und ich habe mich mit einer Lüge bei ihr für mein Verhalten entschuldigt: Ich hätte kurz zuvor eine schlechte Nachricht erhalten, so was in der Art.

Heute hatten wir ein paar Freunde zum Essen da, ich habe Gemüse und Thunfisch in Sesammantel mit Balsamico gemacht.

Dario hat gemeint, dass ich so einen guten Ehemann wie Paolo gar nicht verdiente. Im Spaß natürlich, aber ich habe mich trotzdem drüber geärgert. Ich hab's satt, mir anhören zu müssen, was für ein toller Mensch Paolo ist, wie sehr er mich liebt und dass ich von Glück reden könne, so einen Mann zu haben. Dass er ein toller Mensch ist, weiß ich selbst, doch die Wahrheit sieht anders aus, und Leute, die nicht in dieser Wohnung leben, können sie nicht kennen. Ich fühle mich allein in dieser Wohnung und in dieser Ehe, ich fühle mich sogar dann allein, wenn ich mit ihm zusammen im Auto sitze.

13. März

Ich habe Paolo gefragt, ob er mich noch liebt. Keine Ahnung, woher ich den Mut genommen habe. Er hat ein komisches Gesicht gemacht, ganz erstaunt, und dann gesagt: »Natürlich liebe ich dich noch… warum fragst du?«

»Nur so«, habe ich geantwortet.

Zu meiner Erleichterung hat er nicht gefragt: »Und du?«

Tagebuchschreiben ist eine zweischneidige Sache. Es geht mir besser damit, doch gleichzeitig beunruhigt es mich. Nicht nur wegen der Angst, jemand könnte diese Worte lesen. Ich habe begriffen, dass das Niederschreiben meiner Gedanken all meine Widersprüche und Misserfolge schonungslos offenbart. Wenn ich meine Einträge nach ein paar Tagen wiederlese, stoße ich manchmal auf Passagen, bei denen ich denke: Das muss eine andere geschrieben haben. Zwischen den Zeilen entdecke ich Ängste und Wünsche, die mir normalerweise nicht bewusst sind. Träume, die ich vergessen habe, weil ich weiß, dass sie nicht wahr werden.

Meine Tagebucheinträge schaffen zweifellos eine Distanz zwischen jetzt und früher. In gewisser Hinsicht tut das weh: Es macht mich traurig zu sehen, wie ich war, wer ich einmal werden wollte und wer ich geworden bin. Andererseits staune ich auch darüber. Die Seiten dieses

Tagebuchs machen mir Angst, besonders die weißen, die noch warten. Wenn ich mir meine Zukunft ausmale, sehe ich ein immergleiches monotones Leben vor mir, in dem sich nur eins ändert: Ich werde älter und älter.

Ich würde so gern mit jemandem darüber reden, der mich verstehen und beraten, mir beim Begreifen helfen kann. Manchmal frage ich mich, ob ich nicht mit Paolo direkt über alles sprechen soll. Doch er würde bestimmt nur abwiegeln und sich, um die Sache abzukürzen, über mich lustig machen, als wären meine Zweifel nichts als die Grillen seines Frauchens.

Wie soll er mich verstehen, wenn ich es selbst nicht kann?

Ich versuche mir die ganze Zeit einzureden, dass alles gut wird. Nur, warum zittern meine Hände dann so?

Plötzlich war alles ganz anders und ganz natürlich. Eines Morgens war nichts mehr so wie vorher. Eine Welt der Gewissheiten wurde fortgerissen, hinweggefegt.

Im Leben gibt es Augenblicke, Momente, Bruchteile von Sekunden, da wird aus einem »Nein« ein »Ja«. Jahrelang habe ich darauf gewartet, dass mein Leben sich verändert. Heute weiß ich, dass mein Leben darauf gewartet hat, dass ich mich verändere.

Je mehr ich mir verbot, ihn anzurufen, desto stärker wurde die Versuchung. Deshalb entschloss ich mich eines Tages, Federica anzusprechen und ihr alles zu erzählen. Ich wusste genau, dass ich dann nicht mehr den Mut aufbringen würde, ihn anzurufen. Es hätte mich endgültig von dieser Versuchung befreit.

An jenem Morgen, nach einem Termin bei der Frauenärztin, tippte ich ihre Nummer ein. Ich hatte nicht vor, noch mal ins Büro zu fahren, weil ich mir den ganzen Tag freigenommen hatte.

Das Freizeichen ertönte. Federica ging nicht dran. Ich versuchte es noch zweimal, vergebens. Je länger es klingelte, ohne dass sie dranging, desto mehr wuchs die Versuchung, ihn anzurufen. Was soll die Angst?, sagte eine Stimme in mir, ist doch nichts dabei, einen Kaffee mit ihm zu trinken und ein bisschen zu plaudern, wie damals in London beim Frühstück. Das heißt ja noch nicht, dass du mit ihm im Bett landest und Paolo betrügst.

Derart gewappnet, rief ich ihn auf dem Firmenhandy an. »Ciao, hier ist Elena.« Mir schlug das Herz bis zum Hals.

»Ach, das ist ja schön… Ich hab die Nummer gar nicht erkannt. Wie geht's dir?«

»Gut… ich rufe vom Handy an, ich bin nicht im Büro.«

»Musst du heute nicht arbeiten?«

»Nein, ich hab mir freigenommen… musste ein paar Dinge erledigen.«

»Ich würde dich gern sehen, hättest du Lust?«

»Ich weiß nicht. Also wenn, dann aber nur jetzt gleich…«

»Einverstanden, gib mir eine halbe Stunde.«

Ich hatte gehofft, er werde nein sagen. Ich glaube nicht, dass ich ihn noch einmal angerufen hätte.

»Du, ich bin zu Hause«, fügte er hinzu. »Weißt du was: Ich sag dir, wo ich wohne, dann kann ich hier noch schnell eine Sache zu Ende machen, bevor du kommst.«

Ich erwiderte nichts. Zu ihm in die Wohnung wollte ich eigentlich nicht, aber ich schaffte es auch nicht, nein zu sagen. Er gab mir seine Adresse.

»Dann bis gleich. Ich freue mich. Ciao.«

Das hatte ich jetzt davon.

Auf dem Weg bekam ich es mit der Angst zu tun. Mein Körper begann zu zittern, ich hatte Mordsschiss vor dem, was passieren könnte, ich hatte Angst vor mir selbst. Meine Gewissheiten gaben mir keine Sicherheit mehr. Auch wenn ein gemeinsamer Kaffee noch kein Seitensprung war, musste ich die ganze Zeit an Paolo denken.

Die Haustür stand offen, aber ich klingelte trotzdem. Ich wollte ihm ankündigen, dass ich da war. Er antwortete über die Gegensprechanlage: »Erster Aufzug, vierter Stock.« Ich ging lieber zu Fuß. Mein Herz schlug immer schneller, ob wegen der Treppen oder wegen der bevorstehenden Begegnung, kann ich nicht sagen. Mein Magen war wie zugeschnürt, meine Hände waren schweißnass und kalt. Ich hätte gern einen Spiegel gehabt, um mich zurechtzumachen. Im zweiten Stock blieb ich stehen, ich war zu aufgeregt und konnte mich kaum noch auf den Beinen halten. Ein Schlüssel wurde im Schloss gedreht. Er schloss seine Tür auf, vermutlich erwartete er mich oben vor seiner Wohnung. Plötzlich, ohne darüber nachzudenken, machte ich auf dem Absatz kehrt und rannte die Treppe wieder hinunter. Unten lief ich zum Auto und schloss mich ein. Ich war zu Tode erschrocken.

Mein Handy klingelte. Er. Ich ging nicht dran. Über eine halbe Stunde muss ich im Auto gesessen haben; als ich mich endlich beruhigt hatte, schrieb ich ihm eine SMS: »Tut mir leid, ich hab einen Anruf gekriegt und musste weg.«

Sonnenklar, dass er mir das nicht abnehmen würde. Ich machte dann einen langen Spaziergang und kam zum Schluss, dass Umkehren die richtige Entscheidung gewesen war. Es gibt Situationen, da muss man rechtzeitig die Notbremse ziehen, sagte ich mir. Als ich nach Hause kam, fühlte ich mich in Sicherheit. Heute frage ich mich, wie viel Glück mich dieses Bedürfnis nach Sicherheit gekostet hat.

Paolo kam im Bademantel aus dem Bad, er hatte gerade geduscht. Instinktiv lief ich zu ihm und schlang die Arme um ihn. Er befreite sich. »Falls das ein Versuch deinerseits sein soll, dich vor der Zubereitung des Abendessens zu drücken, dann falle ich nicht darauf herein«, sagte er mit ironischem Unterton.

Was, fragte ich mich beim Kochen, würde wohl geschehen, wenn ich eines Tages beschließen würde, auf der Treppe zu *unserer* Wohnung kehrtzumachen?

18. März

Gestern habe ich nichts mehr geschrieben, ich war einfach zu wütend und enttäuscht. Ich hatte einen Abend mit Paolo mal anders verbringen wollen und für Freitag einen Tisch im Restaurant reserviert. Ein bisschen Wein und danach noch einen Bummel durch die Innenstadt. Ich spaziere gern spätabends durch die Stadt und schaue mir die Schaufenster der geschlossenen Geschäfte an.

Nachdem ich reserviert hatte, habe ich Paolo angerufen und ihn gefragt, ob er Lust hätte, Freitagabend mit mir essen zu gehen. Seine Reaktion war ernüchternd.

Besser, ich schreibe auch heute nichts Genaueres darüber, der Gedanke deprimiert mich zu sehr, und das will ich nicht.

Noch heute bin ich verwundert, wenn ich mir anschaue, wie weit es mit unserer Ehe gekommen war und mit welcher Hartnäckigkeit ich an dieser Situation festhielt.

Nach der Uni hatte ich sofort eine Stelle gefunden, die mir gefiel und bei der ich auch gar nicht mal schlecht verdiente. Der Job hatte viele Vorteile, trotzdem kündigte ich nach einem Jahr. Mir fehlte etwas: die Möglichkeit, mich zu entwickeln. Ich konnte keine Erfahrungen machen, konnte nichts lernen, konnte mich nicht verbessern. Es ist mir ein Rätsel, warum ich es mit meiner Ehe nicht genauso gemacht habe. Irgendwann gab es keinerlei Perspektive mehr, nicht den Hauch von Wachstum, und selbst das Arrangieren eines romantischen Abendessens war zum Problem geworden.

»Nicht dass ich Freitag nicht gern mit dir ausgehen würde, es ist nur … ich hab die ganze Woche wie ein Esel geschuftet und würde mich lieber ein bisschen ausruhen.«

»Oh … aber im Restaurant musst ja nicht du kochen. Wir setzen uns einfach hin und lassen es uns gutgehen.«

»Ich hab echt keine Lust, erst stundenlang einen Parkplatz zu suchen und mich dann in ein Restaurant voller brüllender Leute zu setzen … Aber wenn's unbedingt sein muss, komme ich mit.«

Ich kam mir vor wie ein Idiot. »Schon gut, vergessen wir's.«

Am Abend war dicke Luft bei uns. Die Wohnung stand unter Hochspannung. Irgendwann fragte Paolo mich, ob ich wegen der Sache mit dem Restaurant sauer sei.

»Ach was … war doch nur ein Abendessen.«

»Jedenfalls kann ich nichts dafür.«

Ich blitzte ihn an.

»Entschuldige mal, ich bin auf der Arbeit im Büro, nichts als Nerverei, und da rufst du an, und ich hab neben der Nerverei auch noch dieses Abendessen am Hals!«

»Ich hätte nicht gedacht, dass du es schrecklich findest, mit mir auszugehen. Ich war mir so sicher, du würdest dich freuen, dass ich sogar schon reserviert hatte.«

»Was?! Du hast reserviert, ohne mich zu fragen, ob ich überhaupt Lust habe?«

»Ehrlich, Paolo … lass uns lieber das Thema wechseln.«

»Entschuldige mal, du hast das doch alles von dir aus organisiert. Hättest du mich vorher gefragt, dann hätte ich gleich nein gesagt. Wieso soll ich jetzt schuld sein?«

Darauf erwiderte ich nichts mehr und ging sofort ins Bett.

Am nächsten Morgen rief ich vom Büro aus Carla an und kündigte ihr fürs Wochenende meinen Besuch an, danach sagte ich im Restaurant die Reservierung ab. Sie fragten gar nicht nach dem Grund, doch ich fühlte mich verpflichtet, mich zu rechtfertigen: »Mein Gast hat abgesagt.«

»Mein Beileid«, antwortete eine Frauenstimme am anderen Ende der Leitung.

Am Freitag nach dem Streit fuhr ich zu Carla.

Eigentlich hätte ich das öfter tun wollen, doch der Alltag hielt mich immer wieder davon ab. In einem netten Restaurant aßen wir zu Abend und hatten Spaß. Nach einem Spaziergang kehrten wir nach Hause zurück und machten es uns mit Kräutertee auf dem Sofa gemütlich.

Carla war schon immer ein Vorbild für mich. Das liegt, glaube ich, daran, dass sie so toll aussieht, so mutig ist und sich in die Dinge hineinstürzt. Wie bei ihrer Geschichte mit Alberto. Da hat sie alles aufgegeben, was sie besaß, die Wohnung in Mailand, ihren Job, ihre Freundschaften, und ist zu ihm in die Provinz Forlì gezogen. Und als es dann mit Alberto aus war, hat sie sich nicht ein einziges Mal beschwert oder ihre Entscheidung bereut.

»Warum ziehst du nicht wieder nach Mailand? Was willst du noch hier?«

»Weil es noch nicht der richtige Zeitpunkt ist.«

»Worauf wartest du? Dass Alberto beschließt, zu dir zurückzukommen?«

»Nein, ich weiß, dass er nicht zurückkommen wird.«

»Worauf dann?«

»Ich weiß es nicht. Ich spüre nur, dass der richtige Zeitpunkt zum Weggehen noch nicht gekommen ist. Und selbst wenn Alberto zurückkäme, ich würde ihn nicht wiederhaben wollen.«

»Du bist vielleicht komisch.«

»Lass uns lieber mal über diesen Mann mit dem magnetischen Blick sprechen.«

»Da gibt es nichts zu sagen.«

»O nein, ich will alles wissen! Dir gefällt doch eigentlich nie einer, andere Männer schaust du ja nicht mal an... Hör zu, wenn du jetzt das Thema wechseln willst, musst du mich schon umbringen.«

Es stimmt, ich habe mich nie groß umgeschaut, auch früher nicht, im Gegensatz zu Carla. Ich habe immer ihre Freiheit und ihren Mut beneidet, zu tun, wonach ihr war, und auf das Urteil der anderen zu pfeifen. Mir hätte schon diese letzte Eigenschaft genügt. Wenn sie einen kennenlernte, der ihr gefiel, überlegte sie nicht lang: Sie ging noch am selben Abend mit ihm ins Bett. Mir hingegen gefiel nie einer, nicht mal die gutaussehenden, die allen gefielen. Schöne Männer haben mir nie gefallen. Wie viele Abende habe ich damit zugebracht, dies mit meinen Freundinnen zu diskutieren. Sie veräppelten mich, nannten mich »Heilige Maria Goretti«, sagten, ich solle mich ins Leben stürzen und genießen, doch ich war nicht daran interessiert, mit jemandem ins Bett zu gehen, der mir nichts bedeutete. Ich fühlte mich nicht gut dabei. Im Gegenteil.

Als ich Paolo kennenlernte, verstanden meine Freundinnen nicht, was ich an ihm fand. »Mit den tollsten Kerlen wolltest du nichts haben, aber mit dem schon. Was findest du nur an dem Typ?«

Ich weiß noch, wie ich gegen ihre Kommentare ankämpfte.

»Mann, ist der träge, siehst du das nicht? Nie will er was unternehmen.«

»Er ist halt nicht so extrovertiert, er ist eher der ruhige Typ.«

»Schlaft ihr wenigstens miteinander?«

»Ja. Aber nicht ständig, zum Glück ist er keiner von diesen Sexbesessenen. Er ist mehr so der Ruhige.«

Eine Zeitlang nannten sie ihn daraufhin den »Ruhigen«, weil ich ihn immer damit entschuldigte. Doch als sie merkten, dass die Sache was Ernstes war, ließen sie diese Bemerkungen. Selbst ich wusste nicht so recht, was ich an ihm fand. Er gefiel mir. Punkt. Ich weiß nicht, warum. Und wenn er nicht so wahnsinnig passiv wäre, würde er mir noch heute gefallen. Mir gefällt nur nicht, was aus ihm geworden ist.

»Erzählst du mir jetzt endlich von diesem geheimnisvollen Mann? Den ganzen Abend bist du schon so vage, aber ich will's genau wissen.«

»Da gibt es nicht viel zu sagen.«

»Ich kenne dich, Elena, mich speist du nicht mit solchen Antworten ab. Du denkst doch noch an ihn.«

»Nein. Das heißt, ja, ab und zu denke ich an ihn. Aber ich weiß, dass es nicht recht wäre.«

»Recht, nicht recht – was soll der Quatsch! Das sagst du schon, seit ich dich kenne. Folge doch ein einziges Mal deinem Gefühl. Bist du nicht neugierig herauszufinden, warum dieser Mann es allein mit dem Blick in deinen Kopf schafft?«

»Natürlich bin ich neugierig, sonst wäre ich ja diese Treppe nicht hochgegangen, aber es wird bei der Neugier bleiben. Er kann mich faszinieren, wie er will, ich bin nun mal verheiratet.«

»Wie langweilig.«

»Ich weiß, aber ich möchte Paolo nicht betrügen.«

»Einen Kaffee zu trinken und sich zu unterhalten ist ja noch kein Betrug, oder?«

»Mir fehlt das Vertrauen.«

»Hast du Angst, dass er dich vergewaltigt?«

»Was lachst du denn so? Ich vertraue *mir* nicht, wollte ich sagen.«

»Da muss ich aber noch mehr lachen. Ich seh schon, wie du zu ihm gehst und alles dafür tust, damit es möglichst dröge wird und du kleine Fehler an ihm entdeckst. Und wenn er dir dummerweise trotzdem gefällt, haust du einfach ab wie neulich auf der Treppe und Schluss, aus. Wie immer.«

»Wie immer? Aber ich habe doch noch nie auf einen Mann verzichtet wegen Paolo.«

»Ich rede nicht von Männern, sondern ganz allgemein. Du übst gern Verzicht, du opferst dich gern auf. Das weißt du doch selbst.«

»Schon wieder diese Leier?«

Seit Jahren behauptete Carla, Verzicht sei für mich so was wie eine Kreditvergabe. Sie meinte, ich würde mich opfern, damit der andere sich mir gegenüber verpflichtet fühlte.

»Wenn ich du wäre, in deiner Situation – ich würde mich voll in dieses Abenteuer stürzen. Ich würde mir den Luxus gönnen, es auszuprobieren. Du hast immer getan, was andere für richtig hielten. Gesteh dir einen Fehler zu: An Fehlern kann man wachsen.«

»Du bist ja lustig … Wenn ich vorher schon weiß, dass es ein Fehler ist, wieso sollte ich ihn dann machen?«

»Der Fehler selbst ist nicht wichtig, was zählt, ist, welche Veränderung dieser Fehler mit sich bringt, wie er sich auf uns auswirkt, was er aus uns macht. Vielleicht wirst du ein besserer Mensch dadurch, wer kann das sagen? Komm schon, Elena, mach einmal im Leben etwas, was scheinbar keinen Sinn hat.«

»Wozu soll ich etwas tun, von dem ich schon weiß, dass es keinen Sinn hat?«

»Im Leben macht man etwas nicht nur, weil es zu etwas nütze ist. Es ist ein Spiel… Wenn du als kleines Mädchen gespielt hast, musste das auch immer zu etwas führen?«

»Man muss aber nicht jeden Mist machen.«

»Du musst immer alles überdenken, das ist das Problem. Du kaust eine Sache durch, bis sie kaputt ist. Zu verstehen war dir immer wichtiger, als zu fühlen.«

»Ja, wobei ich oft trotzdem nichts verstehe.«

»Tu doch einmal was für dich. Vielleicht entdeckst du ja, dass es einen Sinn hat. So warst du schon als junges Mädchen. Nie hattest du Zweifel oder eine Identitätskrise. Ehe du wusstest, wer du bist, wusstest du schon, was du dir wünschst. Als hätte es jemand anders für dich ausgesucht.«

Damit hatte sie völlig recht. Ich hatte immer gewusst, wie ich mir mein Leben vorstellte: die Schule, auf die ich gehen wollte, die Uni, die Hochzeit… sogar die Farbe des Sofas. Dem Bild, das ich von mir hatte, bin ich immer treu geblieben.

»Gestatte dir doch einmal die Möglichkeit, einen anderen Teil von dir zu entdecken, vergiss einfach mal, wer du zu sein glaubst, und schau, was passiert.«

Es stimmte, ich war immer bestrebt, niemanden zu enttäuschen. Dort bei Carla hatte ich zum ersten Mal das Gefühl, dass das im Grunde zu nichts nütze war.

»Lass uns ein Spiel spielen, Elena: Wenn du alles machen dürftest im Leben, ohne Limit, was würdest du dir jetzt wünschen?«

»Ich weiß nicht, müsste ich erst drüber nachdenken. Und du?«

»Das gilt nicht, du bist dran. Ich danach.«

»Ehrlich gesagt, jetzt im Moment wären das die Dinge, die du genannt hast. Eines Morgens aufzuwachen und zu sagen: Es reicht, jetzt bin ich mal dran. Ich weiß nur nicht, worauf sich dieses ›Es reicht‹ bezieht … Ja, ja, lach du nur, aber so ist es.«

»Ich lache nicht, ich schmunzle.«

»Ich hätte Lust, etwas Neues, Intensives auszuprobieren. Und sei es nur ein einziges Mal.«

»Und was wäre das? Zu ihm zu gehen?«

»Ich weiß es nicht. Ich gebe zu, dass ich da neulich sehr aufgeregt war und ich nicht weiß, was passiert wäre, wenn ich nicht umgekehrt wäre. Ich glaube aber, dass mich das überfordert. Sagen wir, für den Augenblick würde es mir reichen, einen ganzen Tag nur für mich zu haben, ohne irgendwelche Verpflichtungen und Aufgaben. Etwas zu tun, was die anderen nicht erwarten, wie im Bett liegen zu bleiben, statt aufzustehen und zur Arbeit zu gehen, oder mit dem Auto einen Ausflug ans Meer zu machen. Einfach so. Ich hab eine unstillbare Lust nach Gänsehaut auf dem ganzen Körper, ich habe aber auch Angst vor den Konsequenzen … Jetzt hör doch mal auf zu lachen.«

»Ich lache, weil ich dich gern habe und du mich zum Lachen bringst.«

»Da gibt's nichts zu lachen, nur zu weinen.«

Dann sollte Carla sagen, was sie sich wünschte, aber wir wurden von meinem Handy unterbrochen. Anna, aus Argentinien, total aus dem Häuschen. Sie hatte gerade mit einem achtzigjährigen *Tanguero* getanzt.

An dem Abend ging ich glücklich ins Bett. So gut hatte ich mich schon lange nicht mehr gefühlt.

21. März

Komisch, morgens ins Tagebuch zu schreiben. Aber ich bin schon seit sechs Uhr wach. Ich bin in die Küche runter und hab mir einen Kaffee gemacht. Carla schläft noch. Hier ist alles sehr beschaulich und still, durchs Fenster dringt ein schönes Licht. Ich mag diese Küche. Lauter bunte Tassen und Schüsseln. Ich mag das Bild, das an der Wand hängt, und die Uhr über dem Fenster. Das Gespräch mit Carla hat mir gutgetan und viele Gedanken in Gang gesetzt. Seit dem Gymnasium ist sie meine beste Freundin und wird es immer bleiben, glaube ich. So einen besonderen Menschen findet man nicht überall. Ich habe immer bewundert, welches Vertrauen sie der Welt entgegenbringt, dem Leben und den Menschen. Ich beneide sie um so vieles: ihren Mut und ihre Kraft, die Fähigkeit, aufrichtig zuzuhören und zu sagen, was sie denkt. Auch um ihre Kochkünste beneide ich sie und vor allem um ihr Talent am Klavier. Als Mädchen habe ich selbst mal Unterricht genommen, weil es mich so verzaubert hat, wie sie spielte, es dann aber bald wieder aufgegeben.

Gestern Abend, als wir nach Hause kamen, hat sie ein bisschen für mich gespielt. Carla sieht toll aus, auch wenn sie sich zurzeit ein bisschen gehenlässt. Doch wenn sie Klavier spielt, verändert sich ihr Gesicht, und sie wird noch schöner.

Musik, hat sie mir mal gesagt, habe ihr in den schwierigen Momenten immer geholfen. Sie gibt ihr Kraft und beschützt sie.

»Wovor?«, habe ich gefragt.

»Ich weiß nicht… Aber sie weiß es.«

Heute Morgen, als ich die Augen öffnete, sind mir tausend Gedanken im Kopf herumgeschwirrt. Es kommt mir vor, als wäre ich eigentlich gar nicht so, wie ich mich darstelle, als hätte ich nie den Mut gehabt, mich so anzunehmen, wie ich bin. Manchmal habe ich das Gefühl, meine Unsicherheiten verhindern, dass ich auf mein Inneres höre.

Genau genommen war das aber nicht das Erste, was ich nach dem Aufwachen gedacht habe. Mein erster Gedanke war er. Die nur halb hochgestiegene Treppe, das gemeinsame Frühstück in London, das kurze Gespräch im Hotelflur.

Nicht an meinen Ehemann habe ich gedacht, sondern an einen anderen. Wieso bloß taucht dieser Mann so oft in meinen Gedanken auf?

Nicht nur, was zwischen uns vorgefallen ist, durchlebe ich wieder, ich habe auch Phantasien. Ich habe sie noch nie aufgeschrieben, weil mir allein der Gedanke, dass er mich berührt und küsst, Angst macht. Dieser Mann zerstört meine Gewissheiten, weil ich etwas empfinde, was ich nicht kenne, etwas Unbestimmtes. Vorhin, beim Befüllen der Kaffeemaschine, habe ich mich gefragt, ob Paolo und ich uns wirklich je geliebt haben. Gestritten haben wir uns kaum, es hat nie große Auseinandersetzungen gegeben. Paolo ist nicht eifersüchtig, das war er nie, viel-

leicht wäre mir das aber lieber gewesen, immerhin hätte ich darin ein echtes Gefühl erkennen können.

Vielleicht sollte ich lieber fragen, wie *wir uns geliebt haben.*

Es ist, als hätten wir eher eine Idee geliebt, einen Lebensstil, den der andere uns garantieren kann. Vielleicht haben wir Zärtlichkeit mit Liebe verwechselt. Ich habe mich von Paolo nie begehrt gefühlt, und auch ich habe ihn nie richtig begehrt. Vielleicht habe ich ihn ja deswegen geheiratet. Ich konnte bleiben, wie ich war, ohne Gefahr zu laufen, mich zu blamieren.

Ist die Liebe, die Ehe bei allen so? Ist das wirklich alles? Ist das nicht ein bisschen wenig? Und warum all die Fragen und Ängste?

Tatsächlich beschäftigt mich das alles schon lange, doch erst seit kurzem traue ich mich, es aufzuschreiben.

Was fehlt mir wirklich?

Beim Frühstück las ich Carla die Seiten aus meinem Tagebuch vor, die ich frühmorgens geschrieben hatte. Wir haben herzlich über mich gelacht.

Ich schaute sie an und hätte nicht sagen könnnen, ob sie glücklich war. Ich wusste zwar, dass die Sache mit Alberto ihr noch naheging, doch richtig leiden habe ich sie erstaunlicherweise nie gesehen. Deshalb fragte ich sie: »Und du, Carla, bist du glücklich?«

»Ja, das bin ich.«

»Sicher?«

»Sonderlich euphorisch sag ich das nicht, ich weiß. Aber ich habe eine eigene Vorstellung von Glück.«

»Und die wäre?«

»Glücklich sein bedeutet für mich nicht, dass es einem nicht auch mal schlechtgehen kann. In meinem Glück ist auch Raum für Melancholie und für meine Schwächen.«

»Darf ich offen sagen, was ich denke, oder bist du dann beleidigt?«

»Du *sollst* mir sogar sagen, was du denkst.«

»Es leuchtet mir durchaus ein, was du sagst, aber manchmal denke ich, dass das nur eine Rechtfertigung für die Tatsache ist, dass du dich in einen Winkel fernab von der Welt zurückgezogen hast, wo nichts und niemand dich verletzen kann.«

Sie sagte nichts, sah mich nur an, als hätte ich ins Schwarze getroffen.

»Ist aber nur so eine Idee von mir, kann sein, dass ich mich irre.«

Da lächelte Carla mich an. »Du hast recht. Insgeheim weiß ich es selbst, doch im Moment ist es okay so, ich bin noch nicht so weit, wieder etwas zu riskieren. Ich brauche Zeit.«

Ich goss ihr Tee nach. »Ich habe einen Entschluss gefasst«, sagte ich. »Ich werde ein paar Dinge anders machen.«

»Und zwar?«

»Ich habe beschlossen, mir einen Ruck zu geben. Als Allererstes nehme ich mir einen Tag frei und fahre ans Meer, und dann will ich öfter herkommen und ein Wochenende mit dir verbringen. Und ich möchte einen Kochkurs belegen und vielleicht auch ins Fitnessstudio gehen.«

»Was ist denn mit dir passiert?«

»Ach, nichts. Ich hab nur überlegt, dass das Nichtstun mich vielleicht mehr erschöpft, als etwas zu unternehmen. Vielleicht bin ich deshalb so antriebslos, weil ich keine Lust mehr auf die Kämpfe habe, die ich nicht austrage. Ich verschwende viel zu viel Energie damit, zu ertragen, was mir nicht gefällt, und mich zu zwingen, an anderes zu denken.«

»Da krieg ich ja auch richtig Lust…«

»Ich hab auch noch mal darüber nachgedacht, was wir gestern über das Fehlermachen gesagt haben. Du hast recht. Wie hieß der Satz noch mal?«

»An Fehlern kann man wachsen.«

»Genau: Wenn ich im Leben einen Fehler mache, bedeutet das, dass ich mich weiterentwickle …«

»Du machst mir Angst, Elena … Hast du heute Morgen was getrunken?«

Den ganzen Tag über spürte ich eine seltsame Euphorie. Ich wusste auch nicht, was mit mir los war.

Ich fand's schade, dass ich am nächsten Tag nach Mailand zurückmusste, es war so schön mit Carla.

Auf der Fahrt nach Hause schickte ich ihm eine SMS: »Sorry noch mal wegen neulich. War gar kein dringender Anruf. Ich hab's nur nicht hingekriegt, ich war noch nicht so weit. Hoffe, du kannst mir verzeihen. Elena.«

Seine Antwort kam prompt: »Da weißt du ja jetzt, wo ich wohne. Falls du irgendwann mal meinst, dass du es hinkriegst, ruf an.«

»Morgen Nachmittag habe ich früher frei. Wenn du Lust auf einen Kaffee hast … gern.«

Diese SMS habe ich nicht gleich abgeschickt. Und als ich es tat, war es mir peinlich. Ich kam mir unverschämt vor.

»Morgen Nachmittag kann ich erst nach vier.«

»Ich ruf dich an, wenn ich mit der Arbeit fertig bin.«

22. März

Ich bin gerade nach Hause gekommen und todmüde. Ich habe geduscht und freue mich wahnsinnig aufs Bett. Paolo hat mich am Bahnhof abgeholt und wollte gleich wissen, wie es war und wie es Carla geht.

Ich hatte aber keine Lust zu reden. Als ich ins Auto stieg, hat er mich auf den Mund geküsst. Das tut er sonst nie. Beunruhigt, vielleicht aus einem Schuldgefühl heraus, habe ich ihn gefragt, wie ich denn zu diesem Kuss käme. Und er: »Was soll das heißen? Na, weil du meine Frau bist!«

Ich glaube nicht, dass ich heute gut einschlafe. Ich bin zu aufgeregt. Im Grunde trinken wir ja nur einen Kaffee zusammen, aber der Kaffee ist nicht das Problem, das ist mir klar.

23. März

Ich sitze vor der leeren Seite und versuche, die Erinnerungen und Gefühle zu ordnen. Es ist unheimlich schwer, das, was heute Nachmittag passiert ist, aufzuschreiben …

Wenn ich heute, mit zeitlichem Abstand, lese, was ich an diesem Tag geschrieben habe, durchlebe ich die gleichen Gefühle wie damals.

Als ich das Haus betrat, wartete er schon und hielt mir die Aufzugstür auf.

»Ich würde lieber zu Fuß gehen, Aufzüge machen mich immer ein bisschen nervös …«

»Treppensteigen ist für dich aber offenbar auch nicht ganz einfach, wenn ich letztes Mal richtig deute.«

Ich versuchte ein Lächeln.

»Ach, komm schon, ich bin extra runtergefahren. Mit mir passiert dir nichts. Ich hab ihn heute Morgen vom Techniker warten lassen.«

Er strahlte mich an.

Ich fasste Zutrauen und stieg ein.

»Wie geht's dir?«, fragte er mich.

»Gut.«

»Du bist wunderschön.«

»Wirklich? Ich finde mich heute schrecklich, aber trotzdem danke.«

Ich hatte Angst, er könne mein Herz klopfen hören. Wenn er mich in diesem Augenblick gegen die Aufzugwand gedrängt und geküsst hätte, ich hätte keinen Widerstand geleistet, das spürte ich. Ich brachte es nicht fertig, ihn anzusehen oder etwas zu sagen. Die Aufzugstüren öffneten sich, er ließ mir den Vortritt.

»Zweite Tür rechts.«

Ich ging los, und plötzlich spürte ich seine Hände auf meinen Hüften. Er zog mich an sich. Unsere Körper berührten sich kaum. Trotzdem spürte ich seine Wärme und seinen Atem auf meinem Hals. Er drehte mich um und sah mir in die Augen, ohne ein Wort. Er strich mir die Haare aus dem Gesicht, wie damals, im Hotelflur in London. Ohne den Blick von meinem zu wenden, drängte er mich sacht gegen die Wand und küsste mich.

Nicht ungestüm, er war ganz zart. Mir war sofort klar, dass Widerstand zwecklos war, dafür war es jetzt zu spät. Ich hatte die ganze Zeit einen Kampf geführt, den ich im Grunde nie gewinnen wollte. Ich erwiderte den Kuss. Seine Lippen waren weich, und seine Küsse schmeckten gut. Ich spürte, wie seine Hand zwischen meinen Schenkeln hochwanderte und er mich dort berührte, wo mich seit Monaten kein Mann mehr berührt hatte, seit Jahren niemand außer meinem Ehemann. Mir zitterten die Knie. Er war sanft und zugleich stark und entschlossen.

Mein Atem ging schneller. Zum ersten Mal wollte ich einfach nur egoistisch sein und dachte an nichts anderes mehr. Ich wollte mich diesen Empfindungen hingeben, weil sie mir gefielen und guttaten, ohne an die Konsequenzen zu denken. Schon lange hatte ich nicht mehr solche Lust empfunden, ja eine so intensive Lust hatte ich überhaupt noch nie empfunden, und ich überließ mich ihr. All die Dämme, die ich so hingebungsvoll um mich herum errichtet hatte, an diesem Nachmittag brachen sie.

Die Bänder, die mich einschnürten, schienen eines nach dem andern aufzuspringen. Ich fühlte mich leicht, meine Atemzüge kamen aus immer größeren Tiefen, aus dem Magen, den Eingeweiden, der Seele. Meine und seine zusammen. Ich ließ mich von einem Unbekannten entführen.

In einem einzigen Augenblick hatte er all meine Überlegungen, meine Gewissheiten, meine Überzeugungen fortgewischt. Er hob mich hoch, trug mich zur Tür, stieß sie auf, indem er mich dagegendrückte, und so betrat ich zum ersten Mal seine Wohnung, an ihn geklammert, mit den Füßen in der Luft.

Im Flur drängte er mich wieder gegen die Wand, diesmal mit Kraft. Seine Hand in meinem Nacken drückte meinen Kopf gegen seinen. Seine Lippen auf meine. Er legte mich auf einen Tisch und hob meinen Rock. Ich spürte seine Lippen und seine Zunge, die mich küssten. Es machte mich verlegen, ihn so nah an meinem intimsten Bereich zu wissen, deshalb versuchte ich, seinen Kopf wieder zu meinem Gesicht zu ziehen und ihn auf den Mund zu küssen. Die Augen hatte ich geschlossen, ich hörte nur, wie er seinen Gürtel aufschnallte. Er zog mich an sich, und es schien, als öffnete er meine Beine, aber in Wirklichkeit schloss er sie und presste sie aneinander. Dann drang er in mich ein. Ich öffnete die Augen und sah seinen Blick, der direkt auf mich gerichtet war. Derselbe Blick, bei dem ich mich vom ersten Mal an nackt gefühlt hatte. Im Innersten entkleidet. Alles war wie verstärkt. Jede kleinste Bewegung. Ich war mir sicher, dass ich keinen Orgasmus bekommen würde, und sorgte mich, er könne enttäuscht sein deswegen. Doch noch während ich das dachte, packte mich plötzlich und unerwartet eine große Hitze, meinem Mund entrang sich ein tiefer Schrei, als hätte ich ihn schon immer in mir getragen, und ich kam.

Reglos verharrte er in mir. Dann zog er ihn raus, und ich spürte seine flüssige Hitze auf Bauch und Brüsten.

So war unser erstes Mal.

24. März

Heute war kein schöner Tag. Gestern, als ich aus seiner Wohnung kam, habe ich am ganzen Leib gebebt. Ich bin mir vorgekommen wie in einer Blase, losgekoppelt von der Wirklichkeit. Die Welt habe ich kaum mit den Fußspitzen berührt, und damit sie den Kontakt zum Boden nicht verloren, hab ich nach etwas Alltäglichem, Normalem, Gewohntem gesucht. Ich habe mich an bekannte Gesten und Handlungen geklammert. Doch dieses Gefühl hat nicht lange gewährt. Je mehr Zeit verging, desto komischer war mir zumute. Ich hatte Schuldgefühle, weil ich es mir hatte gutgehen lassen. Nachts im Bett habe ich keinen Frieden gefunden. Ich kann eine solche Situation nicht aushalten, ich bin da nicht ich, ich bin nicht der Typ Frau, der eine heimliche Affäre haben kann. Was passiert ist, wird für immer mein Geheimnis bleiben und wird sich nicht wiederholen. Weil ich es nicht will. Ich bin so voller Sorge und fühle mich total unwohl, das ist die paar Minuten Freude nicht wert. Wenn ich mit ihm reden würde, mit ihm sprechen könnte, würde mich das vielleicht beruhigen, doch er ist verschwunden. Nicht eine SMS, kein Anruf.

Als ich seine Wohnung verließ, hat er nicht gefragt, ob wir uns wiedersehen. Vielleicht wird es bei diesem einen Mal bleiben. Umso besser. Und doch habe ich mich ges-

tern in seinen Armen unheimlich wohl gefühlt. Wie kann etwas so Schönes so viel Verwirrung nach sich ziehen?

Damals war ich noch darauf angewiesen zu erfahren, wie der andere das gemeinsam Getane erlebt hat, um es beurteilen zu können. Dass er mich nicht sofort angerufen hatte, machte unsere Begegnung in meinen Augen weniger besonders, als könnte das Danach dem Erlebten etwas nehmen oder hinzufügen. Es hat Jahre gedauert, bis ich gelernt habe, eine Begegnung in dem Moment, in dem ich sie erlebe, zu bewerten und nicht anhand dessen, was tags darauf passiert.

All meinen Gedanken und Ängsten zum Trotz rief er mich am nächsten Tag an. »Ich wollte dir nur sagen, dass ich immer noch lächele, so gut hat mir das getan. Wann kommst du wieder?«

»Ich weiß nicht, ich bin verwirrt. Darauf war ich nicht gefasst.«

»Schön, aber merk dir: Falls du beschließt, nicht wiederzukommen, dann komme ich und hole dich.«

Als ich aufgelegt hatte, merkte ich, dass es mir nicht mehr schlechtging, die ganze Last war wie weggefegt. Ich war schon verloren.

27. März

Als ich heute zu ihm hoch bin, habe ich wieder nicht den Aufzug genommen. Abgesehen von den üblichen Ängsten hatte ich das Bedürfnis nach Bewegung. Als ich am Pförtner vorbeikam, habe ich so getan, als würde ich telefonieren, ich hab mich geschämt. Und plötzlich auch befürchtet, in dem Haus könnten Bekannte von mir oder Paolo wohnen. Oben angelangt, habe ich einen Augenblick innegehalten, in der Hoffnung, dass mein Herz sich beruhigen würde. Ich habe mich gefragt, was ich eigentlich vor der Tür eines Unbekannten zu suchen hatte. Die letzten Tage habe ich mir immer wieder gesagt, dass ich ihn nicht wiedersehen darf, dass das alles nicht zu mir passt. Das Risiko ist groß, nicht nur, weil ich entdeckt werden könnte. Und doch gibt es da etwas, das stärker ist, das mich anzieht und mich wieder zu ihm geführt hat. Während ich noch über all dies nachdachte, ging die Tür auf, und er stand lächelnd vor mir.

Ich war noch verlegener als beim ersten Mal. Wortlos hat er mich in die Arme genommen. Ich habe sofort seinen Geruch wiedererkannt. Die Spannung ließ nach, und ich begann mich wohlzufühlen. Ein paar Minuten lang haben wir nur dagestanden und nichts gesagt. Schon lange hat mich kein Mann mehr so lang und fest umarmt. Er hat die Lippen auf meine Stirn gelegt und mir kleine Küsse gegeben, dann auf Schläfen und Wangen weitergemacht und mich schließlich auf den Mund geküsst. Plötzlich war alle Aufregung wie weggeflogen.

Wir sind in die Küche, er hat Rotwein in zwei Gläser gegossen, und wir haben uns zugeprostet. Dann haben wir uns wieder geküsst, ganz langsam. Er hat mich hochgehoben und auf die Küchentheke gesetzt, neben die Spüle. Wie ich so dasaß mit dem Wein in der Hand und baumelnden Füßen, bin ich mir vorgekommen wie ein kleines Mädchen. Er hat mich unverwandt angeschaut, während er Knopf um Knopf meine Bluse aufmachte. Dann hat er mir die Hand auf den Rücken gelegt und gekonnt meinen BH *geöffnet. Er hat meine Brüste geküsst und mir sanft in die Brustwarzen gebissen, mir dann das Glas abgenommen und auf den Tisch gestellt, mich auf den Mund geküsst, während seine Finger ganz sacht in mich eindrangen. Nach einer Weile hat er sie mir in den Mund gesteckt, und ich habe mich geschmeckt. Er ist einen Schritt zurückgetreten und hat sich Gürtel, Hose und Hemd ausgezogen, bis er ganz nackt dastand. Er hat mich auf die Seite gelegt und sich genähert, bis sein Glied nur wenige Zentimeter von meinem Mund entfernt war, hat meine Haare genommen und mich an sich gezogen.*

Ich mochte den Geschmack. Noch jetzt, beim Schreiben, habe ich das Gefühl, ihn zu spüren. Ich hatte Angst, ich könnte das nicht, ich würde nicht das machen, was ihm gefiel. Ich war unsicher. Seine Hände sind meinen Zweifeln zu Hilfe gekommen und haben mich geführt. Sie haben mir den richtigen Rhythmus vorgegeben. Mit wachsender Lust ist auch mein Atem immer schneller gegangen, er hat mich immer weiter sanft gestreichelt, und mir war, als könnte ich in wenigen Sekunden zum Höhepunkt gelangen. Er hat es mitgekriegt und langsamer gemacht, mich gebeten, noch ein wenig zu warten. Ein Schauer überlief mich. Er hat mich mit beiden Armen hochgehoben und ins Bett getragen. Dort haben wir ewiglange weitergemacht. Ich höre noch die Koseworte, die er mir dabei zugeflüstert hat. Kein Mann hat jemals solche Worte zu mir gesagt. Ich habe mich geliebt gefühlt.

Ich habe alles genossen: meinen Körper und seinen, seine Augen, seine Hände, seinen Mund. Ich habe meinen Gefühlen freien Lauf gelassen, den Kopf ausgeschaltet und meinen Körper machen lassen.

Hinterher bin ich aufgestanden und in die Küche gegangen, um etwas Wasser zu trinken. Ich habe seine Augen auf mir gespürt, und mir ist bewusst geworden, dass ich das nicht gewohnt bin. Bei Paolo komme ich mir seit Jahren vor, als wäre ich unsichtbar.

31. März

Heute wollte er, dass ich während der Mittagspause zu ihm komme. Ich bin zehn Minuten früher weg, habe in der Nähe seiner Wohnung geparkt und bin schnell zum Haustor gelaufen. Nicht weil ich Angst hatte, gesehen zu werden, sondern weil ich dem rationalen Teil in mir, der mich immer wieder mahnt, nicht zu ihm zu gehen, nicht zu viel Zeit lassen wollte.

Seine Wohnungstür war nur angelehnt, ich habe sie aufgestoßen und gefragt, ob ich eintreten darf, aber keine Antwort bekommen. Alles war dunkel, bis auf eine Kerze auf dem kleinen Tisch im Flur. Ich war versucht, wieder zu gehen, dann hab ich nach ihm gerufen. Stille.

Bei unseren Treffen habe ich immer das Gefühl, dass Worte unpassend sind. Besonders meine.

Eine Weile bin ich reglos dagestanden und habe abgewartet, was passiert. Ich hatte Angst, etwas Falsches zu tun, etwas Unangebrachtes. Gute Manieren sind in solchen Situationen immer hinderlich.

Langsam haben sich meine Augen an die Dunkelheit gewöhnt. Aus dem Zimmer am Ende des Flurs schimmerte es matt. Ich bin ein paar Schritte weitergegangen und habe neben der Kerze auf dem Flurtisch einen Zettel entdeckt: »Sag nichts, such nicht nach mir, tu nur, was ich dir sage. Zieh dich aus, und lass die Kleider auf dem Fußbo-

den. Die Schuhe behältst du an. Geh in das Zimmer mit der brennenden Kerze. Ich sehe dich.«

Ich höre noch den Klang meiner Schritte im Flur. Im Gehen dachte ich an die letzten Worte auf dem Zettel: »Ich sehe dich.«

Ich schämte mich, mich auszuziehen, stand eine Weile reglos da und versuchte, den Mut aufzubringen. Es war die letzte Gelegenheit, Reißaus zu nehmen, umzukehren und das Ganze zu vergessen, das war mir bewusst.

Ich beschloss, mich auszuziehen. Die Vorstellung, dass er mich irgendwo versteckt beobachtete, erregte mich, ich stellte mir vor, wie er nackt dastand und mich ansah. Ich ließ den Slip an meinen Beinen auf den Boden herabfallen. Ich stieg darüber und ging auf das Zimmer zu. Im Flurspiegel sah ich mein Abbild, und dort, im Halbdunkel, habe ich zu meinem Erstaunen festgestellt, dass ich mir nackt gefiel und nicht die geringste Scham mehr empfand. Ich betrat das Zimmer. Auf dem Tisch sah ich eine Kerze, einen schwarzen Fummel, eine ebenfalls schwarze Augenbinde und einen Zettel: »Zieh das Babydoll an, verbinde dir die Augen, und beug dich vor. Nicht sprechen. Berühre dich, als ob ich nicht da wäre. Wenn der Moment gekommen ist und du bereit bist, komme ich zu dir.«

Ich tat, was er verlangte. Ich war seinem Willen unterworfen. Ich beugte mich nach vorn, eine Wange auf dem

Tisch. Er war kalt. Ich ließ meine Hand nach unten gleiten und begann mich zu befühlen.

Alles war still, die ganze Zeit spürte ich seine Augen auf mir, und das erregte mich mehr als meine Finger. Ich konzentrierte mich auf jedes noch so kleine Geräusch, ich wollte mitkriegen, wann er zu mir kam. Nach einigen Minuten hörte ich das Parkett knarren. Er kam näher, ich erwartete ihn. Ich begehrte seinen Körper, seine Hände, seine Lippen. Zuerst spürte ich seinen Atem, dann seinen Mund. Er küsste mich, leckte meine Beine, seine Hände fuhren unter das Unterkleidchen, ich spürte sie auf meinem Hintern und am Rücken. Ich berührte mich weiter, bis ich merkte, dass ich kurz davor war zu explodieren, und innehielt. Ich wollte nicht gleich kommen. Ich nahm die Hand fort und streckte den Arm nach vorn.

»Mach weiter, nicht aufhören«, flüsterte er mir ins Ohr. Seine warme Stimme berührte eine Stelle ganz tief in mir, die nicht einmal meine Finger erreichen konnten. Ich streichelte mich wieder, er legte seine Hand auf meine, und gemeinsam machten wir weiter.

»Willst du es?«, fragte er mich.

Ich schämte mich und gab keine Antwort.

Er berührte mein Geschlecht mit seinem.

»Sag mir, dass du es willst.«

Ich nickte und stöhnte leise.

»Ich hab dich nicht genau verstanden«, sagte er.

Ich hätte nicht gedacht, dass ich es herausbringen würde, doch ich sagte: »Ja …«

Ich war kurz davor, durchzudrehen, und wollte es unbedingt, doch heraus brachte ich nur ein armseliges »Ja«.

Er drang in mich ein, so tief es ging. Er packte meine Hüften, und ich merkte, wie alles immer heftiger wurde: sein Atem, sein Stöhnen und seine Lust. Ich gab mich ihm ganz hin. Ohne ihn herauszuziehen, drehte er mich auf den Rücken. Ich konnte ihn nicht sehen, meine Augen waren ja noch verbunden, doch ich spürte ihn immer mehr. Ich kam, ich weiß nicht, wie oft. Ich, die bis dahin immer gedacht hatte, dass das nicht möglich wäre.

Irgendwann hob er das Babydoll bis über die Brüste, packte eine und drückte sie fest. Plötzlich zog er ihn raus, und ich spürte seinen Samen auf meinem Bauch. Er ließ sich auf mich fallen. Langsam beruhigte sich sein Atem. Nachdem wir eine Weile still so dagelegen hatten, stand er auf, hob meinen Kopf hoch und küsste mich auf die Lippen.

»Bleib so, nicht bewegen … und noch nicht die Augenbinde wegnehmen«, flüsterte er und ging weg.

Als er zurückkam, begann er mich mit etwas Warmem und Nassem zu säubern. Die nasse Wärme war wunderbar. Seine Bewegungen waren sanft. Er pflegte mich. Er bedeckte mich mit Küssen, dann ließ er mich auf einem Stuhl Platz nehmen. Ich sah noch immer nichts und durfte mich nicht rühren. Ich hörte das Geräusch eines Bleistifts, mit dem geschrieben wurde, dann wurde ein Zettel abgerissen, und er sagte zu mir: »Es ist Zeit, dass du dich wieder anziehst.«

Er hatte mich soeben mit einem warmen Lappen gewaschen, geküsst und gestreichelt, und nun zog er mich wieder an. Mit rührender Zartheit. Das hatte noch kein Mann getan, kein Mann hatte mich je angezogen, seit ich erwachsen war. Ich fühlte mich beschützt und geliebt, mit ihm wurde ich unversehens wieder zum Kind.

Er ließ mich aufstehen, damit er mich zu Ende anziehen konnte, legte mir seine Hand in den Nacken, um meine Haare aus der Bluse zu ziehen. Er gab mir einen Kuss auf den Mund und geleitete mich zur Tür, öffnete sie und wies mich an, die Augen zuzulassen. Dann nahm er mir die Augenbinde ab. Ich begriff nicht, worauf er hinauswollte. Wir verließen die Wohnung, er drückte mir einen Zettel in die Hand und sagte: »Zähl bis zehn, dann kannst du die Augen aufmachen.«

Hinter mir wurde die Tür geschlossen. Ich zählte bis zehn und öffnete die Augen. Das Licht blendete. Ich stand allein vor der Tür zu seiner Wohnung. Ich drehte mich um, aber er war nicht mehr da. Ich las den Zettel: »Ist das wirklich passiert, oder kommst du gerade erst?«

Mir schwirrte der Kopf. Ich wollte klopfen, um ihm wenigstens einen Kuss zu geben und in die Augen zu schauen, doch ich verstand das Spiel.

Im Auto stellte ich mir die Frage selbst. Ich hatte nichts gesehen. Alles, was ich erlebt hatte, konnte ich mir auch nur eingebildet haben.

Ich las den Zettel noch einmal: »Ist das wirklich passiert, oder kommst du gerade erst?«

Beides, das wäre mir am liebsten gewesen.

1. April

Es ist alles so neu und doch nicht unerwartet. Einen solchen Mann, eine solche Leidenschaft habe ich mir schon lange gewünscht.

Manchmal, auf dem Weg zu ihm, wird mein Verlangen nach ihm mit jedem Schritt stärker, so dass ich schon ganz nass bin, wenn ich vor seiner Tür stehe. Das passiert mir auch tagsüber, wenn ich an ihn denke. So war ich noch nie drauf. Paolo hat mir manchmal sogar weh getan, weil ich so wenig erregt war. Ich hab schon gedacht, bei mir wär was nicht richtig, weshalb ich mich irgendwann dazu überwunden habe, es meiner Frauenärztin zu erzählen und sie um ein Gleitmittel zu bitten. Eine Dysfunktion sei es zwar nicht, hat sie gemeint, mir dann aber doch eine Creme gegeben.

Bei ihm erkenne ich mich nicht wieder. Ich bin eine andere Frau, und diese Frau beginnt mir zu gefallen.

Ich habe vor nichts Angst, in seinen Armen fühle ich mich beschützt vor der Welt und spüre, dass mir nichts Böses passieren kann. Ob das stimmt oder nicht, ist nicht wichtig. Es fühlt sich so an, und das ist schön. So sicher habe ich mich vielleicht zuletzt als Kind gefühlt, bei meinem Vater auf dem Arm.

3. April

Heute hatte ich Lust, selber die Initiative zu ergreifen. Ich konnte es kaum erwarten. Ich habe ihm eine SMS geschickt, und wir haben es so eingerichtet, dass wir uns vor dem Abendessen noch sehen konnten, gegen halb acht. Er hat nicht mal abgewartet, bis ich in der Wohnung war. Im Nu hatte ich seinen Mund und seine Hände überall. Es fühlt sich gut an, wenn er erregt ist. Dann weiß ich, dass ich ihm gefalle.

Ich hatte mir vorzustellen versucht, wie es diesmal sein würde. Aber bei ihm kann ich es nie vorausahnen. Ich weiß nie, wohin er mich führt.

Ich musste mich auf den Tisch setzen, und er hat mich geküsst und ausgezogen. Als ich vollkommen nackt war, sollte ich mich in die Tischmitte legen. Aus einer Schublade hat er mehrere schwarze Bänder geholt und eins davon um das eine Handgelenk gebunden, ein zweites um das andere, dann ein drittes und viertes um die Knöchel und die vier Enden schließlich an die Tischbeine geknotet. Ich bin noch nie gefesselt worden. Ich hatte Angst, war aber auch erregt und neugierig. Er hat sich ein Glas Wein eingegossen, hat einen Schluck genommen und mir in kleinen Tropfen aus seinem Mund eingeflößt. Dann hat er das Glas weggestellt und sich mir zugewandt. Er tat etwas, das mir wahnsinnig gut gefiel: Ohne mich zu be-

rühren, ist er mit seiner Hand über meinen ganzen Körper gefahren, ich hab nur seine Wärme auf der Haut gespürt. Diese unsichtbare Liebkosung hat mich ganz bezaubert, und ich war gespannt, wie es weitergehen würde. Er hat eine Feder genommen und angefangen, mich zu kitzeln. Er hat damit über meine Beine gestrichen, über den Bauch, den Hals, die Brüste. Ich genoss es, wie er mich so anschaute und berührte. Nach einer Weile hat er die Feder weggelegt und mit den Fingern weitergemacht. Es hat gekitzelt. Ich konnte mich nicht beherrschen und habe gelacht. Ich habe mich geschämt und versucht, mich zusammenzureißen, mich nicht so gehenzulassen. Nackt und gefesselt lag ich da vor ihm und habe mich meines Lachens geschämt. Ich hatte die Kontrolle über mich verloren, und dafür habe ich mich mehr geschämt als für meine Nacktheit.

Er hat aber nicht aufgehört, und ich habe nicht mehr gewusst, wie ich dieses Lachen unterdrücken sollte, es war stärker als ich. Mit den Fingern ist er mir an den Seiten entlanggefahren, von den Knöcheln bis zu den Achseln, dann hat er sich meinen Beinen zugewandt. Als er mit den Fußsohlen begann, hat mein ganzer Körper gezuckt. Da hab ich nicht mehr an mich halten können und bin explodiert. Ich habe gelacht und gelacht und im Versuch, mich zu befreien, mit Armen und Beinen gezappelt, soweit es ging. Aus voller Lunge hab ich gelacht, völlig unkontrolliert geschrien. Als er mit den Fingern in meine Achseln drückte, hab ich kaum noch Luft gekriegt, ich konnte einfach nicht mit Lachen aufhören. Ich hab gedacht, ich sterbe.

Plötzlich hat er innegehalten, und ich bin so weit zu Atem gekommen, dass ich ihn anflehen konnte, aufzuhören. Und während ich das noch sagte, fing er wieder an. Erst als ich wirklich gedacht habe, jetzt ersticke ich, hat er aufgehört. Er hat einen Schluck Wein getrunken und mir wieder in den Mund geträufelt. Ich war total elektrisiert, wie nach einem Sprint. Hab eine Hitze gespürt, als wären alle meine Zellen wiedererwacht. Ich war ganz klar, wach, voller Kraft. Ich habe den Wein geschluckt. Und er hat wieder angefangen, mich unter den Achseln zu kitzeln. Ich konnte ihm nicht sagen, dass er aufhören solle, weil ich vor lauter Lachen kein Wort rausbekommen habe. Irgendwann hat er aufgehört, mich zu kitzeln, und nur noch so getan. Ich hab trotzdem weitergelacht, ich hatte jede Kontrolle über meine Reaktionen verloren.

Ich weiß nicht, wie lang das so gegangen ist. Mir schwirrte der Kopf, ich war erschöpft. Jedes Mal, wenn er aufhörte, hat mich ein Gefühl des Wohlbefindens überwältigt. Ich keuchte, schnappte nach Luft und war seltsam glücklich, wie betrunken. Da hat er angefangen, mit einem Finger meine Klitoris zu berühren, worauf ich sofort zitterte und bebte und in einem heftigen, intensiven Orgasmus explodiert bin. Er hat ewig angehalten. Ich hab nicht mal mitgekriegt, ob es mehrere waren oder immer der gleiche, der einfach nicht aufhörte.

Danach bin ich reglos auf dem Tisch dagelegen, mit geschlossenen Augen, und habe der Lust nachgespürt, so weit es ging. Er hat mich losgebunden. Aber ich bin so liegen geblieben, hab mich einfach nicht rühren können. Er hat mich hochgehoben und ins Bett getragen. Arm in Arm ha-

ben wir unter der Decke dagelegen. Er hat mir kleine Küsse auf Stirn und Augen gegeben und mich gestreichelt. Ich war völlig fertig, zugleich erlöst und befreit.

Noch jetzt, während ich das schreibe, spüre ich den Nachhall all der Schauer und bin noch immer wie elektrisiert.

In meinem Leben war plötzlich Platz für das Unvorhergesehene. Ich war nicht mehr besessen von dem Zwang, alles unter Kontrolle zu haben. Anfangs bescherte mir das kleine Missgeschicke: Eine Kaffeemaschine brachte ich zum Explodieren, weil ich das Wasser vergessen hatte, das Firmenhandy habe ich in einem Monat gleich zweimal verloren, und wenn Paolo nicht gewesen wäre, wäre ich nicht mehr in die Wohnung gekommen, weil mir die Schlüssel in einen Gully gefallen waren. Die Erinnerung daran rührt mich heute: kleine Belege dafür, dass ich mich veränderte.

Eines Nachmittags, als ich einkaufen war, hörte ich jemand meinen Namen rufen und drehte mich um. Auf einer Bank saß Paolos Bruder. Ich ging zu ihm.

»Wohin so eilig?«, fragte er.

»Einkaufen, aber ich hab's gar nicht eilig.«

»Dann setz dich doch und leiste mir ein bisschen Gesellschaft.«

Ich setzte mich. »Und was machst du an einem Samstagnachmittag allein auf einer Bank?«

»Nichts, ich schau mich um und denke nach.« Er nahm einen langen Zug von einem Glimmstengel, der keine Zigarette war.

»Auch mal?«, fragte er und reichte mir den Joint.

»Nein, danke.«

»Komm schon, nimm einen Zug.«

»Ich könnte sterben.«

»Ist nur ganz wenig drin …«

Ich nahm einen kurzen Zug.

»Nimm noch einen, komm schon, das wird dich nicht umbringen. Einer wie dir können ein paar Züge nicht schaden.«

Ich nahm noch einen Zug.

»Hast du was an dir verändert? Du siehst super aus.«

»Danke, nein, nichts.«

Er lächelte. »Keine Sorge, ich werde dich nicht fragen, warum.«

Ich spürte, wie mir die Röte ins Gesicht stieg, und wechselte sofort das Thema. »Wie geht es deiner Mutter?«

»Wie immer … Früher war ja alles sooo viel besser. Und mein Bruder, die Frohnatur? Worüber jammert er so zurzeit?«

»Es geht ihm gut …«

»Manchmal bereue ich, dass ich ihn ermahnt habe, aufzupassen, dass du ihm nicht wegläufst. Ich hätte nicht so gemein zu dir sein sollen.«

»Das habe ich nicht gewusst.«

»Leider ja. Wenn ich dich sehe, kriege ich Schuldgefühle.«

»Aber es geht mir gut mit deinem Bruder.«

»Na klar …«

»Glaubst du mir etwa nicht?«

»Ich hab mich immer schon gefragt, warum so eine wie du bloß mit meinem Bruder zusammen ist.«

»So eine wie ich – was soll das heißen? Was für eine bin ich denn?«

Wäre er nicht der Bruder meines Mannes gewesen, hätte ich gedacht, er wolle mit mir flirten, so hat er mich angesehen. Ich weiß nicht, ob es an den beiden Zügen Gras lag, doch zum ersten Mal fiel mir auf, dass Simone ein faszinierender Mann war.

»Es will dir einfach nicht in den Kopf, dass man gern mit jemandem zusammen sein kann, stimmt's?«, sagte ich, um das Thema zu wechseln. Er machte ein Gesicht, das ich nicht deuten konnte. »Hast du nie Lust gehabt, ernsthaft mit einer Frau zusammen zu sein?«

»Bisher nicht.«

»Findest du Sex ohne Beziehung nach einer Weile denn nicht öde?«

»Immer noch besser als eine Beziehung ohne Sex.« Er lächelte über seinen Spruch und zog wieder an dem Joint. Dann fuhr er fort: »Jedenfalls geht es mir auf den Sack, dass mich jede Frau, mit der ich zusammen bin, verändern will, immer soll ich irgendwelchen Vorstellungen entsprechen.«

»Verändern bedeutet nicht, schlechter machen.«

»Ich habe nie das Bedürfnis gehabt, die Frauen zu verändern. Ich finde die Menschen in Ordnung, wie sie sind.«

»Klar, so wie du deine Beziehungen lebst …«

»Was soll das heißen?«

»Mag sein, dass du nicht das Bedürfnis verspürst, den anderen zu verändern – aber nicht aus Respekt, sondern aus dem gleichen Grund, weshalb niemand die Einrichtung eines Hotelzimmers verändern oder es in einer anderen Farbe anstreichen will. Du lebst ja nicht da, nach ein paar Tagen fährst du wieder nach Hause.«

Er sah mir direkt in die Augen, als gäbe er sich geschlagen. »Touché. Siehst du, wie gut Kiffen tut? So scharfsinnig bist du sonst nie.«

Wir mussten lachen. Mir war schwindelig. Bevor ich aufstand, um zu gehen, sah ich ihn kurz an.

»Keine Sorge, ich werde meinem Bruder nicht erzählen, dass du geraucht hast.«

7. April

Gestern Abend, nachdem ich ins Tagebuch geschrieben hatte, bin ich ins Bett gegangen und habe vor dem Einschlafen geweint. Warum, weiß ich nicht genau. In letzter Zeit muss ich oft weinen und weiß nicht, wieso. Paolo kriegt davon nichts mit. In den Jahren unserer Ehe habe ich gelernt, still zu weinen, mit dem Rücken zu ihm, reglos im Dunkeln neben ihm, und versucht, einen Namen für mein Unglück zu finden, für die Tränen, die sich nicht aufhalten ließen.

Heute Morgen bin ich glücklich aufgewacht. Vielleicht weil wir gleich verabredet waren, vor der Arbeit bei ihm. Um die Mittagszeit musste er den Flieger nehmen, er wird ein paar Tage fortbleiben. Ich habe im Büro angerufen und gesagt, dass ich später komme.

Die Tür zu seiner Wohnung stand offen, das matte Licht aus dem Schlafzimmer drang auf den Flur. Ich habe gelernt, nicht zu sprechen, nicht seinen Namen zu rufen. Er hat im Bett gelegen und geschlafen – oder so getan. Schweigend habe ich mich ausgezogen und bin vom Fußende her unter die Bettdecke gekrochen. Es war warm. Ich wollte ihn nicht gleich berühren, weil ich kalte Hände hatte. Wenn ich diese Wohnung betrete, spüre ich im ganzen Körper Wärme aufsteigen, aber meine Hände bleiben erst mal eisig. Und er lässt mir oft nicht die Zeit, sie aufzuwär-

men. Ich fing an, ihn an den Füßen zu küssen, dann bin ich nach oben, zu den Knien und Schenkeln. Er war nackt. Ich liebe seine Haut. Ich mag es, wenn ich gewisse Stellen seines Körpers küsse und plötzlich die Zuckungen spüre, wenn sich seine Muskeln bei meinen Berührungen zusammenziehen. Da fühle ich mich mächtig. Und wie berauscht. Ich steckte die Nase in die Falten seines Körpers. Ich füllte Nase und Lunge mit ihm. Wenn ich ihn einatme, wird mir immer leicht schwindelig.

Ich habe mich langsam bewegt, ihn zart geküsst, bis ich seine Hände auf meinem Kopf gespürt hab. Eine unzähmbare Lust hat mich gepackt. Zum ersten Mal habe ich ihn ohne Kondom in mich hineingleiten lassen. Ich hatte unheimlich Lust, ihn ganz zu spüren.

Wir haben uns geliebt, morgens, in aller Früh, was ich schon seit Jahren nicht mehr gemacht habe, danach lagen wir ein paar Minuten Arm in Arm unter der Decke. Ich war glücklich. Dann haben wir zusammen Kaffee getrunken, ich habe mich verabschiedet und bin ins Büro gefahren.

Ich vermisse ihn. Manchmal fehlt er mir sogar schon, wenn wir noch zusammen sind. Das ist seltsam, ich weiß, aber selbst wenn wir uns in den Armen liegen, spüre ich eine vage Sehnsucht nach uns. Die nächsten Tage werde ich nun ohne ihn auskommen müssen und ohne die Frau, die ich mit ihm bin.

Es war unsere erste Trennung. Am folgenden Nachmittag gegen fünf, während ich im Büro Akten bearbeitete, schickte er mir eine SMS: »Was machst du?«

»Öde Arbeiten. Akten bearbeiten. Du?«

»An dich denken.«

»Arbeitest du nicht?«

»Ich arbeite und denke an dich. Hab Bilder von uns im Kopf. Du lenkst mich ab. Wäre jetzt gern mit dir bei mir zu Hause.«

»Ich auch.«

»Hast du Lust, ein bisschen zu spielen?«

»Ja.«

»Geh auf die Toilette, mach ein Foto von dir, und schick es mir.«

»Was für eine Art Foto?«

Auf diese Frage erhielt ich keine Antwort. Das Hin und Her der SMS hatte mich erregt. Ich ging in die Toilette, knöpfte meine Bluse auf und machte ein Foto von meinen Brüsten. Es gefiel mir nicht, und ich machte noch eins. Mit dem vierten war ich schließlich zufrieden und schickte es ihm. Seine Antwort ließ nicht lange auf sich warten.

»Schön … mehr.«

Ich musste lächeln. Die Sache begann mir Spaß zu machen. Ich wusste nicht, wie ich die Fotos machen sollte. Ich ließ den Rock herunter, steckte eine Hand in den Slip und machte eine Aufnahme von meinem Spiegelbild.

»Ich dreh durch … Nicht aufhören.«

Ich drehte mich um, zog den Slip hinunter zu den Knien und machte eine Aufnahme von meinem Hintern. Er wollte noch mehr Fotos. Er brachte mich dazu, zu spielen und Dinge zu tun, die auch mir Spaß machten. Ich staunte über mich selbst, dass ich all diese Dinge tat, die so ungewohnt für mich waren, während auf meinem Schreibtisch dringende Dokumente und Entscheidungen auf mich warteten. Ich ließ meiner Kreativität freien Lauf. Auf der Toilette im Büro, während die anderen nebenan malochten, schoss ich erotische Fotos.

Er schrieb mir: »Keine gute Idee, oje, jetzt habe ich noch mehr Lust als vorher. Du bist wunderschön. Wenn du sehen könntest, welche Wirkung deine Fotos haben.«

»Zeig's mir doch«, antwortete ich.

Er schickte mir ein Foto seiner Hand: Kein Bild hätte mich mehr erregen können. Dann eine neue SMS: »Total verwirrt. Kann nicht mehr so viele Tage warten. Fliege schon morgen heim, komm zu mir, ich bitte dich.«

Er hatte seinen Flug für mich verschoben, und ich war bereit, mir irgendeine Entschuldigung gegenüber Paolo einfallen zu lassen. Als er am nächsten Abend aus dem Taxi stieg, wartete ich schon im Auto vor seinem Haus.

10. April

Paolo ist nie unter der Decke verschwunden, um mich mit dem Mund zu befriedigen. Ein paarmal vielleicht, seit wir verheiratet sind, aber in den letzten Jahren nicht mehr. Mein zweiter fester Freund hat das immer gern gemacht, und mir hat es total gefallen. Paolo will nicht mal, dass ich es ihm so mache. Wenn ich es versuche, schiebt er mich nach ein paar Minuten fort. Ich habe immer gedacht, ich sei wohl nicht besonders gut darin.

Bei ihm habe ich es gelernt, weil ich gespürt habe, dass ich mich hingeben kann. Bei Paolo habe ich mich nie gehenlassen. Dabei ist er mein Ehemann. Vielleicht kann man einfach nicht frei sein, wenn man mit einem Menschen schläft, der selbst nicht frei ist. Und frei sind Paolo und ich definitiv nicht.

Mit ihm ist alles anders, alles neu, und Spaß macht es auch: Wir lachen oft beim Sex. Und ich kann die Initiative ergreifen. Als ich das am Anfang unserer Ehe mal probierte, hat Paolo sich zurückgezogen, forsch habe ich ihm nicht gefallen. Einmal hat er mir sogar gesagt, dass ich ihn in die Bredouille bringe, dass ihn manches, was ich sagte, verlegen mache und man gewisse Dinge mit der Ehefrau nicht tut. Mit wem denn sonst, wenn nicht mit der eigenen Frau, habe ich verblüfft gefragt, und darauf er im Brustton der Überzeugung: »Mit den anderen, be-

vor man heiratet.« Da habe ich ihn darauf aufmerksam gemacht, dass ich weder seine Mutter noch die Madonna sei.

Er hingegen weiß, wie man eine Frau liebt. Meine Lust befriedigt ihn, habe ich festgestellt, und deshalb halte ich mich nicht mehr zurück, weil ich jetzt weiß, dass ich für mich und auch für ihn genieße. Meine Lust ist die wertvollste Münze, eine Münze, die nur dann einen Wert hat, wenn sie ausgegeben wird. Er scheint stets zu wissen, was mir gefällt. Er ist nie zufrieden, und das fasziniert mich. Sein Interesse ist authentisch. Er schaut in mich hinein, sieht mich und gibt mir die Gewissheit, auserwählt zu sein. Ich denke, dass meine Lust bei ihm so intensiv und tief ist, weil mein Körper in seinen Händen zum ersten Mal erhört wird. Er beherrscht das Spiel und weiß, wie er meine Lust immer mehr steigern kann, so dass ich mich so stark fühle wie er. Wenn wir miteinander schlafen, sind wir eins, und ich habe nie das Gefühl, passiv zu sein, auch wenn mir bewusst ist, dass er die treibende Kraft ist. Ich habe gelernt, dass es Teil eines Spiels ist, dass auch ich lenke. Meine Unterwerfung ist ein Geschenk, das ich ihm bereite, keine Niederlage. Mit ihm zu schlafen ist eine geheimnisvolle Reise. Er führt mich, er reißt mich mit, geleitet mich an Orte, die ich nicht kenne und nie besucht habe.

Manchmal, nachdem ich bei ihm gewesen bin, habe ich noch seinen Atem und seine Worte im Ohr, seine Hände zwischen meinen Beinen. Ich habe das Gefühl, ihn noch in mir zu haben. Ich spüre ihn physisch überall, es ist vorgekommen, dass ich es auf dem Nachhauseweg im Auto kaum noch ausgehalten und mich sofort berührt habe, sobald ich zu Hause war.

Statt zu duschen, bade ich jetzt wieder mehr. Abends, wenn ich nach Hause komme, lasse ich mir eine Wanne ein, schließe die Tür ab, zünde ein paar Kerzen an, und dort, allein, beginne ich mich zu befriedigen. Noch so ein Geschenk von ihm. Ich habe entdeckt, dass meine Klitoris mir ein intensives und andauerndes Vergnügen schenken kann. Es ist mir immer lächerlich und traurig vorgekommen, wenn ich's mir gemacht habe, ich hab mich immer geschämt, auch wenn ich allein war. Nicht mal, wenn ich mit Paolo geschlafen habe, habe ich mich angefasst. Nur einmal ganz am Anfang. Ich hatte plötzlich das unwiderstehliche Verlangen, mich zu berühren, bin diesem Impuls gefolgt und habe mich gehenlassen. Hätte ich das bloß nicht getan! Paolo wurde stinksauer, er hat diese Geste so interpretiert, dass mir seine Liebesdienste allein zu wenig Spaß bereiteten. Ich hab's nie wieder getan.

Mit ihm ist es anders, oft verlangt er selbst, dass ich mich anfasse. Wenn ich es allein tue, denke ich an uns. Ich schließe die Augen, und alles ist da. Alles, was er tut, ist sinnlich und erotisch: wenn er Wein trinkt, wenn er isst, wenn er spricht, wenn er mich ansieht. Als würden wir immerfort miteinander schlafen. Der Sex mit ihm hat etwas geradezu Spirituelles an sich. Dieser Mann erweckt neue Seiten von mir zum Leben, und zwar genau die, die ich spüren will.

Mir ist, als hätte ich eine Entscheidung getroffen, die mir Zugang zu einem tiefen und wahren Teil von mir selbst ermöglicht.

Ich hab immer gedacht, derartige Emotionen wären

Frauen vorbehalten, die stark, mutig und draufgängerisch sind. Aber auch ich kann so sein.

Warum bloß ist die Lust so spät in mein Leben getreten?

Das alles machte mir fast Angst: Es ging mir so gut wie noch nie. Ich fühlte mich lebendig. Ich war durch eine Tür gegangen, durch die ich nicht so ohne weiteres zurückkonnte.

Mich verblüffte die Tatsache, dass ich mich Paolo gegenüber nicht schuldig fühlte. Manchmal doch, aber nie, wenn ich von meiner Affäre nach Hause kam, eher wenn Paolo nett zu mir war oder ich ihn ruhig vorm Fernseher sitzen sah und dachte, dass ich ihm Leid zufügte und er das vielleicht nicht verdient hatte.

Dass ich mich nicht schuldig fühlte, lag wohl daran, dass die Welt draußen blieb, wenn sich die Tür zu seiner Wohnung hinter mir schloss. Dort ging nur ein Teil von mir hinein, der keine Beziehungen und Bindungen hatte. Ich war ein anderer Mensch, eine andere Frau. Wenn ich diese Wohnung betrat, verließ ich mein Leben. Manchmal wollte ich nicht einmal ihn auf den Grund meiner Seele blicken lassen und einen Winkel nur für mich behalten. Er war nicht mein Geliebter, er war kein Freund und auch kein Vertrauter. Er war mein Komplize, mein heimlicher Spielgefährte.

Wie lange würde dieses Spiel andauern, und wohin würde es mich führen?

Jede Frau sollte einem Mann begegnen, der ihr die Möglichkeit gibt, ihre Sinnlichkeit zu entdecken. Einem Mann, bei dem sie sich lebendig fühlt, wenn er sie in seinen Armen hält.

13. April

Manchmal fühle ich mich unbeholfen bei ihm. Ich wäre gern ungezwungener, stattdessen habe ich Angst, dass ich seinen Anforderungen nicht standhalte, so wie ich am Anfang seinem Blick nicht standhalten konnte. Sexuell habe ich mich nie auf Augenhöhe gefühlt, doch er bringt mich zu einer neuen Bewusstheit. Schon beim Verlassen seiner Wohnung wünsche ich mir nichts sehnlicher, als so schnell wie möglich zu ihm zurückzukehren.

Heute habe ich eine ganz neue Seite an mir entdeckt, die ich noch nicht kannte. Paolo und ich sprechen normalerweise wenig, wenn wir miteinander schlafen, im Grunde sagen wir eigentlich nie was. Als würden wir uns schämen. Auch bei ihm bin ich still; manchmal stellt er mir Fragen, aber ich antworte nicht, ich bin woanders. Wenn ich vor Vergnügen lache oder schreie, befinde ich mich in einer anderen Sphäre. Ich sage »Ja« durch meine Handlungen und meine Hingabe.

Als wir heute miteinander geschlafen haben, hat er plötzlich angefangen, schweinische Wörter zu sagen. Wörter, die ich in meinem Leben noch nicht in den Mund genommen habe. Ich habe seine Lippen dabei beobachtet, und das hat mich erregt, sie waren quicklebendig. Sie jagten mir Schauer über den Rücken. Von seinen Lippen, von seinem Mund, kann ich alles annehmen. Er hat mich aufgefordert, die Wörter zu wiederholen. Erst habe ich es nicht über mich gebracht, ich hab erwartet, es wäre mir unangenehm. Dann bin ich diesem Fluss warmer Wörter gefolgt und habe mich ihrem Strom hingegeben.

Als ich das erste aussprach, hab ich Gänsehaut gekriegt. Jetzt bringe ich es nicht mal fertig, das Wort hinzuschreiben, doch vorhin bei ihm habe ich es nicht nur über die Lippen gebracht, sondern regelrecht herausgeschrien. Und ich habe entdeckt, dass es mich nicht allein erregte, solche Wörter zu hören, sondern auch, sie herauszuschreien: Sie entfesseln etwas in mir. Zum ersten Mal in meinem Leben habe ich herausgeschrien, was ich gern tun würde, wie ich genommen werden wollte, was ich gern wäre. Ich habe meine Geheimnisse und Phantasien herausgeschrien, meine Gelüste gebeichtet.

Das alles ist so irrational, da ist etwas Machtvolles, das mich verführt, mich entflammt und befreit.

14. April

Ich liebe seine Sicherheit und seine Anmut. Die Sicherheit mag von der Erfahrung kommen, doch die Anmut kann man sich nicht einfach so zulegen. Das ist eine Gabe. Ein Mensch kann lernen, freundlich, höflich, aufmerksam, sogar zartfühlend zu sein, aber Anmut kann man nicht lernen. All seine Leidenschaft, seine Sicherheit, sein tolles Äußeres hätten nicht gereicht ohne diese Anmut.

Mit ihm bin ich keine verliebte Frau, aber ich bin eine glückliche Frau. Ich gehöre ihm und habe keine Wahl. So etwas habe ich noch nie für jemanden empfunden. Kein Mensch hat mich je so in mein Innerstes geführt, mir das Gefühl gegeben, als Ganzes gesehen zu werden. Ich habe mich geleert und mit uns wiederangefüllt, und in diesem »Wir« ist der wahrste Teil von mir enthalten.

Je mehr Sex ich habe, desto mehr Lust kriege ich. Er bringt mich immer wieder an meine Grenzen, über das hinaus, was ich glaube ertragen zu können. Nie geht er weiter, kurz vorher hält er inne, immer an dieser Linie, wo die Lust in Schmerz umschlägt, in jener Zone, wo das Vergnügen so intensiv ist, dass es einen Schatten von Leid in sich trägt. Der Orgasmus, den ich bei ihm erreiche, ist tief, anders als die, die ich kannte und die ich mir selbst verschaffen kann. Und jedes Mal ist er intensiver. Als würde er meine Genussfähigkeit steigern. Vielleicht liegt das auch daran, dass unsere Beziehung nicht definiert ist. Nur wenn wir miteinander schlafen, ist er mein.

Wir treffen uns jetzt fast schon einen Monat lang und wissen praktisch nichts voneinander. Er fragt mich nicht nach meiner Ehe, nach meinem Leben außerhalb seiner Wohnung. Ich halte es genauso. Wenn wir uns verabschieden, weiß ich nicht, ob es ein nächstes Mal geben wird. Ich weiß nur, dass mich das Unverbindliche zwischen uns tief verstört und sich in einer Explosion der Sinne entlädt. Jenseits seiner Arme gibt es keine Sicherheit. Vielleicht ist es das, was die Leidenschaft anfacht. Auch die Angst, dabei entdeckt zu werden, wie ich mich in seine Wohnung schleiche, dieses Gefühl, etwas Gefährliches und Verbotenes zu tun, eine Grenze zu überschreiten, sind Öl aufs Feuer.

All diese Überlegungen stellt jene Frau an, die zu sein er mich gelehrt hat. Ich frage mich, wie er sie davor überhaupt sehen konnte. Vielleicht hat diese Frau ja ihre Existenz durch ein winziges Detail verraten, eine Handbewegung, einen Gesichtsausdruck. Einmal habe ich ihn gefragt, wie er wissen konnte, dass das alles in mir drinsteckte, und er hat geantwortet: »Wer sagt denn, dass ich es gewusst habe? Vielleicht bist du ja auch für mich eine Überraschung.«

Diese Überlegungen verringerten jedoch nicht meine Neugier auf ihn und sein Leben jenseits unserer Treffen. In meiner damaligen Verfassung war es für mich nicht normal, mich zu verhalten, als würde er nicht existieren, sobald ich seine Wohnung verlassen hatte. Manchmal sah ich uns deshalb in meinen Phantasien außerhalb der Wohnung. Ich stellte mir vor, etwas Alltäglicheres mit ihm zu machen, einen Spaziergang zum Beispiel, ins Restaurant oder ins Kino zu gehen. Es war, glaube ich, nur natürlich, dass ich eine derart verrückte Beziehung normalisieren wollte, dieser Beziehung eine vertraute Form zu geben versuchte. Deshalb fragte ich ihn eines Tages im Bett plötzlich, ohne darüber nachzudenken: »Seit wann hast du eigentlich keine Beziehung?«

»Wie meinst du das?«

»Eine feste Freundin …«

»Offiziell oder inoffiziell?«

»Wo ist der Unterschied?«

»Offiziell ist eine, die du deinen Freunden als deine Freundin vorstellst, die Inoffizielle stellst du praktisch keinem vor, und wenn doch, dann sagst du ›eine Freundin von mir‹. Also, Offizielle hatte ich nur wenige, Inoffizielle ein paar mehr.«

»Wie kommt's?«

»Ich bin nicht gut in Zweierbeziehungen.«

»Das kapier ich nicht. Ich finde, dass du Frauen sehr gut verstehst, du weißt, wie du mit ihnen umgehen musst, zumindest bei mir.«

Ich hoffte, er würde sagen: »Nein, bei dir ist es anders, so wie mit dir hat sich das noch nie angefühlt.«

Stattdessen sagte er: »Ich weiß nicht mehr, wie ich bei anderen bin, ich hatte schon lange keine feste Freundin mehr, weder offiziell noch inoffiziell …«

»Hat dir mal eine Frau weh getan?«

»Schon, aber nicht richtig schlimm. Obwohl ich denke, dass es was mit Schmerz zu tun hat.«

»Angst vor dem Schmerz?«

»Ja, aber weniger bei mir. Ich fürchte mich mehr vor dem Schmerz, den man einem Menschen bereiten kann, der sich an einen bindet. Vor dem Gefühl der Macht, wenn man merkt, dass man den Menschen, der dich liebt, zerstören kann. Das schreckt mich ab.«

»Dieses Risiko muss man eingehen, denn wenn du dazu nicht bereit bist, kannst du auch nicht die schönen Dinge empfinden, die damit einhergehen.«

Er zog sich weiter hoch, lehnte sich mit dem Rücken gegen das Kopfende des Bettes und sagte: »Ich weiß.«

Wenn er über Gefühle redete, bekam er immer einen ganz schüchternen Gesichtsausdruck. Sosehr er in anderen Situationen Herr der Lage war, so unerwartet verletzlich wirkte er in solchen Gesprächen.

»Wenn ich nicht verheiratet wäre, wäre ich für dich dann eine Offizielle oder eine Inoffizielle?«

Er zögerte, dann antwortete er: »Ich weiß nicht, wie ich

dich definieren sollte. Ich bin sehr gern mit dir zusammen, jedes Mal, wenn du gehst, kann ich es kaum erwarten, dich wiederzusehen, aber als was ich unsere Beziehung bezeichnen sollte, kann ich nicht sagen. Was wir erleben, erscheint mir so perfekt. Ich möchte nichts dran ändern.«

Dieser Satz verletzte mich. Das hatte ich nicht erwartet.

»Bist du denn nicht neugierig auf mich, mein Leben? Mir ist nicht klar, ob du nur diskret bist oder es dich einfach nicht interessiert.«

»Ich bin keiner, der andere ausforscht.«

»Es geht ja nicht ums Ausforschen, eher um Neugier. Ich zum Beispiel bin neugierig auf dich.«

»Was möchtest du wissen?«

»Wenn du mich so fragst, hört es sich schon so an, als wollte ich dich ausforschen …«

»Stell deine Fragen, und ich werde dir antworten.«

»Lass uns lieber über was anderes reden.«

Es folgte ein langes Schweigen. Ich spürte Widerstand in ihm, Verschlossenheit. Das ärgerte mich, und er musste es bemerkt haben, denn er ließ sich neben mich rutschen, streichelte mein Gesicht und begann zu erzählen.

»Was für einen Beruf ich habe, weißt du ja bereits, ich war nie verheiratet und habe keine Kinder … glaube ich wenigstens. Falls du mir unbedingt ein Paar Schuhe kaufen willst, ich hab Größe 48 …«

Ich musste lachen, die Spannung löste sich, und er fuhr fort, von sich zu erzählen: dass er oft zu seinem Bruder in die Toskana fahre, weil sie gemeinsam ein altes Landgut restaurierten, das seinen Eltern gehört hatte.

»Nach ihrem Tod wollten mein Bruder und ich eigentlich alles verkaufen, aber dann ging's ihm eine Zeitlang ziemlich schlecht, und er hat seine Meinung geändert.«

»Wieso ging es ihm schlecht?«

»Weil er so heftig unter der Trennung von seiner Frau gelitten hat. Er hat sich völlig neu orientieren müssen und beschlossen, das Gut in einen Ferienhof umzuwandeln und dort zu leben. Seit drei Jahren arbeiten wir schon daran und sind schon ein gutes Stück vorangekommen. Irgendwann schmeiße ich hier den ganzen Kram hin und zieh zu ihm, glaube ich.«

»Hat dein Bruder Kinder?«

»Zwei, Matteo und Marta.«

»Wie ist euer Verhältnis?«

»Ach, weißt du, ich bin der Onkel, da wird man leicht vergöttert. Letzte Woche hat Marta zu meinem Bruder gesagt, dass sie mich liebt und den Onkel heiraten will, wenn sie groß ist.«

»Hast du dich gefreut?«

»Dass sie mich liebt, darüber schon, aber dann musste ich ihr natürlich erklären, dass man seinen Onkel nicht heiraten kann.«

»Willst du denn keine eigenen Kinder?«

»Im Moment bin ich lieber nur Onkel. Was später mal ist, weiß ich nicht. Und du?«

Es war das erste Mal, dass er mir eine so direkte Frage über mein Leben stellte.

»Wir haben es versucht, aber es hat nicht geklappt.«

»Das tut mir leid, ich hoffe, ich hab da nicht an was Schmerzliches gerührt.«

»Nein, keine Sorge: Im Grunde ist es besser so, aber ich möchte nicht hier im Bett darüber reden.«

Es gab eine Zeit, da haben Paolo und ich versucht, ein Kind zu zeugen, damals dachte ich, das könnte die Distanz zwischen uns überwinden. Doch es kam keins. Wir haben sämtliche Tests gemacht: alles normal, bei beiden. Körperlich gab es keine Hindernisse. Warum es trotzdem nicht klappte, blieb ein Rätsel. Erst später kam mir der Gedanke, dass mein Körper es vielleicht nicht wollte. Auch als ich noch nicht auf ihn hörte, als ich ihn noch ignorierte, hat mein Körper mich nie verraten, hat er mich nie belogen. Vielleicht war es für ihn wichtig, dass ich erst eine glückliche Frau war, ehe ich Mutter wurde.

Nach diesem Gespräch, auf dem Nachhauseweg im Auto, grübelte ich darüber nach, was er bezüglich der Menge an Schmerzen gesagt hatte, die man den Menschen, die uns lieben, bereiten kann. Ich dachte an Paolo und daran, wie er leiden würde, wenn er Wind davon bekäme, was ich trieb. Und doch brachte ich es nicht fertig, auf unsere Treffen zu verzichten. Meine neuentdeckten Empfindungen waren so überwältigend und mächtig, dass sie jede Angst und jedes Schuldgefühl wegfegten. Es erstaunte mich, weil das, was ich da tat, nicht mit dem Bild übereinstimmte, das ich von mir selbst hatte.

18. April

Als ich zwölf war, bin ich eines Sonntagmorgens aufgewacht, und in der Küche saß mein Vater ohne seinen Schnurrbart. Seit ich denken konnte, hatte er immer einen getragen. Ich war geschockt und habe mich gefürchtet. Das war nicht mehr mein Vater, ohne Schnurrbart war er ein anderer Mann. Tagelang habe ich es nicht fertiggebracht, mit ihm ein Wort zu wechseln. Ich hatte kein Vertrauen zu diesem Fremden, der zwischen Nase und Lippen einen zu großen Zwischenraum hatte. Ich bat ihn, ihn wieder wachsen zu lassen, doch er wollte nicht.

Heute Morgen habe ich mich gefragt, was meinen Vater zu dieser Veränderung, dieser Entscheidung veranlasst haben mochte. Warum ausgerechnet an jenem Tag? Wollte er ein anderer sein und ein anderes Leben führen? Zum ersten Mal habe ich mich gefragt, ob auch meine Mutter dafür verantwortlich war, dass mein Vater sie betrog.

Ich habe geheiratet, weil ich mir eine andere Familie wünschte, deshalb habe ich immer gehofft, einen treuen Ehemann zu kriegen. Meinem Vater habe ich es nie verziehen, dass er meine Mutter betrog, und geheiratet habe ich unter anderem deshalb, um ihm zu zeigen, dass ich es besser kann als er. Und wo stehe ich jetzt, heute? Ich bin eine Kopie von ihm, nur dass ich keine Tochter habe, die mich verurteilt.

22. April

Diese Nacht habe ich von ihm geträumt. Inzwischen dringt er durch jeden kleinen Spalt in mein Leben ein, selbst im Schlaf begegne ich ihm. Wir waren bei ihm zu Hause und liebten uns, es ist nichts passiert, was nicht auch in der Wirklichkeit hätte geschehen können. Träume sind für mich nicht mehr unerreichbar.

Heute Morgen bin ich aufgewacht und habe noch seine Lippen auf mir gespürt. Während wir uns küssten, habe ich die Augen geöffnet: Ich hatte sie im Dort geschlossen, und nun öffnete ich sie im Hier. Paolo schlief noch. Es gibt Momente, da habe ich Angst, entdeckt zu werden, mich durch ein Wort zu verraten, im Schlaf seinen Namen auszusprechen. Neulich habe ich mein Tagebuch offen liegen lassen und riskiert, dass Paolo es durchblätterte. Auch die SMS *auf meinem Handy mag ich nicht löschen. Ob ich diese Risiken eingehe, weil ich hoffe, entdeckt zu werden? Aber ich weiß, dass Paolo nichts merken würde: Man kann nichts sehen, was man sich nicht mal vorstellen kann. Und die Frau, die ich jetzt bin, ist meilenweit entfernt von der, die mein Mann kennt.*

Heute Morgen im Bad habe ich zwei blaue Flecke an meinen Schenkeln entdeckt. Das war er, neulich. Manchmal, wenn er mich nimmt, spüre ich, wie er die Finger in mein Fleisch gräbt, und das gefällt mir. Wahrscheinlich sollte ich vorsichtiger sein, aber wenn wir miteinander schlafen, achte ich nicht darauf. Ich würde mich kratzen, mir die Haut vom Körper reißen, das Fleisch wegbeißen lassen. Diese Flecke sind die äußerlichen Zeichen unseres Geheimnisses. Ich habe die Finger auf die Male gelegt und durch leisen Druck das Gefühl von Schmerz und Lust wieder hervorgerufen, das ich mit ihm im Bett empfunden habe.

Hals über Kopf bin ich los zur Arbeit, und im Auto überfiel mich das Verlangen, zu ihm zu gehen. Den ganzen Tag hat mich der Gedanke an den Traum erregt. Im Verlauf einer endlosen Sitzung habe ich nur an ihn gedacht, wie er auf mir liegt, es erregte mich, mir seinen Blick in meinen Augen vorzustellen. Seinen starken Blick, hinter dem sich große Melancholie verbirgt. Ich hab die Bilder von ihm und mir einfach nicht aus dem Kopf bekommen: ich auf Knien vor ihm, sein Spiegelbild, wie er mich von hinten nimmt, wir unter der Dusche. Oder die zarten Momente, wenn er mich streichelt, leise mit mir spricht und mich mit Küssen überhäuft.

Während der Sitzung war ich die ganze Zeit ganz hibbelig, und plötzlich habe ich mich unwillkürlich langsam auf dem Stuhl vor und zurück bewegt. Dass ich mir Lust bereitete, ist mir erst nach ein paar Sekunden bewusst geworden. Ich habe sofort damit aufgehört. Ich hatte Angst, jemand könne meine kleinen Bewegungen bemerkt haben.

Ich habe es nicht mehr ausgehalten, bin aufgestanden und auf die Toilette gegangen. Dort habe ich mich eingeschlossen, den Slip ausgezogen und mich unten angefasst, um festzustellen, wie erregt ich war. Dann habe ich an meinen Fingern geleckt. Seine Lippen fielen mir ein, wenn sie nach mir schmecken. Ich habe mich gegen die Wand gelehnt und begonnen, mich zu berühren. Mit der anderen Hand habe ich die blauen Flecke am Schenkel gedrückt, wie am Morgen. Irgendwann war ich so erregt, dass ich mir die Hand in den Mund stecken und zubeißen musste, um kein Geräusch zu machen. Er steckt mir oft die Hand in den Mund und fordert mich auf, zuzubeißen, anfangs hatte ich Angst, ich könnte ihm weh tun. Dort in der Toilette habe ich mir mit aller Kraft in die Hand gebissen und bin in wenigen Sekunden gekommen. Ein schneller, intensiver Orgasmus, anders als die, die ich mit ihm habe. Bei ihm sind sie weicher, runder, voller.

Allein mit mir selbst und mit dem, was ich gelernt habe, habe ich mich hingesetzt, weil meine Beine zitterten und meine Knie nachgaben. Ich habe den Kopf in den Nacken gelegt und darüber nachgedacht, was aus mir geworden ist.

Mein ganzes Leben kam mir erweitert vor. Die Gefühle durchströmten mich. Ich habe an die Decke geschaut und angefangen zu weinen, ohne dass ich mir den Grund erklären konnte. Ich bin aus der Kabine raus, habe den Toilettenvorraum abgeschlossen, schnell mein Höschen ausgewaschen und unter dem Fön getrocknet. Dann habe ich mich im Spiegel angeschaut, meine Augen strahlten. Ich habe mich angelächelt und bin zurück in die Sitzung. Mein Slip fühlte sich noch warm und feucht an. Ich hatte Angst, mein Gesichtsausdruck könnte mich verraten. Mit dem Finger bin ich den Abdruck meiner Zähne auf der Hand entlanggefahren.

Jetzt gehe ich ins Bett. Lust auf Sex habe ich immer noch.

Morgen werde ich ihn wiedersehen.

Eines Tages, wir hatten miteinander geschlafen und warteten darauf, dass unsere Körper wieder zwei wurden, sagte er zu mir: »Ich würde gern mal einen ganzen Tag mit dir zusammen verbringen. Ich möchte mit dir essen, einen Film anschauen, in deinen Armen einschlafen, dich durch die Wohnung laufen sehen, als ob du hier wohnen würdest. Meinst du, das ließe sich einrichten? Kommenden Sonntag vielleicht…«

Mein Herz fing wie wild an zu schlagen, doch zu meinem größten Bedauern musste ich ihm absagen: »Nächstes Wochenende geht es leider nicht, wir fahren in die Berge. Aber wenn du es dir nicht anders überlegst, denke ich mir für übernächstes eine Ausrede aus.«

»Ich glaube nicht, dass ich es mir anders überlegen werde.«

Seit ewigen Zeiten waren Paolo und ich übers Wochenende nicht mehr weggefahren, aber es war Lauras Geburtstag, und da musste ich unbedingt mit. Ich hatte eh keine große Lust gehabt, aber nun, da er mir diesen Vorschlag gemacht hatte, fand ich es noch lästiger.

Ich umarmte ihn, und in der Vorstellung, einen ganzen Sonntag gemeinsam zu verbringen, schlief ich ein. Wenn ich mit ihm zusammen war, verlor ich völlig das Zeitgefühl. Manchmal schaute ich plötzlich panisch auf die Uhr, weil ich nicht mehr wusste, ob ich erst zwanzig Minuten bei ihm war oder schon ewig.

Zu Hause schickte ich eine SMS an Carla: »Bist du noch wach?«

»Ja.«

Ich rief sie an. Ich hatte Lust zu plaudern und erzählte ihr von ihm und mir. Ohne zu sehr ins Detail zu gehen, das war mir selbst bei ihr zu unangenehm. Ich wollte ihr erzählen, wie es mir ging. So viele Fragen gingen mir durch den Kopf.

»Ich würde gern wissen, ob er zu allen so ist oder nur zu mir.«

»Das ist doch unwichtig, genieß einfach den Augenblick, und verheddere dich nicht in solchen Gedanken.«

»Ich weiß, mich überfällt nur manchmal die Neugier. Ich frage mich, ob das, was er mit mir empfindet, einzigartig ist, ob die Dinge, die er zu mir sagt, neu und nur für mich sind, oder ob sie aus einem Drehbuch stammen, das er auswendig kennt.«

»Das Wichtige ist, dass *du* diese Dinge mit ihm empfindest.«

»Stimmt.«

Danach verfolgte ich diese Gedanken nicht weiter. Obwohl mir vieles nicht klar war, wusste ich, dass es nicht gut gewesen wäre, mir den Kopf darüber zu zerbrechen. Damit hätte ich alles zerstören können.

25. April

Wir sind übers Wochenende in die Berge gefahren: wir und noch zwei Paare, darunter Laura, das Geburtstagskind. Die anderen sind an der Hotelbar, ich hab nach dem Abendessen Kopfschmerzen vorgetäuscht und bin rauf aufs Zimmer. In Wirklichkeit war ich es nur leid, zu irgendwelchen Äußerungen, denen ich nicht zugehört hatte, zu lächeln. Ich wollte ein bisschen allein sein. Im Zimmer habe ich schnell die Fenster geöffnet, weil man vor Hitze umkam. Meine Nase war so trocken, dass mir beim Einatmen die Nasenlöcher pfiffen. Ich habe mich schon immer gewundert, wer über die Temperaturen in Hotels, Flugzeugen und Zügen entscheidet. Nachdem ich mich vergeblich am Thermostat versucht hatte, habe ich in der Rezeption angerufen, und sie haben einen jungen Mann hochgeschickt, der das Problem mit einem Tastendruck auf der Fernbedienung gelöst hat.

Eigentlich nehme ich das Tagebuch nur selten mit, normalerweise lasse ich es zu Hause und schreibe hinein, wenn ich zurückkomme, doch in letzter Zeit habe ich fast täglich das Bedürfnis, mich ihm anzuvertrauen.

Bei unserer Ankunft im Hotel ist etwas Seltsames passiert. Paolo hat ein paar Worte mit dem Direktor gewechselt und mich als seine Frau vorgestellt. Zum ersten Mal, seit ich mit ihm verheiratet bin, war mir das unangenehm. Was geht nur mit mir vor? Als wir geheiratet haben, hat es mich immer mit Stolz erfüllt, wenn ich ihn sagen hörte: »Das ist meine Frau.« Warum war es mir heute unangenehm?

Vielleicht ist das schlicht eine Rolle, in die ich nicht mehr passe.

Ohne solche Rollen fühlen manche Menschen sich frei, andere fühlen sich verloren. Ich habe den Eindruck, als hätte ich mein Leben immer gelebt, ohne genauer hinzuschauen, als wüsste ich praktisch nichts über mich. Erst Tochter, dann Verlobte, dann Ehefrau und irgendwann der nächste Schritt: Mutter.

Ich war nie wirklich mit mir selbst vertraut noch mit Paolo, weil ich mich nie nach meinen wahren Wünschen gefragt habe. Vielleicht will ich mich jetzt von dieser Rolle befreien, um zu sehen, was sich dahinter verbirgt. Vielleicht habe ich endlich die Kraft und den Mut gefunden, ein Risiko einzugehen. Und herauszufinden, was ich bisher nicht wusste: dass ich einfach mehr bin.

Bei Tisch habe ich die ganze Zeit gedacht, ich sollte bei ihm sein statt bei diesem dämlichen Abendessen. Ich habe kaum zugehört und fast gar nichts gesagt, im Grunde haben sie sich sowieso nur über Nichtigkeiten unterhalten, in ihren Worten war kaum etwas Lebendiges, Authentisches, Wahrhaftiges. Alles wirkte oberflächlich, als fänden Leben und Mut anderswo statt. Diese Art von Gerede habe ich schon tausendmal gehört. Die üblichen Anekdoten aus der Vergangenheit, die bei jedem Treffen wieder aufgewärmt werden.

Abseits dieses Tisches wartete eine Welt voller Gelegenheiten, die ich verpasste.

Ich habe verzweifelt versucht, mich in den bekannten Gesichtern dieser Menschen zu finden. Die Versuchung, die Maske fallen zu lassen und herauszuschreien, was aus mir geworden ist, wurde immer größer. Zu erzählen, wie ich Sex habe, wie ich erregt zu ihm eile, wie ich still vor ihm knie und darauf warte, dass er kommt. Die Versuchung, zu erzählen, wie ich mich fühle, wenn ich mit ihm zusammen bin und wenn ich gehe.

Ich frage mich, was schlimmer ist: zu leben, wie ich Lust habe, oder dieses heuchlerische Leben weiterzuführen.

Ich habe nichts gesagt. In meinem Leben habe ich gelernt, den Mund zu halten. Wie viele Abende bin ich schweigend in der Wohnung hin und her gelaufen, weil ich gedacht habe, ich würde ersticken, ohne einen Ausweg zu finden. Jetzt habe ich einen gefunden: die Tür zu seiner Wohnung. Durch sie trete ich ein ins pulsierende Leben, wo man sich frei lieben kann, ohne vom anderen etwas zu verlangen. Reine Liebe und Lust, die nur verlangt, ausgelebt zu werden. Keine Handlung und kein Gefühl, mit denen sich andere Absichten verbinden außer dem Genuss.

Es war das perfekte Abendessen für die Frau, die ich nicht mehr bin. Was ich mir früher gewünscht habe, reicht mir nun nicht mehr. Nicht einmal die Wohnung, in der ich lebe, entspricht mir mehr. Wenn ich eine neue hätte, wäre sie völlig anders eingerichtet.

Paolo und ich, wir haben uns zugekleistert mit Versprechen, die unsere Unfähigkeit in die Zukunft verlagerten. Einvernehmlich haben wir unsere Wirklichkeiten erschaffen und uns gegenseitig dabei unterstützt, sie zu planen, zu erhalten und schließlich zu ertragen. Unsere Beziehung basiert nicht auf dem Bedürfnis, zu lieben und geliebt zu werden, sondern darauf, den einen im Selbstbetrug des andern zu stützen. Vielleicht hätte ein leichtes Gefühl der Unsicherheit, des möglichen Scheiterns uns beleben können, aber dass das Leben nicht planbar ist, haben wir nie kapieren wollen. Plötzlich aber habe ich aufgehört, so zu tun, als wäre ich immun gegen alles, und dem Leben die Tür geöffnet: Das ist mein wahrer Verrat an Paolo. Eigentlich hätte wenig genügt, damit wir uns nicht verlieren. Doch ich habe ihm nicht die Chance gegeben, auf meine Erwartungen zu reagieren. Ich wollte sie nicht aussprechen, weil ich mir wünschte, dass er sie von sich aus sähe und befriedigte. Aber da habe ich ihn falsch eingeschätzt.

Wahre Vertrautheit hat es zwischen uns nie gegeben, und das habe ich tief in mir auch immer gewusst. Um vertraut zu sein, dachte ich, genügt es, zusammenzuleben. Heute, da ich weiß, was man in den Armen eines Mannes empfindet, wenn man sich hingibt und im Geruch und der Wärme seiner Haut verliert, kann ich nicht mehr darauf verzichten. Ich habe diese Vertrautheit erlebt und kann nicht mehr zurück.

»Eine Beziehung aufbauen«: Wie oft habe ich diesen Satz gehört. Beziehungen werden aber nicht aufgebaut, sie werden erlebt und wachsen im Erleben. Das habe ich jetzt verstanden. Wenn nicht, erschlaffen sie. Man sollte sich keine Versprechungen machen, niemand sollte sich auf eine bestimmte Zukunft festlegen. Um diese Versprechen zu erfüllen, nimmt man wie in meinem Fall in Kauf, die Be-

ziehung einzubalsamieren. Ich frage mich, was mir meine Ehe in all den Jahren gebracht hat. Schweigen, Verzicht, die Unfähigkeit, einander wahrhaftig mitzuteilen, was in uns ist. Es fehlt das Vergnügen des Mitteilens, stattdessen liefert man schlichte Berichte ab, eine Aufzählung von Ereignissen ohne je ein neues Gefühl. Wir leben nicht zusammen, wir schlagen zusammen die Zeit tot. Wir waren so dumm anzunehmen, dass Unglück mal Unglück Glück ergeben müsse. Unsere Beziehung hat aber nie dazu geführt, dass wir unser jeweiliges Alleinsein aufgegeben hätten. Und doch beneiden uns die anderen um unsere Ehe. Alle, die über uns sprechen, sehen in uns ein glückliches Paar. Die Freiheit, die ich jetzt erlebe, hat mir die Grenzen aufgezeigt, innerhalb deren ich mich bewegte – die Grenzen meiner Person, meiner Ehe, meines Lebens.

Ich will hier nicht mehr sein, in diesem Hotelzimmer. Ich will zu ihm. Mir fehlt die Frau, die ich in seinen Augen gespiegelt sehe. Wenn wir zusammen sind, bin ich näher bei mir selbst.

Heute Abend bräuchte ich seinen Blick, seine Umarmung. Ich habe das Bedürfnis, gesehen zu werden. Nach einem Abendessen, bei dem niemand in der Lage war, mich zu sehen, brauche ich das. Ein Blick von ihm würde genügen, um dieses Hotel zum Einsturz zu bringen.

Heute habe ich Paolo beim Essen beobachtet, und mir ist bewusst geworden, dass ich nicht die geringste Anziehung empfinde, ich wünsche mir nicht, von ihm berührt zu werden, nicht mal zufällig. Meine Zuneigung ist die einer Schwester, ohne Verlangen.

Als wir im Hotel ankamen, hat die junge Frau an der

Rezeption gesagt: »Ich bitte vielmals um Entschuldigung, aber uns ist eine Fehlbuchung unterlaufen: Eins der drei Zimmer hat kein Doppelbett, sondern zwei Einzelbetten.«

Kein Problem, habe ich gesagt, das nehmen wir. Und ich war froh darüber.

26. April

Nach dem Tagebuchschreiben habe ich lange in meinem Hotelbett wachgelegen. Konnte einfach nicht einschlafen. Als Paolo ins Zimmer kam, habe ich nicht wie sonst oft so getan, als ob ich schliefe, sondern bin im Bett sitzen geblieben, bei eingeschalteter Nachttischlampe. Er hat sich ausgezogen und ist ins Bad gegangen. Ich hätte gern mit ihm über unsere Situation geredet, aber ich wusste nicht, wo ich anfangen sollte, wie das Thema anschneiden. Ich wollte ihm beichten, dass ich nicht aufs Zimmer gegangen war, weil es mir nicht gutging, sondern weil ich so einfach nicht mehr weiterleben wollte. Dass unsere Ehe nicht war, was ich mir erträumt hatte, und dass wir etwas anderes verdient hatten. Ich wollte mich nicht streiten, ich wollte einfach der Realität ins Gesicht schauen und in Ruhe Entscheidungen treffen, was wir in unserem Leben besser machen könnten, in seinem wie in meinem. Ich wollte, dass er sich endlich zu fragen beginnt, was er sich vom Leben wünscht.

Einen Wahnsinnskopf hatte ich mir gemacht, doch als der Moment kam und ich zu reden anfing, war alle Aufregung wie weggeblasen. Paolo kam aus dem Bad, schloss sein Handy an und sagte: »Ich stell keinen Wecker, wir fahren ja erst nach dem Mittagessen. Wir schlafen, so lange wir wollen.«

»Paolo, ich muss mit dir reden …«

»Aber bitte nichts Kompliziertes, ich weiß nicht, ob ich dafür noch klar genug denken kann, ich hab vielleicht zu viel getrunken.«

»Ich möchte, dass wir über uns reden, über unsere Situation, ich versteh so vieles nicht mehr.«

»Nein, Elena, bitte nicht heut Abend. Wir sind mit unseren Freunden in den Bergen, der Abend war schön, wir haben uns amüsiert, bitte ruiniere jetzt nicht alles mit deinen Anwandlungen. Können wir nicht morgen zu Hause drüber reden?«

»Das ist keine Anwandlung.«

»Was es auch sein mag, lass es uns auf morgen verschieben. Es ist spät, ich habe getrunken und bin müde.«

Nach einem kurzen Schweigen stand er vom Bett auf und kam zu mir. Er versuchte mir einen Kuss zu geben.

»Komm, rück mal ein Stück, dann vertreibe ich die schlechten Gedanken.«

»Lass das, Paolo, bitte.«

»Siehst du? Du machst alles so kompliziert, dabei bin ich immer bereit, uns zuliebe meinen Stolz beiseitezuschieben. Du nörgelst an allem rum, machst dann aber zu und kommst mir nicht entgegen. Ich hab meinen Teil getan. Du bist diejenige, die nicht will, nicht mal an einem Abend wie heute. Schlaf einfach drüber, vielleicht siehst du morgen klarer, was aus dir geworden ist.«

Plötzlich schrumpfte das Hotelzimmer und wurde ganz eng. Ich war wahnsinnig enttäuscht. Vielleicht hat er ja recht, dachte ich, vielleicht ist jetzt weder der richtige Moment noch die richtige Situation. Während sich bei mir Schuldgefühle meldeten, weil ich ihm den Spaß verdorben hatte, wo er sich doch nur amüsieren wollte, fing er plötzlich an zu schnarchen, und ich begriff, dass ich ihn nicht im Geringsten verstört hatte. Als wir am nächsten Morgen aufwachten, erwähnte keiner von uns das Gespräch vom Vorabend. Im Auto waren wir nicht allein, und am Abend, als wir wieder zu Hause waren, bin ich gleich unter die Dusche und von da direkt ins Schlafzimmer. Er warf sich aufs Sofa und schaltete die Glotze ein.

27. April

Heute habe ich es nach der Arbeit noch geschafft, zu ihm zu fahren; ich hoffte, ihn voller Hunger auf mich anzutreffen. Auf mein Klingeln ging sofort der Summer. Ich mag die Vorstellung, dass er schon dasteht und auf mich wartet, genauso ungeduldig wie ich. Zu spüren, dass er mich begehrt, macht mich glücklich und erregt mich, ich fühle mich mächtig. Er hat schon hinter der Tür gewartet, hat meine Hand genommen und sie sich zwischen die Beine gelegt, damit ich fühle, wie sehr er mich begehrt.

Wenn man sich lang nicht gesehen hat, wächst das Verlangen, und der Körper ist erhitzter, lebendiger und sensibler. Ich mag es, wenn er mich mit Ungestüm nimmt, als wollte er mich verschlingen, und schon nach wenigen Sekunden in mir ist, ohne mich ganz auszuziehen. Ich habe entdeckt, dass ich gern angezogen mit ihm schlafe. Seine Aufmerksamkeiten reißen mich mit, seine Lust herauszufinden, wer ich bin und was ich mir wünsche, während wir uns in die Augen schauen, einander im Abbild eines Spiegels oder mit geschlossenen Augen in der Tiefe begegnen.

Während wir miteinander schliefen, habe ich ihm gestanden, dass ich ihn sehr vermisst habe und dass ich es kaum ertrage, wenn er nicht da ist. Ich liebe diesen Mann, der mit meinem Kopf Liebe macht und deshalb meinen Körper regiert.

8. Mai

Wenn ich abends nach Hause komme, habe ich nur noch Lust zu duschen, bequeme Sachen anzuziehen, etwas zu essen und mich dann gleich ans Schreiben zu machen. Nur gestern bin ich mal mit meinen Freundinnen aus gewesen, ich hatte keine Lust, zu Hause zu bleiben. Er lässt seit zwei Tagen nichts von sich hören, und ich habe mich auch nicht bei ihm gemeldet. Vielleicht habe ich ja was Falsches gesagt oder getan. Während des Essens hätte ich gern erzählt, was ich zurzeit erlebe, aber ich ließ es sein. Er ist mein geheimer Lustgarten, und so soll's bleiben. Ich glaube sowieso, dass niemand verstehen würde, worum es geht, sie könnten es nur anhand ihrer eigenen Erfahrungen interpretieren. Außerdem weiß ich nicht, ob ich in der Lage wäre, das, was ich erlebe, wenn ich mit ihm zusammen bin, richtig rüberzubringen, manchmal finde ich nicht mal die Worte, um es mir selbst zu erklären. Indem ich mit niemandem darüber rede, schütze ich uns vor den Blicken der anderen: Niemand kann unser Verhältnis durch Kommentare, Schlüsseziehen, Urteile beschmutzen. So laufe ich nicht Gefahr, dass das, was ich erlebe, bröckelt unter dem Beschuss von Leuten, die das Ganze geringreden, runtermachen, banalisieren. Und dadurch womöglich einen Stachel in den Falten meiner Unsicherheit platzieren.

Nur Federica gegenüber bin ich einmal versucht gewesen, mich anzuvertrauen. Neulich hat sie bei mir im Büro vorbeigeschaut und mit breitem Lächeln gesagt: »Ich frag dich nicht aus, aber wenn du eines Tages Lust hast, mit mir drüber zu reden, du weißt, wo du mich findest.« Ich muss zwar dunkelrot angelaufen sein, habe aber geantwortet, ich wisse nicht, worauf sie anspiele. »Wie du meinst, ist völlig in Ordnung. Aber wenn du's dir anders überlegst, ich bin da.« Sie wies auf ihren Schreibtisch.

Den ganzen Tag über habe ich mit der Versuchung gekämpft, mich ihr anzuvertrauen, schließlich aber beschlossen, es nicht zu tun. Zumindest nicht im Moment.

Bei dem Essen gestern war Beatrice die einzige von meinen Freundinnen, der eine Veränderung an mir aufgefallen ist. Sie erkenne mich nicht wieder, hat sie gesagt.

Die Lust, ihn zu sehen, ist mit jeder Sekunde gewachsen. Ich bin auf Toilette gegangen und habe ihm eine SMS geschrieben: »Ich bin mit Freundinnen unterwegs. Wenn du Lust hast, komme ich nachher auf einen Sprung vorbei.« Ehe ich zurückging, habe ich noch eine Weile auf seine Antwort gewartet. Bei Tisch habe ich alle fünf Minuten aufs Handy geguckt.

»Hast du dir einen Liebhaber zugelegt, oder warum schaust du dauernd auf dein Handy?«, hat Beatrice gefragt, woraufhin alle gelacht haben, ich inklusive.

Keine Antwort. Die Lust, zu ihm zu fahren, zu ihm hochzugehen, und sei es nur für ein paar Minuten, dröhnte in meinem Kopf und ließ mir keine Ruhe.

Warum antwortet er nicht?, grübelte ich, ausgerechnet heute Abend, wo ich ein paar Gläser Wein getrunken habe.

Ich glaube nämlich, dass ich noch besseren Sex habe, wenn ich etwas getrunken habe.

Sein Schweigen hat mich geärgert. Im Auto kam mir der Gedanke, dass er vielleicht nicht allein ist und mit einer anderen im Bett liegt. Ich habe mir vorgestellt, wie er auf einer Frau liegt, wie sie vor ihm kniet. Einerseits hat mich das wütend gemacht, andererseits hat es mich erregt. Ich frage mich ja schon ab und zu, ob ich die Einzige bin oder nur eine von vielen, mit denen er spielt. Ich habe ihn sogar schon mal gefragt, ob er sich außer mir noch mit anderen trifft. »Nur wenn du weg bist«, hat er gesagt und gelacht. Aber wenn man's genau nimmt, hat er meine Frage nicht beantwortet. Das Schlitzohr.

Bestimmt hat er schon mit vielen Frauen was gehabt. Das merkt man daran, wie er küsst, wie er schaut, wie er berührt. Wer weiß, wie viele schon in seiner Wohnung gewesen sind. Mein Orgasmus gehört nicht mir allein. In mir trage ich die Orgasmen der anderen.

Ob ich für ihn die Einzige bin, weiß ich nicht, zumindest gibt er mir das Gefühl: wenn er anruft, wenn er mich bittet, zu ihm zu kommen, wenn er mir schreibt, wie viele Stunden es noch bis zu unserem nächsten Treffen sind. Durch die Art, wie er mich ansieht, wie er in mir zu lesen versteht, gibt er mir das Gefühl, etwas Besonderes zu sein. Bei ihm habe ich nicht das Bedürfnis, meine Wünsche zu äußern, er begreift sofort, ob ich Lust habe, mit Macht genommen zu werden, oder ob er lieber sanft und zart zu mir sein soll. Ob mir danach ist, von seinen Worten gewiegt, von seinen Händen gestreichelt oder geliebt zu werden, als wäre ich die Einzige auf der Welt.

Für sein Schweigen habe ich ihn gehasst. Auf dem Nachhauseweg bin ich bei ihm vorbeigefahren, ich weiß nicht, warum, es lag nicht auf dem Weg. Erst als ich zu Hause nach einem Parkplatz suchte, kam seine Antwort, endlich. »Sorry, bin auf dem Sofa vor dem Fernseher eingeschlafen. Ich erwarte dich.«

»Bin schon zu Hause. Es ist spät.«

Ich wollte ihn bestrafen. »Zu spät«, wollte ich sagen. Es sollte ihm eine Lehre sein. Gleich darauf rief er an und bat mich, auf einen Kuss vorbeizukommen. Ich habe versucht, standhaft zu bleiben, aber schließlich hat er mich rumgekriegt. Er schafft es immer, stärker zu sein als ich und mich dazu zu bringen, zu tun, was er will. Was ja auch das ist, was ich will. Wir hatten nicht viel Zeit: Ich wollte ihm einen schnellen Kuss geben und dann wieder gehen. Als sich seine Tür öffnete, griff er sich meine Hand und presste mich gegen die Wand. Ich spürte seine Lippen auf meinem Hals, während er mein Bein angehoben und den Slip beiseitegeschoben hat und in mich eingedrungen ist. Wir ließen uns zu Boden gleiten. Ich habe nach etwas gesucht, woran ich mich festhalten konnte, aber da war nichts. Also habe ich mich an ihn geklammert. Ich habe gespürt, wie meine Nägel sich in seinen Rücken gruben. Es ist alles so schnell gegangen, dass ich nichts mehr kapiert habe. Mir schwirrte der Kopf. Ehe ich ging, hat er mich fest umarmt und wieder angezogen. Als ich die Wohnung verließ, hatte ich unseren Duft an mir. Ich hatte nicht die geringste Lust, nach Hause zu fahren. Wie so oft in letzter Zeit.

13. Mai

Es ist einfach wunderbar, sich vollständig hinzugeben!

Früher war ich nicht in der Lage, über meinen Körper Gefühle auszudrücken. Vielleicht ist er deshalb nie wirklich meiner gewesen. Ich habe darin gewohnt wie in einer Hülle. Etwas hat mich immer daran gehindert, ihn zu fühlen und auf ihn zu hören, ein Bewusstsein von ihm zu haben. Ich konnte nicht denken, handeln und lieben, wie ich gesollt und vielleicht gewollt hätte. Heute hingegen ist es, als wäre ein Damm in mir gebrochen. Es ist nicht einfach gewesen, das zu lernen, und meine Erziehung hat mir dabei sicher nicht geholfen. Als Kind hatte ich ein enges Verhältnis zu meinem Vater, ich habe ihn geliebt, ständig warf ich mich ihm in die Arme und saß auf seinem Schoß. Als mein Körper sich zu entwickeln begann und mir Brüste gewachsen sind, hat sich das natürlich verändert. Mein Vater hat mich nicht länger in die Arme genommen, und die Körperkontakte zwischen uns wurden weniger.

In der Schule habe ich meine körperliche Entwicklung oft als peinlich empfunden. Ich habe versucht, meinen wachsenden Busen mit Hilfe weiter Pullover zu kaschieren.

Als kleines Mädchen habe ich immer mal vor dem Spiegel meinen rätselhaftesten Körperteil untersucht. Habe ihn berührt, gestreichelt und zu begreifen versucht. Einmal hat meine Mutter mich erwischt und mir auf Hand und Wange geschlagen. Ich hätte es gern noch öfter getan, weil es sich gut anfühlte, aber nun wusste ich ja, dass das böse war, und habe mich geschämt.

Sexuell habe ich mich nie richtig gut kennengelernt, ich hatte nicht den Wunsch, auszuprobieren, zu untersuchen, zu erforschen. Alles Sexuelle war mir peinlich. Vielleicht ist Paolo deshalb der perfekte Ehemann für mich gewesen. Wir haben immer gelebt, um anderen zu gefallen, um akzeptiert zu werden, ohne uns je zu fragen, wer wir wirklich sind. Um schließlich sogar zu vergessen, wer diese anderen waren, für die wir all die Opfer brachten. Unser Lebensweg wurde von unseren Grenzen und Ängsten bestimmt.

Ohne es je zu hinterfragen, haben wir in einer Art Blase gelebt, abgekapselt vom eigentlichen Leben. Wie ich hat auch Paolo sich nie gefragt, was ihn glücklich macht, und deshalb haben wir perfekt zusammengepasst. Wie ich hat auch er gedacht, Glück oder Lust nicht verdient zu haben. Wenn er mich nicht erregte, fühlte ich mich schuldig; doch selbst wenn es mir Spaß machte, habe ich mich schuldig gefühlt, als hätte ich einen Orgasmus nicht verdient.

Wir hätten besser auf unsere inneren Stimmen hören sollen, statt auf das Geschrei der Welt. »Ich liebe dich«, haben wir nur unserer inneren, tiefempfundenen Leere wegen gesagt, das habe ich mittlerweile begriffen. In dem Augenblick, als ich dem Unvorhersehbaren einen Platz zugestanden und den Mut aufgebracht habe, meiner Lust Vorrang einzuräumen, habe ich mich verändert, und meine

Wünsche sind ans Licht gekommen. Ein Kuss hat gereicht, um mich zu wecken, wie im Märchen. Ein Kuss auf den Mund, und der böse Zauber war wie verflogen, die Festung der Selbsttäuschung hat gebröckelt und ist in sich zusammengefallen. Meine Lust hat mich befreit. Ich bin endlich erwacht.

15. Mai

Heute in der Mittagspause haben wir uns gesehen. Als ich aus dem Auto stieg, stand der Pförtner auf der Straße vor seinem Haus und rauchte. Anfangs habe ich ja immer so getan, als würde ich telefonieren, um jeden Kontakt zu vermeiden, und sei es nur mit Blicken. Er schaute mir nach, bis ich im Treppenhaus verschwand. Das tut er immer, auch wenn ich das Haus verlasse. Er grüßt mich mit einem Grinsen, als wollte er sagen: »Ich weiß, was du da treibst, schäm dich!«

Anfänglich hatte ich Angst, mein Gesicht könne mein Geheimnis verraten, wie damals, als ich das erste Mal meine Tage bekam. Ich weiß noch, dass ich an jenem Tag mit dem Gefühl, mein Gesicht habe sich verändert und ich sei nicht mehr die alte, in die Schule gegangen bin.

Inzwischen tue ich nicht mehr so, als wäre ich am Handy, ich grüße den Pförtner einfach, und seine Meinung interessiert mich nicht mehr. Weder seine noch die aller anderen. Wenn ich ein Mann wäre und von einer Frau käme, würde er mir bestimmt komplizenhaft zuzwinkern, und ich würde selbstzufrieden davonrauschen. Vielleicht würde er sich einem Mann gegenüber auch zurückhalten, sich ja in Acht nehmen. Aber ich bin eben nur eine Frau und soll mich für meine Lust und mein Vergnügen schämen, denn als Frau ist mir nur der Wunsch gestattet, Ehefrau oder Mut-

ter zu sein. Damit ist jetzt Schluss. Ich gehe aufrecht und mit erhobenem Kopf durch die Welt, weil ich das gleiche Recht auf Lust habe wie ein Mann. In den Schaufenstern der Geschäfte betrachte ich mein Spiegelbild, stolz auf mich, auf die Luft, die ich bei jedem Schritt zu verdrängen gelernt habe, stolz, die Dinge zu überwinden, in denen ich früher Hindernisse gesehen habe. Ich besitze eine unendliche Macht. Ich kann mit vielen Teilen meines Körpers verführen: den Füßen, den Fesseln, den Beinen, den Händen, durch die Art, wie ich sie bewege, wie ich die Haare aus dem Gesicht streiche, wie ich am Bleistift knabbere.

Und deshalb, lieber Pförtner, schau mich ruhig an, wenn ich an dir vorbeigehe, glotz mich an, finde heraus, ob die Haare beim Hineingehen anders liegen als beim Hinausgehen. Schau ganz genau hin, ob der Rock ein bisschen schief sitzt, ob mein Gesicht gerötet ist, ob der Lippenstift weniger leuchtet. Hast du mitgekriegt, dass ich inzwischen ganz nah an dir vorübergehe und dich fast berühre, wenn du bei der Tür sitzt? Ich will, dass du den Duft auf meiner Haut riechst, den Duft dessen, was ich gerade gemacht habe. Ich weiß auch, dass du mit offenen Augen von mir träumst und phantasierst, ich weiß jetzt, wie das funktioniert. Lächle mich nur boshaft an, wenn ich an dir vorbeigehe, tu nur, was du nicht lassen kannst: klassifizieren, in Schubladen denken, interpretieren, ohne Raum für Unerwartetes zu lassen. Ich mach da nicht mehr mit. Und sei froh, wenn ich schnell an dir vorbeigehe, denn es kann sein, dass ich eines Tages vor dir stehen bleibe und dir deine Art zu leben auseinanderlege. Dann werde ich diejenige sein, die dich verurteilt.

17. Mai

Ich habe verstanden, worauf es mir bei einem Mann ankommt.

Wie er mich behandelt.

Wie er mich fickt.

Mit dem Gefühl der Befreiung, das ich in jener Zeit empfand, ging auch ein Gefühl der Allmacht einher. Wie eine Heranwachsende, die sich in der naiven Gewissheit wähnt, alles verstanden zu haben. Euphorisiert von unseren Treffen, riss ich alle Grenzen und Beschränkungen ein.

Eines Tages fragte er mich: »Was wünschst du dir?«

»Nicht mehr als das, was wir tun.«

»Hast du keine Phantasien?«

»Mir gefällt es, deine Wohnung zu betreten und nicht zu wissen, was mich erwartet.«

»Keinerlei Wünsche also … bist du sicher?« Er merkte, dass ich verlegen war. Für meine Phantasien hatte ich mich immer geschämt. »Was für ein verschämter Blick. So sinnlich, so sexy, so unglaublich verführerisch. Keine Sorge. Du brauchst nichts zu verraten.«

Ich war unschlüssig, ob ich ihm sagen sollte, was mir sofort in den Sinn gekommen war, ich hatte Angst, er könnte sich darüber lustig machen, obwohl er das noch nie getan hatte. Kurzentschlossen sagte ich: »Ich würde es gern mal im Freien tun. In einem Park, am Strand, nachts in einer Gasse … irgendwo im Freien.«

»Um der Freiheit willen oder wegen des Risikos, erwischt zu werden?«

»Ich weiß nicht, keine Ahnung, ich habe es noch nie gemacht... Und du?«

»Ich schon. Hast du manchmal Phantasien, während wir miteinander schlafen?«

Einmal, wenn ich ehrlich war, doch ich wusste nicht, ob ich es ihm sagen sollte. Ich hatte Angst, er könnte denken, die Phantasien kämen daher, dass ich nicht befriedigt wäre.

»Beim Sex Phantasien zu haben ist schön und bedeutet nicht, dass dir nicht gefällt, was du tust.« Als könnte er Gedanken lesen.

»Ja, einmal ist mir das passiert. Und bei dir? Was sind deine Phantasien? Au wei, jetzt kommt bestimmt eine ellenlange Liste.«

»Nicht viele, um ehrlich zu sein. Meine Lieblingsphantasie ist ›die Unbekannte‹, glaube ich.«

»›Die Unbekannte‹?«

»Eine Frau, die ich nicht kenne: eine Begegnung im Zug, im Flieger, in einer Bar. Sex zu haben mit einer Frau, über die ich wenig oder gar nichts weiß. Eine ungeplante Situation, die aus dem Moment heraus entsteht, als Folge eines Blickes vielleicht.«

»Ist dir das schon mal passiert?«

»Ein paarmal.«

»Erzähl!«

»Im Zug nach Rom. Ich saß einer Frau gegenüber. Sie war auf Dienstreise: Computer, Notizzettel, ständig Telefonate. Ab und zu sahen wir uns an. Ein halbes Lächeln, eine Entschuldigung, wenn einer aus Versehen den anderen oder dessen Sachen berührte. Irgendwann beschloss ich, in den Barwagen zu gehen, und fragte sie, ob sie auch etwas wolle. Sie verneinte.

›Bestimmt nicht?‹

›Ach doch, ich hätte gern einen Espresso, obwohl, wenn's dir nichts ausmacht, komme ich mit.‹

Wir haben also einen Kaffee getrunken, sie hat mir von ihrem Job erzählt, wohin sie fuhr und wie sie hieß. Auf dem Rückweg von der Bar, zwischen zwei Waggons, habe ich ihre Hand genommen, sie an mich gezogen, und wir haben uns geküsst.«

»Seid ihr auf die Zugtoilette und habt es miteinander getrieben?«

»Nein, wir haben uns nur geküsst. Im Abteil habe ich mich neben sie gesetzt. Wir haben weitergearbeitet, doch ohne dass es jemand mitbekam, habe ich ihre Beine unter dem Rock gestreichelt. Am Abend, nach unseren jeweiligen Geschäftsterminen, haben wir uns bei ihr im Hotel getroffen.«

»Wie aufregend. Ich habe nie bei der ersten Begegnung mit einem Mann geschlafen.«

Ich musste an den Abend denken, als ich mit meinen Freundinnen zum Essen aus war und mir vorgestellt hatte, wie er in meiner Gegenwart mit einer anderen Frau schlief. Ich sagte es ihm, weil ich etwas Verruchtes sagen wollte, das über meine Phantasie mit Sex im Freien hinausging, die mir in diesem Augenblick schon wieder banal vorkam. Ich schämte mich fast, dass ich nur diesen einen erotischen Traum hatte.

Kaum hatte ich es ausgesprochen, überkam mich die Angst, und ich fügte hinzu: »Ist nur eine Phantasie, ich weiß nicht, ob es mir wirklich gefallen würde, das auszuprobieren.«

»Und wie sollte diese Frau sein?«

Ich versuchte, das Thema zu wechseln, weil ich Angst hatte, er würde zu sehr in die Details gehen wollen.

»Ach, das ist eine dieser Phantasien, die am schönsten sind, wenn sie solche bleiben.«

»In Ordnung … Sag mir nur, wie sie aussehen soll: blond, braun, mit großen Brüsten, mager …«

Ich weiß nicht, warum, aber ich antwortete: »Vor allem sauber soll sie sein, sauber und elegant …«

In einem Anfall von Rührung lächelte er breit und umarmte mich. Keine Ahnung, warum ich das gesagt hatte.

»Aber was denn nun: sauber blond oder sauber braun?«, fragte er lachend.

»Ich weiß nicht. Auf jeden Fall eine Frau, die ich nicht kenne, mit einer Freundin brächte ich das nie fertig. Und es muss die richtige Situation sein, so am Tisch könnte ich das nicht entscheiden. Aber wie sie konkret aussehen soll, kann ich mir nicht vorstellen. Schön soll sie sein, mehr nicht.«

Er stand auf, um sich ein Glas Wasser zu holen, und fragte, ob ich auch eins wolle.

»Ja, danke.«

Ich war froh, dieses Gespräch zu beenden.

23. Mai

Ich liebe es, wenn er mich streichelt, nachdem wir uns geliebt haben. Er gibt mir damit zu verstehen, dass er mich liebt. Oft lässt er mich Orte entdecken, an die kein Mann mich je geführt hat, lässt mich mit meinen Grenzen spielen, macht sie mir sichtbar und fasslich. Ehe wir uns trennen, geleitet er mich stets mit Liebkosungen, Umarmungen und zarten Küssen zurück in bekannte Gefilde. Ich mag es unendlich gern, wenn er meine Lider küsst, wenn er mich bei der Hand hält und unsere Finger sich ineinander verschränken wie ein Reißverschluss. Und wenn dann die Welt um mich herum zusammenbräche – ich wäre in Sicherheit.

28. Mai

Ich habe ein bisschen im Tagebuch geblättert und bin auf einige ziemlich harte Kommentare gestoßen, die ich vor einem Jahr geschrieben habe. Sie beziehen sich auf Aussagen einer Freundin von Federica, mit der wir mal mittagessen waren und die etwas behauptet hatte, mit dem ich damals absolut nicht einverstanden war: Man könne sich in einen Mann verlieben, zusammenziehen, heiraten und sogar Kinder kriegen und fest davon überzeugt sein, dass er der Mann fürs Leben ist. Man kommt gut miteinander aus, man liebt sich und geht nett miteinander um, lebt diese Beziehung Jahr um Jahr, gehört zusammen, ist eine Familie – und eines Tages schaut dich plötzlich ein Fremder an, und sein Blick lässt dich nicht mehr los. Eine Berührung, unerwartet und flüchtig, ein Augenblick nur, und doch empfindest du etwas wie noch nie im Leben. Ein Gefühl, das Angst macht, mächtiger ist als all die Überzeugungen und Werte, die du stets verteidigt und vertreten hast. Plötzlich kommst du dir nackt vor, und die ganze Welt, die du dir mit so viel Fleiß und Sorgfalt aufgebaut hast, stürzt zusammen wie ein Kartenhaus. Dieser Blick reißt dich mit sich, ehe du dich in Sicherheit bringen kannst mit den üblichen rationalen Ausreden, und du musst dir eingestehen: »Dass ich einen anderen attraktiv finde, kann nur bedeuten, dass ich meinen

Mann nicht mehr liebe, aber ehe ich ihn betrüge, verlasse ich ihn lieber…« Alle wissen, dass das passieren kann, obwohl man verheiratet ist. Manchmal handelt man in solchen Momenten überstürzt. Und der Partner kann nicht sauer sein, weil er weiß, dass es ihm genauso gut hätte passieren können; die Tatsache, dass es ihm nicht passiert ist, macht ihn nicht zum besseren Menschen. In einer Beziehung kann man keine Garantien verlangen, weil man sie ja nicht mal von sich selbst verlangen kann. Wer liebt, geht ein Risiko ein. Deshalb ist die wahre Liebe was für Mutige.

Damals habe ich nichts erwidert, das weiß ich noch, obwohl ich mich wahnsinnig darüber geärgert habe. Mir kam es vor, als wollte Francescas Freundin ihre Seitensprünge rechtfertigen, ohne die Verantwortung dafür übernehmen zu müssen. Für mich stand damals fest, dass einer Beziehung, die stark, loyal und intim ist, nicht mal ein Orkan was anhaben kann. Inzwischen bin ich mir da nicht mehr so sicher, ich kann mir einfach keine eindeutige Meinung bilden. Wenn Paolo und ich uns wirklich geliebt hätten, mit dem Mut, einander nahezukommen, mit Haut und Haar, dann hätte ich jene Wohnung wahrscheinlich nie betreten. Vielleicht ist es wie das Märchen vom Wolf und den drei kleinen Schweinchen: Es kommt zwar schon auch darauf an, wie stark einer pustet, aber noch viel wichtiger ist die Frage, wie fest man sein Haus gebaut hat.

Sicher ist nur, dass ich heute weniger streng über anderer Leute Taten urteile.

31. Mai

Was, wenn sich seine Tür mal plötzlich nicht mehr für mich öffnete? Würde ich andere Treppenhäuser finden, in denen mir das Herz so heftig pocht? Würde die neue Frau, die ich bin, dort eingeladen oder abgewiesen?

Vielleicht würde ich mich untröstlich in den Seiten meines Tagebuchs verkriechen auf der Suche nach Antworten und Gewissheiten.

Das sehen wir dann. Jetzt muss ich leben.

3. Juni

Heute war ich bei der Kosmetikerin. Sie hat mich zu einer Massage überredet. Ich hatte Zeit, sie einen Platz frei. Ich habe die Augen geschlossen, mich entspannt und mir vorgestellt, diese Hände wären seine, das erregte mich. Ich glaube nicht, dass die Kosmetikerin es bemerkt hat. Als sie fertig war, sagte sie, ehe sie rausging: »Wenn du willst, bleib noch ein bisschen liegen, lass dir Zeit.« Sobald ich allein war, habe ich nicht widerstehen können und mich befriedigt. Als ich das Studio verließ, konnte ich mich nicht mehr daran erinnern, wo ich den Wagen geparkt hatte.

Eines Morgens, auf der Fahrt ins Büro, bekam ich eine SMS von ihm: »Schaffst du es heute Abend zu mir?«

»Nicht vor neun.«

Als ich abends seine Wohnung betrat, gab er mir sofort einen Kuss auf den Mund, half mir aus der Jacke, nahm mich bei der Hand und führte mich in die Küche. Dort stand eine geöffnete Flasche Rotwein, und wir prosteten uns zu. Er sah mich an und lächelte. Wir plauderten ein wenig, er war sehr liebevoll, schob meine Haare beiseite und küsste mich auf den Hals, sagte mir leise Koseworte. Ich fühlte mich geliebt. Plötzlich holte er ein schwarzes Seidenband aus der Hosentasche und verband mir die Augen. Dann zog er mich langsam aus. »Du bist wunderschön«, flüsterte er mir ins Ohr. »Komm, ich habe eine Überraschung für dich.«

Er nahm mich bei der Hand und führte mich ins Schlafzimmer. Auf der Schwelle nahm er mir die Augenbinde ab. Für eine Sekunde blieb mir das Herz stehen, und mein Magen zog sich zusammen, eine plötzliche Hitze breitete sich über meinen ganzen Körper aus, besonders im Gesicht. Das hatte ich nicht erwartet: Im Bett lag eine Frau, ebenfalls mit verbundenen Augen und nackt.

»Gefällt sie dir?«

Ich wusste nicht, was ich sagen sollte.

»Sag mir nur, ob sie dir gefällt, den Rest übernehme ich.«

Sie war so um die dreißig. Blond. Sah toll aus. Ich nickte, aber am liebsten wäre ich sofort wieder gegangen. Doch ich konnte mich nicht rühren.

»Keine Sorge, ich bin hier bei dir.«

Er verband mir wieder die Augen, führte mich zum Bett und legte mich neben die Frau.

Ich roch ihren Duft. Ich konnte mich nicht entspannen. Er küsste mich auf den Mund, strich mir über den Kopf. Er war so zärtlich, wie allein er es sein konnte.

»Ich nehme ihr jetzt die Binde ab.«

Ich hatte Angst, ich könnte ihr nicht gefallen. Sie war so schön, vielleicht würde sie ihre Meinung ändern und gehen, wenn sie mich sah. Meine Sorge, ihr nicht zu gefallen, war größer als beim ersten Mal mit ihm. Sie sprach nicht, sagte nichts. Ich spürte nur, dass sie sich aufrichtete. Dann ihre Hände an meinen Fesseln, auf den Beinen, auf dem Bauch, den Brüsten, dem Hals. Sie streichelte und küsste mich. Ich spürte ihre Haare auf meiner Haut. Stocksteif und aufgeregt lag ich da. Er flüsterte mir ins Ohr, ich solle unbesorgt sein, wenn ich nicht weitermachen wolle, müsse ich es nur sagen, und sie würde gehen. Ich wollte nicht, dass sie aufhörte. Ich spürte ihre Lippen auf meinen, wir küssten uns. Ihre Küsse waren erregend und zugleich zart. Ich hatte noch nie die Haut einer Frau an mir gespürt. Dann glitt sie nach unten und öffnete meine Beine. Eine Frau küsste mich und verschaffte mir unendliche Lust. Es gefiel mir sofort, vielleicht noch mehr als bei ihm. Meine Muskeln zogen sich lang zusammen, mein Rücken krümmte sich, meine Zehen spreizten sich.

Ich ließ mich gehen, und wie ein Balsam machte mich die Lust ganz weich. Er nahm mir die Binde ab und lächelte. Dann verband er ihr wieder die Augen, hieß sie, sich neben mich zu legen, und sagte: »Sie gehört dir.«

Ich wusste nicht, was ich tun sollte, ich stand auf, sah ihm in die Augen, und ohne den Blick abzuwenden, bückte ich mich und vergrub meinen Mund zwischen ihren Beinen. Mein erstes Mal. Ich küsste sie so, wie es mir gefiel, sie schmeckte gut. Er stand auf, packte mich bei den Hüften, und im nächsten Augenblick spürte ich ihn in mir. Sie nahm meinen Kopf in die Hände und beschleunigte meine Bewegung. Er folgte ihr. In diesem Augenblick durchschoss mich der Gedanke, er könne sie mir vorziehen, und einen Moment lang war ich eifersüchtig.

Wir trieben es auf viele verschiedene Arten, verschränkten unsere Körper und unsere Begierden. Alles war zart, sanft, echt. Irgendwann waren wir eins, so tief vereinigt, dass wir alle drei gleichzeitig kamen. So etwas Intensives hatte ich noch nie empfunden. Drei Körper, die im Einklang erbebten. Ich legte mich neben diese Frau und wollte ihr in die Augen schauen. Ich zog die Augenbinde herunter, und nachdem wir uns lange angesehen hatten, küssten wir uns.

Ungläubig und glücklich fuhr ich nach Hause. Paolo schlief schon, und ich versuchte kein Geräusch zu machen, als ich ins Bett schlüpfte. Ich roch noch unsere vermischten Düfte: auf den Händen, den Handgelenken, den Lippen. Bei jeder kleinen Bewegung stiegen sie aus den Laken auf. Eingehüllt in den Duft meines aufregenden Geheimnisses, schlief ich ein.

7. Juni

Ich muss hier raus. Aus dieser Wohnung, die nur mit Schweigen angefüllt ist. Aus dieser riesigen Wohnung, in der ich mich – so absurd es klingt – dem Ersticken nahe fühle. Vielleicht habe ich ja nur darauf gewartet, dass jemand kommt und mich rausholt, und vermutlich ist genau das der Grund, weshalb ich manchmal eine solche Wut auf diesen Mann habe. Ich habe es nie ins Tagebuch geschrieben, aber es gibt Augenblicke, da bin ich einfach nur genervt. Er hat eine solche Macht über mich und kann mich doch nicht retten. Ich habe einst auf einen anderen Mann gesetzt, einen Mann, der – wie Carla sagt – immer noch nicht gemerkt hat, dass ich schon fort bin.

10. Juni

Ich habe das Tagebuch mit ins Büro genommen, um einige Stellen noch mal zu lesen.

Nach Feierabend bin ich zu ihm gefahren. Zum ersten Mal würden diese Seiten an dem Ort sein, von dem sie erzählten. Während wir miteinander schliefen, war mir, als wäre nun jeder Kuss, jeder Blick, jede Berührung für immer darauf festgehalten.

Bevor ich zu ihm fuhr, habe ich mir ein Kleid und neue Unterwäsche gekauft. Im Auto habe ich ihm eine SMS *geschickt: »Lass die Tür offen, stell zwei Gläser Rotwein bereit, und erwarte mich im Schlafzimmer.«*

Ich bin in die Wohnung, habe mich im Flur ausgezogen, meine Neuerwerbungen aus der Tasche geholt und mich für ihn zurechtgemacht. Mit den beiden Rotweingläsern bin ich ins Schlafzimmer. Sein Gesichtsausdruck hat mich für alles entschädigt. Wie soll man so einen Mann nicht mehr begehren?

»Zieh nichts aus, auch die Schuhe nicht … bleib so«, hat er gesagt und ist gleich über mich hergefallen.

Ich habe mich im Spiegel gesehen und mir gefallen mit meinen Neuerwerbungen am Leib und mit den hohen Hacken. Wenn ich mit ihm zusammen bin, finde ich mich unwiderstehlich. Heute habe ich etwas Neues erlebt, und es war einfacher, es zu tun, als jetzt darüber zu schreiben.

Mit meinem ersten Freund habe ich so was schon mal probiert, aber es hat mir weh getan, und deshalb dachte ich, das wär nichts für mich. Ich hatte mir vorgenommen, es eines Tages mit meinem zukünftigen Gatten noch mal zu versuchen, doch Paolo hat mich nie darum gebeten. Er *hat mich auch nicht darum gebeten, wenn ich ehrlich bin, er hat es einfach getan, und ich habe keinen Widerstand geleistet, habe nichts unternommen, um ihn aufzuhalten, es schien beinahe natürlich. Zunächst hatte ich Angst, er könnte mir weh tun und ich müsste ihn bitten, aufzuhören. Dann ist mir ein Schauer durch den ganzen Körper gelaufen. Der leichte Schmerz, den ich anfangs verspürte, ist einer anderen, neuen Lust gewichen.*

Manchmal, wenn ich an die Dinge zurückdenke, die ich mit ihm gemacht habe, will ich mir einreden, dass es in meinem Alter doch lächerlich ist, all diese neuen Erfahrungen zu machen; das muss man früher ausprobieren, in jungen Jahren. Dann aber denke ich, dass sie in meinem Alter im Grunde wichtiger sind, weil sie einen dazu zwingen, sich bewusst zu machen, was man bisher mit seinem Leben angefangen hat.

14. Juni

Heute bin ich ganz kribbelig aufgewacht, denn ich würde den ganzen Tag mit ihm verbringen. Zum Glück konnte ich mich in aller Ruhe vorbereiten. Paolo ist auf Dienstreise, ich habe ihm gesagt, ich wolle den Tag mit Federica verbringen.

Erst mal habe ich in aller Ruhe gefrühstückt und dabei überlegt, was ich anziehen soll. Beim Spülen war mir, als nähme ich alles intensiver wahr: das Wasser, das über meine Hände lief, meinen Atem, die Dinge, die ich berührte. Ich habe Musik angemacht und bin ins Schlafzimmer, um meine Kleidung auszuwählen. Auf dem Bett habe ich mögliche Kombinationen und Optionen ausgebreitet, nur die Unterwäsche nicht, die hatte ich gestern schon ausgesucht. Dann habe ich Badewasser einlaufen lassen und mit Duftsalzen gebadet. Mit der Brause habe ich gründlich die Haare ausgewaschen, sie ins Handtuch gewickelt und mich eingecremt. Mich zurechtzumachen mit der Vorstellung, dass ich ihn gleich sehen würde, hat mich ziemlich erregt. Ich hab mir die Haare geföhnt und mich angezogen – am Ende habe ich ein eher schlichtes Kleid ausgesucht.

Ich mag es, tipptopp gestylt aus dem Haus zu gehen, in seiner Wohnung oder, noch schlimmer, im Auto ziehe ich mich nicht gern um. Heute habe ich nur ein bisschen Lip-

penstift aufgetragen, den man kaum sah. Ich war unentschlossen, ob ich mir die Augen mehr schminken sollte, um einen anderen Blick zu haben, oder ob ich mich ohne künstliches Beiwerk präsentieren sollte, um das Einfache zu betonen. Manchmal kommen mir bei so ausgedehnten Vorbereitungen plötzlich Zweifel, ob ich es nicht übertrieben habe, und letzten Endes fühle ich mich vielleicht wohler, wenn ich's eilig habe und so bleibe, wie ich bin.

Im Auto freute ich mich wie ein Kind. Ehe ich zu ihm hochging, habe ich mich mehrmals im Rückspiegel betrachtet. Bei ihm im Aufzug gibt es keinen Spiegel, deshalb habe ich noch einmal die Haare befühlt, um festzustellen, ob sie richtig lagen. Ich habe mir die halterlosen Strümpfe ganz hochgezogen und mit den Händen den transparenten Stoff glattgestrichen.

Er hat mich an der Tür erwartet und mir Komplimente gemacht. Er wirkte ganz ruhig und ausgeglichen; ich hingegen war verlegen, weil ich gewöhnlich seinen Mund und seine Hände überall habe, sobald ich die Wohnung betrete. Heute nicht.

Während er Tee machte, habe ich die Grundrisspläne eines Hauses betrachtet, die auf dem Küchentisch lagen. Ob es sich um das Gut handele, das er mit seinem Bruder in der Toskana besitzt, habe ich ihn gefragt.

Wir haben uns aufs Sofa gesetzt und uns darüber unterhalten, dass wir womöglich bald gezwungen sein würden, noch einmal bei einem Projekt zusammenzuarbeiten. Wir fragten uns, wie wir vor den Augen der anderen verbergen könnten, dass wir miteinander schliefen. Dann hat er mir die Teetasse aus der Hand genommen, sie zusammen mit seiner auf dem Tischchen abgestellt und mich an sich gezogen. Während unsere Körper langsam anfingen, sich miteinander zu vermengen, klopfte mir das Herz. Ganz sachte haben wir miteinander geschlafen, schweigend, im Tageslicht, ohne extreme Spiele. Danach sind wir Arm in Arm eingeschlafen. Als ich aufwachte, hat er leise geschnarcht. Ich bin ein Stück weggerückt und habe ihn angeschaut, bin der Linie seines Gesichts gefolgt, dem Schnitt der Augen. Sein Kopf hat eine irre schöne Form. Je länger ich ihn anschaute, desto hingerissener war ich. Dieser Mann erregt mich sogar, wenn ich mit dem Blick sein entspanntes Profil nachfahre. Pass auf, habe ich mir gesagt, diese gespielte Normalität heute ist gefährlich für dich. Du hast dich mit deinem ganzen Körper und mit dem Kopf in diese Geschichte hineingestürzt. Aber das Herz muss draußenbleiben. Vielleicht ist es aber schon zu spät, vielleicht habe ich mich schon verliebt? Aber dann habe ich diesen Gedanken weggeschoben und mich getadelt, dass ich nicht in der Lage bin, mich völlig dem Moment hinzugeben. Immer muss ich die schönen Dinge kaputtdenken, noch bevor sie entstehen, aus Angst vor möglichem Schmerz.

In diesem Moment ist er aufgewacht und hat mich dabei überrascht, wie ich ihn beobachte. Er hat mir einen Kuss gegeben und mich, als könnte er in meinen Kopf hineinschauen, ermahnt, ich solle mir nicht zu viele Gedanken machen. Dann ist er aufgestanden, hat geduscht und sich in der Küche zu schaffen gemacht. Wir haben Rotwein getrunken. Zu Hause trinke ich nie Wein, obwohl ich ihn mag, weil Paolo lieber Bier trinkt und ich für mich allein keine ganze Flasche öffnen möchte.

Ich mag es, wie er sich bei sich zu Hause bewegt, wie er die Dinge, die er braucht, sofort findet. Während wir darauf warteten, dass das Essen kochte, hat er für jeden ein Röstbrot mit Avocadocreme, Peperoni, Zitrone, Olivenöl und Salz zubereitet. Als wir uns an den Tisch setzten, war es schon nach drei. All das hat mich glücklich gemacht, ich war ganz aufgedreht und gerührt von so viel einfachen Freuden. Danach haben wir uns wieder aufs Sofa gesetzt und einen Kaffee getrunken. Ich hatte eins seiner T-Shirts an, und er hat gesagt, dass er heute damit schlafen wolle, um meinen Duft zu riechen.

Er hat die Anlage eingeschaltet und mir wunderschöne Musik vorgespielt, die ich nicht kannte, ›Nocturnes‹ von John Field. Er hat geredet, mich geküsst, in den Arm genommen und, obwohl ich mich zunächst sträubte, mit mir getanzt. Ich war berauscht, aber nicht vom Wein.

Irgendwann schwirrte mir der Kopf, und ich bin ins Bad, um mir das Gesicht zu waschen. Ich habe die Frau im Spiegel erkannt: Nur in seinem Spiegel erkenne ich mich. Endlich sehe ich mich.

Es war so intim und liebevoll an diesem Sonntag gewesen, dass ich am nächsten Tag das Bedürfnis hatte, Carla anzurufen.

»Ich komme gerade aus einem Plattenladen.«

»Was machst du denn in einem Plattenladen?!«

»Wieso, was ist daran komisch? Darf ich mir keine Musik kaufen?«

»Doch, klar, aber es ist das erste Mal, dass ich das von dir höre. Was hast du gekauft?«

»Die *Nocturnes* von John Field.«

»Wie bist du denn darauf gekommen?«

»Hab davon gelesen. Egal, ich hab dich nicht angerufen, um mit dir über Musik zu reden. Ich wollte dir erzählen, dass ich gestern einen ganzen Tag lang mit ihm zusammen war.«

»Wie, den ganzen Tag?«

»Paolo hab ich gesagt, ich wär bei Federica, und bin dann von vormittags bis zum Abend bei ihm gewesen.«

»Und wie ist es gelaufen?«

»Ich glaub nicht, dass ich mich je mit einem Mann so wohl gefühlt habe. Er hat mir Mittagessen gekocht, wir haben einen Spitzenwein getrunken und viel geredet.«

»Du bist doch nicht dabei, dich zu verlieben?«

»Nein, nein. Ich glaub nicht.«

»Elena. Mach keinen Scheiß.«

»Ein bisschen verknallt bin ich vielleicht schon … na ja, ist ja auch echt schwierig, sich nicht zu verlieben oder etwas zu empfinden. Du kennst mich, und außerdem ist er ein wunderbarer Mann. Auch wenn wir nicht miteinander schlafen, ist er aufmerksam und lieb. Das bin ich einfach nicht gewohnt. Ihn hat's auch ein bisschen erwischt, glaube ich, sonst würde er sich nicht so verhalten.«

»Und was sagt er?«

»Nichts, wir haben noch nie explizit darüber gesprochen, aber ich merke es an seiner Art.«

»Pass bloß auf, dass du dir da nicht zu viel einbildest. Vielleicht empfindet er die Sache ganz anders.«

»Es ist schwer, das zu glauben, ich weiß, aber wenn du uns zusammen sehen könntest, würdest du es vielleicht verstehen.«

»Mag sein, ich sage ja nicht, dass du unrecht hast, ich rate bloß zur Vorsicht … Kleine Missverständnisse am Anfang können dazu führen, dass man sich gewisse Vorstellungen macht und Überzeugungen fasst, die nur in eine Richtung gehen.«

Noch mehrmals legte Carla mir ans Herz, vorsichtig zu sein – so oft, dass ich schon fast den Verdacht hegte, sie würde sich wünschen, dass die Sache zwischen ihm und mir schiefging. Ich ahnte, dass es auch für sie nicht einfach war zu begreifen, was in seiner Wohnung geschah.

17. Juni

Wenn ich schreibe, durchlebe ich alles noch einmal, fühle ich mich ihm nah. Manchmal mache ich eine Pause und rieche an meiner Hand, um unsere Gerüche einzuatmen oder nur meinen eigenen. Die Hand, mit der ich schreibe, ist dieselbe, mit der ich mich befriedige. Schreiben ist fast so etwas geworden wie mich berühren.

Ich schreibe nicht nur, weil ich nicht vergessen will, sondern auch, um meine Ängste zu bändigen. Ängste, zu verlieren, was er mir geschenkt hat.

Ich dachte, ich wäre nicht fähig, einen Unbekannten zu lieben. Ich konnte mir unter Liebe nichts anderes vorstellen, als was man mir beigebracht hatte. Eine andere Form hat es für mich nicht gegeben. Doch mit ihm ist es ganz anders. Bei ihm will ich keine Maske tragen. Ich will, dass er mich so sieht, wie ich bin. Sollte ich über die Leidenschaft und das Verlangen hinaus etwas empfinden, werde ich mich nicht verstecken.

Er hatte sich mir gegenüber geöffnet und anvertraut wie nie zuvor. Wir lagen zusammen in der Wanne, hatten schon eine ganze Flasche Wein intus, und das Wasser entspannte uns noch mehr. Auf dem Wannenrand lag eine Sonnenbrille.

»Was sucht die denn hier?«, fragte ich.

»Ich bade gern mit Sonnenbrille, schon immer. Versuch's mal.«

Ich setzte die Sonnenbrille auf.

»Steht dir gut«, sagte er lachend.

»Nimm, es ist deine, setz du sie auf.«

Er setzte sie auf und gleich wieder ab. »Ich schäme mich, wenn ich nicht allein bin.«

»Wieso? Badest du oft in Gesellschaft?«

Er lachte.

»Antworte mir: Wie viele Frauen haben vor mir in dieser Wanne gelegen?«

»Ach, in dieser noch nicht so viele, die ist ja noch ganz neu …«

»Blödmann!«

»Aber es stimmt, die Wanne hab ich erst vor ein paar Monaten einbauen lassen, du bist die erste.«

»Jetzt mal ehrlich: Wie lange ist deine letzte Beziehung her?«

»Ich weiß nicht mal, ob man es eine Beziehung nennen kann, jedenfalls auch schon mehr als ein Jahr.«

»Bist du überhaupt schon mal richtig verliebt gewesen?«

»Natürlich bin ich schon mal verliebt gewesen, ich bin doch kein Alien!«

»Und was ist schiefgegangen?«

»Nichts, Beziehungen dauern halt nicht ewig.«

»Wie lange hat sie denn gedauert?«

»Zwei Jahre.«

»Und seitdem hast du nie das Bedürfnis gehabt, enger mit einer Frau zusammen zu sein? Fühlst du dich nie einsam? Hast du keine Angst, alleine alt zu werden?«

»Ich bin doch schon alt«, sagte er und lachte.

»Du bist nur drei Jahre älter als ich – willst du mir etwa sagen, ich sei alt?!«

»Drei Jahre sind viel.«

»Wie siehst du dich in ein paar Jahren? Immer noch allein oder mit einer Frau?«

Sag, wie du uns in drei Jahren siehst, dachte ich bei mir.

»Ich habe einen Haufen Bilder von mir und einer Frau, die mir gefällt und mit der ich schöne Momente erlebe, aber ich weiß, dass ich das nicht hinkriege. Die Wirklichkeit sieht dann ganz anders aus, und daran bin ich schuld, das ist mir klar. Da kommt ein unsympathischer Teil von mir zum Vorschein. Paarbeziehungen machen aus mir einen schlechteren Menschen.«

»Vielleicht hast du ja eine falsche Vorstellung im Kopf, vielleicht misst du dich an falschen Vorbildern. Was ist mit deinen Eltern, haben die sich geliebt?«

»Ich glaube schon. Mein Vater war immer beruflich unterwegs, als Kind habe ich ihn kaum gesehen. Mein Bruder und ich waren ihm gegenüber sehr schüchtern. Auf ihre Art haben meine Eltern sich schon geliebt, denke ich. Meine Mutter konnte es kaum erwarten, dass er nach Hause kam, doch wenn er dann da war, schien sie sich nur zu wünschen, dass er wieder wegfährt. Wenn er zu Hause war, war es anders. Er hat mir zwar gefehlt, aber es war schöner, wenn wir nur zu dritt waren. Wir spielten mehr, waren unbeschwerter. Ich glaube aber nicht, dass das Einfluss auf meine Beziehungen hat, ich glaub einfach, dass ich nicht fähig bin, eine Beziehung zu führen, die meinen Vorstellungen standhält. Also lebe ich mit meinen Bildern.«

»Und was sind das für Bilder?«

»Ziemlich gewöhnliche, schätze ich.«

»Jetzt mach nicht dieses schüchterne und verlegene Gesicht, da falle ich eh nicht drauf rein. Beschreib mir doch mal so ein Bild.«

Er setzte sich wieder die Sonnenbrille auf. »Nichts Originelles. Ich finde es unglaublich, wie sich alles ändert, wenn du dich verliebst, unglaublich, wie schnell die geliebte Person dein Ein und Alles wird. Beim Gedanken an sie fühlst du dich umhüllt und gewärmt, alles wird leichter, auch wenn du auf der Arbeit bist und es erst zwanzig nach vier ist und es draußen regnet. Auch wenn du müde im Auto sitzt und dich unwohl in deinen Kleidern fühlst – der Gedanke an sie bringt dich zum Lächeln, und dann kontrollierst du im Rückspiegel, ob du schön genug bist für sie. Du simst ihr, und wenn sie dir nicht sofort antwortet, dann, weil sie in einer Sitzung ist oder es nicht gehört hat, ganz bestimmt nicht, weil sie keine Lust hat. Es ist Freitagabend, du siehst sie und denkst, du bist ein Glückspilz, weil sie die nächsten zwei Tage lang nur dir gehört. Sie gehört dir beim Frühstück, sie gehört dir nach dem Mittagessen im Bett, während du versuchst, einen Film anzuschauen. Sie sagt dir, dass sie Dienstagabend gern für dich kochen würde und dich um neun bei sich erwartet, und um Viertel vor neun rennst du, zwei Stufen auf einmal nehmend, die Treppe zu ihrer Wohnung hoch, freudig und verliebt, weil du Lust hast, sie zu küssen und ihren Geruch zu schnuppern. Wenn du ihre Wohnung betrittst, empfängt dich ein köstlicher Duft, und du findest selbst nicht die richtigen Worte für dieses Glück, und wenn du allein im Bad bist, schaust du dich im Spiegel an und gratulierst dir, weil sie so schön ist.«

»Du bist nicht normal. Da muss die Realität dich ja enttäuschen!«

»Es geht nicht darum, dass die Wirklichkeit nicht dem entspräche, was ich mir ausgemalt habe. Ich bin es, der nicht so freudig und verliebt ist, während ich diese Treppe hinaufgehe. Ich stelle mir einen Mann vor, der fähig ist, zu lieben und geliebt zu werden, und der bin ich nicht.«

»Aber wenn man sich wirklich liebt, lernt man auch zu lieben, glaube ich.«

»Ich nicht, fürchte ich, zumindest habe ich es bisher noch nicht gelernt.«

»Wart's ab, bis dir die große Liebe begegnet.«

»Ja, ja.«

Er bespritzte mich mit Wasser. »Möchtest du noch mehr hören?«

Ich sagte ja, weil er ein wenig verlegen auf mich wirkte und ich nicht wollte, dass er sich unbehaglich fühlt.

»In meinen Vorstellungen von der perfekten Liebe ist es immer zwischen Anfang September und Ende November.«

»Warum?«

»Ich weiß nicht, ist halt so. Oktober … Ich sehe mich mit Pullover und Jacke durch die Straßen gehen, Hand in Hand mit ihr. Sonntags fahren wir nach Mantua, um Kürbisravioli zu essen, oder auf einen Teller Tagliatelle nach Bologna, in ein Restaurant, das ich schon lange kenne. Abends auf der Rückfahrt fängt es bei Modena an zu regnen, und wegen der Tropfen sehen die Rücklichter der Autos vor uns aus, als wären sie auf der Scheibe plattgedrückt. Innen ist es dunkel, bis auf die Lichter der Anlage, die wunderschöne Musik abspielt. Ich lenke nur mit der linken Hand, weil ich mit der rechten ihre halte, ich würde gern ein bisschen leiser drehen, aber ich möchte ihre Hand nicht loslassen. Am Wochenende sehe ich mich in den Hauptstädten Europas, in Designerhotels: Saunas, türkische Bäder, Spas, Wellnesscenter, um fünf gehen wir in ein Café, essen ein Stück Apfel-Zimt-Kuchen und trinken Tee. Ich sehe uns gemeinsam vor dem Kamin Wein trinken, wo wir zusammen sind, ohne miteinander zu schlafen, weil es uns manchmal so am besten behagt, ich sehe uns zu Hause gemeinsam kochen und einen Film anschauen oder uns beide auf dem Sofa, jeder in seinem Buch lesend.

All diese Bilder gefallen mir sehr. Doch immer wenn es mit einer Frau so weit war, bin ich gescheitert. Wenn ich mit einer Frau zusammen bin, träume ich früher oder später davon, nach Kalifornien zu fliegen, ein Auto zu mieten und stundenlang mit dem Wind in den Haaren durch die Gegend zu fahren – allein.

Wenn ich mit einer Frau zusammen bin, träume ich von der Freiheit, und wenn ich frei bin, träume ich von der Liebe. Solange ich nicht lerne, mich in einer Beziehung frei zu fühlen, wird es schwer für mich. Dennoch glaube ich fest daran, dass alles eines Tages schlagartig anders sein wird. All meine Aussagen zählen dann nicht mehr, entpuppen sich als Ausreden, provisorische Antworten, die keinen Bestand haben. Und dann werde ich mich entscheiden müssen, ob ich neue finden oder aufgeben will. Im Moment schaffe ich es noch nicht, gelassen im Hier und Jetzt zu leben. Immer pendle ich zwischen den Erinnerungen der Vergangenheit und einer erträumten Zukunft. Nur wenn ich Sex habe, bin ich in der Gegenwart, das ist der einzige Moment, in dem ich den Augenblick lebe. Klingt banal, ich weiß, aber diese Wohnung ist für mich bisher das Maß. Wenn du durch diese Tür trittst, bin ich hier, gegenwärtig und fähig zu lieben. Draußen kann ich das nicht.«

»Wie meinst du das?«

»Ich finde es schön, wenn zwei Menschen es schaffen, es sich gutgehen zu lassen, ohne sich ineinander zu verlieben, doch wenn sie sich ineinander verlieben oder anfangen, sich zu sagen, dass sie sich lieben, und zwar ›für immer‹, ist es, als begänne im selben Moment die Landephase. Als wäre der Satz ›Ich liebe dich‹ der Anfang vom Ende. Vielleicht übertreibe ich … Das Thema verwirrt mich in letzter Zeit sehr.«

Während er redete, schien er verletzlich, und seine Aufrichtigkeit rührte mich.

»Du lächelst bestimmt deshalb, weil du selbst nicht an das glaubst, was du sagst, stimmt's?«, kommentierte ich.

»Kann sein.«

»Und warum sagst du es dann?«

»Weil du dann was Schlaues antwortest und mich beruhigst.«

»Darauf kannst du lange warten, du musst schon selbst damit klarkommen.« Diesmal konnte ich mir ein Lächeln nicht verkneifen.

»Dann ertränke ich mich jetzt in der Wanne.«

»Glaubst du, ein Witzchen könnte dich retten?«

»Eines Tages werde ich nicht mehr ausweichen und mich hinter dummen Sprüchen verschanzen. Mein Humor wird dann einfach eine liebenswerte Charaktereigenschaft von mir sein, objektiv bin ich nämlich sehr sympathisch«, sagte er und lächelte, was seine zweiunddreißig Zähne hergaben.

Ich stimmte in sein Lachen ein. »Und Vorstellungen von uns als Paar hattest du keine?«

»Seit dem Moment, als ich dich zum ersten Mal sah.«

»Und was für Vorstellungen waren das?«

»Die, die wir ausleben.«

»Und von meinen Kolleginnen?«

»Nein, von denen nicht.«

»Die sehen aber viel besser aus als ich.«

»Da bin ich anderer Meinung, und außerdem fehlt ihnen was, das du hast.«

»Ach, und was habe ich, das sie nicht haben? Da bin ich aber gespannt.«

»Etwas, was unerklärlich und trotzdem wahrnehmbar ist. Etwas, was dich besonders feminin wirken lässt, als würdest du, ohne es zu wissen, den verführerischen Duft der Erbsünde mit dir herumtragen. Für eine Frau wie dich würde ich sämtliche Äpfel vom Baum reißen, selbst wenn Gott mir das niemals verzeihen würde. Du erinnerst mich daran, wie ich als Kind mit dem Fahrrad ums Haus gesaust bin.«

»Das hat mir wirklich noch keiner gesagt!«

»Ich höre es auch zum ersten Mal. Jedenfalls, der Punkt ist, dass ich noch nicht gelernt habe, unbeschwert zu lieben, und damit will ich bestimmt nicht prahlen.«

»Wart's ab.«

Bei diesen Worten dachte ich unwillkürlich an uns beide. Ich fragte mich, wieso ein solcher Mann, der es so gut verstand, mit einer Frau zu reden, frei über die eigenen Grenzen und Widersprüche zu sprechen, es nicht fertigbrachte, eine stabile Beziehung zu führen.

Er hatte den Nacken auf den Rand der Badewanne gelegt und starrte an die Decke, immer noch mit Sonnenbrille auf der Nase. Instinktiv wollte ich ihn fest in die Arme nehmen und nicht mehr loslassen, doch ich tat es nicht, aus Angst, er könnte von Kalifornien träumen.

25. Juni

Heute Nachmittag habe ich mich im Bad eingeschlossen, ein sexy Foto von mir gemacht und es ihm per SMS geschickt: »Damit du uns nicht vergisst.«

»Ich bete dich an. Noch eins.«

Also hab ich ihm noch eins geschickt, und er hat geantwortet: »Ich komme bald zurück. Du fehlst mir. Jetzt hab ich hier mitten im Meeting einen Steifen.«

Und dann haben wir uns mit Kurznachrichten regelrecht bombardiert.

»Du hast ja keine Ahnung, was ich jetzt gern mit dir machen würde.«

»Schreib's mir.«

Aber ich habe mich ein bisschen für das geschämt, was mir gerade durch den Sinn ging, und hab nur geschrieben: »Ich zeig's dir lieber, wenn wir uns sehen.«

»Ein kleiner Hinweis vielleicht?«

Zu wissen, dass ich ihn erregen kann, euphorisiert mich. Ich habe mitgespielt und ihm noch ein Bild geschickt.

Darauf er: »Du machst mich ganz verrückt. Die Sitzung kann ich abhaken, kann nicht mehr denken, Blut schafft's nicht mehr bis zum Hirn.«

»Freut mich.«

»Kommst du heute Abend vorbei? Ich halt es kaum aus, wenn du mir solche Fotos schickst.«

»Geht leider nicht, so gern ich käme.«

»Muss ich's eben allein tun, so eine Verschwendung. Dann bis morgen. Ciao.«

An jenem Abend wurde mir klar, dass es für mich nicht mehr allein um Sex ging, auch wenn ich unsere Spiele weiter mitmachte wie am Anfang. Und weil wir immer ganz offen zueinander gewesen waren, beschloss ich, am nächsten Tag mit ihm darüber zu sprechen.

Wir waren beide immer noch ganz angestachelt wegen der Fotos und haben uns voller Leidenschaft geliebt. Aber nicht der Sex ist mir am lebendigsten in Erinnerung geblieben, sondern das, was danach passierte.

Im Bad hingen keine Handtücher mehr, darum sah ich im Schrank nach. Sofort fiel mein Blick auf ein Schminktäschchen, das neben dem Handtuchstapel lag, und das Herz blieb mir stehen. Wie angewurzelt stand ich vor der offenen Schranktür und wusste nicht, was ich tun soll. Sollte ich es öffnen und hineinsehen? Vielleicht waren ja Sachen von ihm darin, vielleicht gab es eine andere Erklärung als die, die mir sofort im Kopf herumspukte, vielleicht hatte irgendeine Frau es dort mal vor langer Zeit vergessen. Ich betrachtete mich kurz im Spiegel, nahm mir ein Handtuch, schloss die Schranktür und setzte mich. In dem Moment wurde mir klar, wie verletzlich ich war. Mehrere Minuten saß ich einfach nur da und kämpfte gegen die Versuchung an, das Täschchen zu öffnen.

Plötzlich hörte ich seine Stimme durch die Badezimmertür: »Ohne Zucker, mit einem kleinen Schuss Milch, stimmt's?«

»Ja, danke … Ich komm gleich.«

Ich stand auf und schaute noch einmal in den Spiegel: Dieses Gesicht war mir fremd. Schnell setzte ich ein anderes auf, ich wollte nicht, dass er mich so sah. Ich beschloss, das Täschchen nicht zu erwähnen. Als ich in die Küche kam, reichte er mir lächelnd den Kaffee. Er konnte ja nicht wissen, was für einen Schock ich gerade in seinem Badezimmer erlitten hatte.

»Alles okay? Dein Gesicht hat sich irgendwie verändert, du bist blass.«

»Ja, ja. Alles in Ordnung.«

»Sicher? Was ist los?«

Kurz war ich versucht, ihm alles zu erzählen und ihn nach dem Täschchen zu fragen, damit er mir sagen konnte, dass ich das falsch verstanden hatte und es eine ganz einfache Erklärung gab. Stattdessen antwortete ich: »Es ist nichts. Meine Tage sind nur zu früh gekommen. Besser, ich gehe nach Hause, ich hab keine Tampons dabei.«

»Kann ich irgendwas für dich tun?«

»Nein, mach dir keine Sorgen. Es tut mir leid, aber ich muss jetzt gehen. Ach, übrigens, ich hab mir ein Handtuch aus dem Schrank im Badezimmer genommen.«

Ich schaute ihm direkt in die Augen und suchte nach Anzeichen von Verlegenheit, aber da war nichts.

»Könnte ich vielleicht ein Glas Wasser bekommen?«

Während er mir das Wasser eingoss, ging ich meine Tasche holen. Ich hatte das Gefühl, so schnell wie möglich verschwinden zu müssen, mir ging es gar nicht gut.

Ich trank das Wasser und verließ die Wohnung mit einem schweren Stein auf dem Herzen. Im Aufzug hatte ich das Gefühl, in einen bodenlosen Abgrund zu stürzen.

27. Juni

Ich hätte das Schminktäschchen öffnen sollen, dann wüsste ich jetzt wenigstens, was drin ist. Gibt es andere Frauen in seinem Leben? Die Frage quält mich. Warum macht mir das bloß so viel aus? Immerhin bin ich diejenige, die verheiratet ist, da kann ich wohl kaum verlangen, dass ich in seinem Leben die Einzige bin. Im Grunde steht es mir nicht mal zu, überhaupt irgendwelche Fragen zu stellen. Trotzdem lässt die Sache mich einfach nicht los, und mit jeder Minute, die vergeht, wird es schlimmer. Die innere Ruhe und Gelassenheit, die ich mir so mühsam erkämpft habe, ist futsch. Falls es andere Frauen gibt, dann will ich wissen, was für eine Art von Beziehung er zu ihnen hat. Schläft er mit ihnen? Auf dieselbe Art wie mit mir? Spielt er mit allen so, wie er mit mir spielt? Kannte er sie schon vor mir, oder hat er sie erst vor kurzem getroffen?

Es ist zwei Uhr morgens. Ich kann nicht schlafen und hab mich in die Küche gesetzt, um zu schreiben. Ich habe Angst. Angst, dass vielleicht bald alles vorbei ist, dass er nicht der ist, für den ich ihn gehalten habe. Ich habe Angst, dass er sich mit einer anderen einlassen könnte, sie mir vorzieht.

Eben ist Paolo aufgestanden, um aufs Klo zu gehen. Auf dem Rückweg kam er an der Küche vorbei, Tage-

buchschreiben sei was für kleine Mädchen, hat er gemurmelt, und dass ich nicht vergessen soll, später das Licht auszumachen. Dann ist er wieder ins Bett gegangen.

Am liebsten hätte ich ihn gebeten, sich zu mir zu setzen, und ihm alles gebeichtet. Wo ich mich rumgetrieben habe, wenn ich zu spät zum Abendessen kam. Wo ich meine Mittagspausen verbrachte. Warum ich das Büro früher verließ und wohin ich ging. Er soll endlich erfahren, was für eine Frau ihm da gegenübersitzt. Ich will ihm in die Augen sehen und ihn fragen, warum er mich all die Jahre alleingelassen hat: »Siehst du, wohin mich das geführt hat?«

27. Juni

Es war schon nach drei, als ich gestern Nacht das Tagebuch zuklappte und ins Bett bin, und es hat noch lang gedauert, bis ich endlich einschlafen konnte. Heute Morgen, als der Wecker klingelte, hab ich mich gefühlt, als hätte ich höchstens ein paar Minuten geschlafen. Ich bin total erledigt.

Außerdem gab's Streit mit Paolo. Ich kann ihn einfach nicht mehr ertragen, er geht mir so was von auf die Nerven. Wie er redet, wie er geht, das Schlurfen seiner Schlappen, alles stört mich, sogar sein Geruch. Heute hat er über seine Mutter gemeckert. Sie hat seinem Bruder Geld gegeben, damit er ein Geschäft eröffnen kann. »Mein schöner Herr Bruder, ständig schimpft er über meine Mutter und wirft ihr vor, dass sie von nichts eine Ahnung hat, aber wenn er Geld braucht, steht er sofort bei ihr auf der Matte!« Ich hab einfach nichts gesagt, bin gegangen und habe ihn allein vor sich hin lamentieren lassen.

Ich habe mir den Kopf zerbrochen wegen der Sache mit dem Schminktäschchen und bin zu dem Schluss gekommen, dass ich es wissen muss. Ich will wissen, ob es andere Frauen in seinem Leben gibt. Ich habe ein Recht darauf. Er weiß ja auch, dass ich verheiratet bin, also ist es nur fair. Außerdem habe ich, seit wir beide Sex haben, nicht mehr mit Paolo geschlafen. Aus freier Entscheidung.

Vielleicht hätte es ihm ja nicht mal was ausgemacht, aber für mich wäre es gewesen, als würde ich ihn betrügen.

Ich weiß gar nicht, warum ich nie ernsthaft geglaubt habe, dass es außer mir noch andere geben könnte. Vielleicht, weil ich meinen schönen Traum weiterträumen wollte. Nur, dass man auch aus dem schönsten Traum irgendwann mal aufwacht.

Ich habe ihm eine SMS geschickt: »Hast du morgen nach der Arbeit Zeit? Ich würde gern mal mit dir reden.«

Auf dem Weg zu ihm fühlte ich mich meiner Sache ganz sicher. Unterwegs im Auto sagte ich mir noch einmal all das auf, was ich mir in den Stunden zuvor zurechtgelegt hatte. Alles war glasklar, ich wusste, wie ich mich verhalten und was ich sagen wollte, sogar, was ich ihm erwidern würde, denn in meinem Kopf hatte ich auch schon seine möglichen Antworten durchgespielt. Ich war wild entschlossen.

Doch kaum hatte ich seine Wohnung betreten, begann mein schönes Gebilde in kürzester Zeit Stück für Stück auseinanderzufallen. Der vertraute Geruch, sein Lächeln, sein Blick, ein langer, intensiver Kuss, seine Umarmung – und schwupps!, war mein Kopf plötzlich wie leergefegt. Nichts von dem, was ich mir so schön zurechtgelegt hatte, wollte mir mehr einfallen. Bedeutungslos gewordene Satzfetzen, mehr erinnerte ich nicht, und selbst die kamen mir nicht über die Lippen. Ich fühlte mich so unglaublich wohl und wollte nicht alles verderben, nur weil ich so unsicher war. Es war so schön. Die nagenden Zweifel hatte ich nicht vergessen, doch allein der Geruch seines Atems hatte genügt, sie vorerst zum Schweigen zu bringen. Als ich seine Lippen auf meinen spürte und seine Hände auf meinem Körper, wollte ich mich nur noch meinen Gefühlen hingeben und sagte mir, ich könne genauso gut beim nächsten Mal mit ihm sprechen. Gleichwohl war der Drang, einen Blick in das Schminktäschchen zu werfen, unwiderstehlich, die Neugier war einfach zu stark. Also ging ich ins Bad. Ich musste dieses Täschchen öffnen, vielleicht fände ich ja irgendeinen Hinweis, wem es gehören könnte. Es gibt Dinge, die tut man einfach nicht, ich weiß. Ich selbst habe es nie gutgeheißen, wenn jemand zum Beispiel das Handy seines Partners kontrolliert, doch nun konnte ich mich einfach nicht zurückhalten. Ich verriegelte die Tür und schaute zuerst in den Spiegel, denn ich wollte wissen, wie mein Gesicht aussieht, wenn ich gegen all meine Prinzipien handle. Dann öffnete ich den Schrank, und mir stockte der Atem: Das Täschchen war nicht mehr da. Ich sah hinter den Handtüchern nach, schob den Rasierapparat beiseite, die Medikamente, die diversen Cremes, kehrte das Unterste zuoberst. Es war verschwunden.

Und was jetzt?, fragte ich mich. Soll ich vielleicht nach drüben gehen und ihn fragen, wo es geblieben ist? Ihm sagen, dass ich genau weiß, dass es letztes Mal noch dort gestanden hat?

Er würde mich für völlig durchgeknallt halten: eine Frau, die sich im Bad einschließt, um die Schränke zu durchwühlen.

Wieder schaute ich in den Spiegel: Ich sah blass aus, mir war noch flauer als beim letzten Mal. Tausend Gedanken und Erklärungen schossen mir durch den Kopf. Vielleicht war die Besitzerin des Täschchens vorbeigekommen und hatte es abgeholt. Oder ihm war klargeworden, dass ich es gesehen hatte, und er hatte es verschwinden lassen. Als ich zurück ins Zimmer kam, fragte er: »Wolltest du nicht über irgendwas mit mir reden?«

»Ach, nicht so wichtig. Außerdem muss ich jetzt los.«

1. Juli

Ich kriege diese Bilder einfach nicht aus meinem Kopf, immer stelle ich mir vor, dass er mit anderen Frauen zusammen ist. Damals, als ich mit meinen Freundinnen unterwegs war und er nicht auf meine Nachrichten geantwortet hat, hab ich mir auch vorgestellt, dass er gerade mit einer anderen im Bett liegt, nur dass der Gedanke mich damals erregt hatte. Jetzt ist es anders, ich fühle mich ausgeschlossen, verwundbar, schwach. Ich will nicht glauben, dass er mit einer anderen so spielt wie mit mir, dass es zwischen ihm und einer anderen die gleiche Nähe und Verbundenheit gibt wie zwischen uns.

Einmal hat er zu mir gesagt: »Wenn du durch diese Tür kommst, dann gehörst du nur mir und ich nur dir, so lange, bis du wieder hinausgehst. Das sind die Regeln des Spiels. Kannst du das akzeptieren?«

Damals habe ich eingewilligt. Ob ich das heute auch noch tun würde, kann ich nicht sagen.

4. *Juli*

All diese Ängste! Das ist nicht bloß Eifersucht, weil ich dieses Schminktäschchen gefunden habe. Es hat etwas in mir ausgelöst, hat mir gezeigt, wie tief ich in dieser Geschichte drinstecke. Es ist, als wäre ich aus einem langen Traum erwacht, als hätte ich das alles bisher in einer abstrakten Dimension erlebt und nicht im wirklichen Leben. Unversehens bin ich in die Realität zurückgeschleudert worden und muss feststellen, dass ich längst bis zum Hals drinstecke, ohne Absicherung. Der Unterschied zu vorher ist, dass er jetzt Teil meines wirklichen Lebens ist. Er ist real. Neulich habe ich mich gefragt, ob ich mich vielleicht in ihn verliebt habe. Jetzt weiß ich, dass es so ist. Seit ich das Schminktäschchen gefunden habe, quält mich der Gedanke, dass ich nicht die Einzige bin, ihn vielleicht verliere. Das ist Beweis genug, es hat mir die Augen geöffnet. Es hätte nicht so weit kommen dürfen, ich weiß, aber wie soll man sich nicht in einen Mann verlieben, der dir das Gefühl gibt, attraktiv und begehrenswert zu sein? Ich will ihn nicht verlieren, ich muss ihn einfach sehen. Aber wenn ich nicht dabei draufgehen will, muss ich irgendwie versuchen, einen Schritt zurück zu machen. Ich hätte von Anfang an vorsichtiger sein sollen, hätte es früher erkennen müssen, aber die Lust und das Glücksgefühl haben mich wohl ein bisschen blind gemacht. Jetzt muss ich versuchen zu retten, was zu retten ist. Irgendwie eine Lösung finden. Mit Carla kann ich nicht darüber sprechen. Sie würde nur sagen, dass ich das hätte vermeiden können, wenn ich mich nicht von bestimmten Vorstellungen hätte hinreißen lassen, sie habe mich ja gewarnt. Darauf kann ich verzichten.

Noch nie habe ich mich so allein gefühlt, aber ich bin viel zu bestürzt, um wütend zu sein. Zwar finde ich, dass er unsere Spiele nicht mit anderen spielen darf, aber letztlich machen mir nicht die anderen Frauen Angst, sondern das, was ich für ihn empfinde.

6. Juli

Ich muss besser auf mich achtgeben, ich darf mich nicht so tief in diese Geschichte verstricken. Hoffentlich passiert jetzt nicht wieder das Gleiche wie am Anfang: Je mehr ich versucht habe, ihn nicht an mich heranzulassen, desto öfter habe ich an ihn denken müssen. Ich hab ihn nie auf Abstand halten können, nicht mal in den allerersten Tagen, als ich noch glaubte, ich könnte alles rational managen.

Warum habe ich mich so hinreißen lassen, warum habe ich nie die Kraft gehabt, nein zu sagen? Weil ich keine Kraft mehr hatte, darum. Weil ich es satt war, mich selbst zu belügen. Weil ich genug davon hatte, immer nur das Richtige zu tun. Das erste Mal in meinem Leben habe ich einen Sprung ins Ungewisse gewagt, habe mich auf etwas Riskantes eingelassen. Habe den Mut gefunden, einmal nicht den Erwartungen zu entsprechen, mein tief verankertes Selbstbild zu vergessen. Unter den Berührungen und Liebkosungen seiner warmen Hände bin ich aufgeblüht. Ich bin durch diese Tür gegangen, weil ich eine andere Frau sein wollte, anders als ich war. Jetzt muss ich versuchen, einen kleinen Schritt zurück zu machen, auch wenn das nicht leicht wird, dazu geht es mir zu gut mit ihm. Aber ich darf mich nicht ständig bei ihm melden, ich muss abwarten, wie lange es dauert, bis er sich meldet, um zu verstehen, wie wichtig ich ihm bin.

Paolo hat recht, manchmal benehme ich mich wirklich wie ein kleines Mädchen.

Rasch hatte ich jegliche Verhältnismäßigkeit verloren. Um meine Ängste in den Griff zu bekommen, dachte ich mir alle möglichen Strategien aus. Eines Morgens schickte er mir eine Nachricht und fragte, ob wir uns am folgenden Tag sehen könnten.

Ich antwortete nicht sofort, wollte ihn erst ein bisschen zappeln lassen. Nach ein paar Stunden schrieb ich zurück: »Nein, morgen kann ich nicht.«

»Dann vielleicht heute? Zum Abendessen? Oder danach?«

»Das wird zu spät. Da hab ich keine Ausrede.«

»Okay.« Und schon bereute ich es.

Eine Stunde verging, dann schickte er wieder eine SMS. »Übermorgen vor der Arbeit?«

Ich war versucht, ja zu sagen, doch dass er so hartnäckig blieb, zeigte mir ja, dass meine Taktik funktionierte. Ich durfte nicht schwach werden, ich musste bei meinem Nein bleiben. Eigentlich wollte ich das zwar nicht, aber ein bisschen Hinhalten konnte bestimmt nicht schaden.

»Tut mir leid. Geht grad wirklich nicht, auch wenn ich noch so gern käme.«

Kurz bevor ich die Nachricht abschickte, entschloss ich mich, den Nachsatz zu löschen. Wenn schon hart bleiben, dann richtig.

»Tut mir leid. Geht grad wirklich nicht.«

»In Ordnung. Ich wollte dich nicht drängen, es ist nur, weil ich für länger verreisen muss. Kuss.«

Ich bekam einen Schreck. Er verreist? Für länger?! Vier Tage hatte ich ihn jetzt nicht gesehen und hielt es schon kaum noch aus. Was sollte ich jetzt bloß tun? So viel zu meinen tollen Strategien …

Ich antwortete sofort: »Du verreist?«

»Ja, ich fahre für zwei Wochen zu meinem Bruder und hätte dich vorher gerne noch einmal geküsst. Überall.«

»Warum hast du das nicht gleich gesagt?«

»Wieso? Wenn du nicht kannst, kannst du nicht … oder willst du etwa nicht?«

»Warum fragst du?«

»Du wirkst ein bisschen distanziert.«

Ich hasste es, dass er in mir lesen konnte wie in einem offenen Buch, dass er all meine Gedanken, Stimmungen und Unsicherheiten erahnte. Manchmal erriet er sogar meine Wünsche, als wüsste er besser als ich selbst, was ich brauche.

»Wieso distanziert?«

»Falls sich was geändert hat, würde ich gerne erfahren, ob es was mit deinen Gefühlen zu tun hat oder ob du nachgedacht und irgendwas entschieden hast. So oder so denke ich, du solltest es mir sagen.«

Doch das konnte ich nicht. Lieber versteckte ich mich hinter just der gleichen Ausrede, die ich seit Jahren Paolo gegenüber benutzte.

»Es hat sich nichts geändert. Aber unser Projekt steht

kurz vor dem Abschluss, ich bin unter Termindruck. Du weißt ja, wie das ist.«

»Dann kann man wohl nichts machen. Schade.«

Eigentlich konnte ich keinen Rückzieher mehr machen, aber der Gedanke, ihn zwei Wochen lang nicht zu sehen, war einfach unerträglich. Am Abend, nach dem Essen mit Paolo, ging ich ins Bad und schickte ihm eine Nachricht.

»Hab mir ein bisschen Luft schaffen können und hätte morgen Abend Zeit. Wann soll ich kommen?«

Am späteren Abend antwortete er grundsätzlich nie. Er wartete immer bis zum nächsten Morgen um halb neun, weil er wusste, dass ich dann allein sein würde. Als ich ins Bett ging, war ich verdammt wütend auf mich selbst.

10. Juli

»Wo wir uns eh nicht sehen können, bin ich schon früher losgefahren. Tut mir leid, wenn's irgend ginge, würde ich zurückkommen.«

Seine Antwort kam heute Morgen auf dem Weg ins Büro. Am liebsten hätte ich sofort gewendet und mich auf den Weg zu ihm in die Toskana gemacht, so sehr sehnte ich mich schon nach ihm.

Es ist ein harter Tag geworden. Nach dieser Nachricht ist mir plötzlich alles so furchtbar schwierig vorgekommen. Vielleicht ist seine Abwesenheit aber auch eine gute Gelegenheit, um ein bisschen Abstand zu gewinnen. Ich wär so gern wieder wie am Anfang, als ich unser Zusammensein einfach genießen konnte, ohne mehr zu wollen. Die ersten Male, als ich zu ihm in die Wohnung fuhr, habe ich mich jünger, mehr in Kontakt mit mir selbst gefühlt. Und ich habe es gemocht, durch die Tür hinauszugehen und nach Hause zu fahren, allein mit jenem Teil von mir, der wieder ans Licht gekommen ist und den nicht mal er sehen konnte. Da habe ich am Steuer meines Wagens gesessen, tief eingeatmet und vor mich hin gesungen, und die frische Luft ist ganz allein für mich durchs geöffnete Fenster hereingeweht.

Was ich bei unseren ersten Malen empfunden habe, war Lust und Glück im Hier und Jetzt. Ich habe mir keine

Gedanken über die Zukunft gemacht, hab weder Pläne noch Träume gehabt, weil nur die Gegenwart zählte, nicht das, was später mal sein würde. Meine alte Zukunft gab es nicht mehr, und mit ihm hatte ich mir noch keine ausgemalt. Und wenn es mich doch einmal nach Zukunft verlangt hat, habe ich mir einfach seine ausgeborgt. Da ich selbst keine Pläne, Wünsche oder Träume mehr hatte, bin ich in seinen gewandelt.

Warum habe ich mich nur so darauf eingelassen? Ob er weiß, wie wichtig er für mich geworden ist? Es würde mich fertigmachen, sollte unsere Geschichte zu Ende gehen. Ihn auch?, würde ich zu gern wissen.

13. Juli

Auch heute weder eine Nachricht noch ein Anruf. Ich kann nicht mehr, ich fühle mich wie eine Gefangene, dabei habe ich mir das alles selbst eingebrockt. Ich befürchte, er hat vielleicht gemerkt, dass ich mehr auf Abstand zu gehen versuche. Warum ignoriert er es nicht einfach und meldet sich trotzdem? Dass er es nicht tut, weckt in mir das Gefühl, dass ich ihm nicht wichtig genug bin. Er kämpft nicht um mich, er ruft nicht an und versucht mich davon zu überzeugen, dass ich das Falsche tue. Aber vielleicht gibt es auch gar nichts zu deuten, und er will mich einfach nicht sehen. Empfindet er wirklich so wenig für mich, oder hat er einfach seine Gefühle so gut im Griff?

Heute war es wieder hart im Büro. Wir haben über anstehende Projekte gesprochen, und dreimal ist dabei sein Name gefallen. Als täten sie das mit Absicht. Ich habe mich beobachtet gefühlt, hatte Angst, jemand könnte mir anmerken, dass mir immer das Herz stehenbleibt, wenn jemand seinen Namen ausspricht. Federica hat jedes Mal zu mir rübergeschaut. Ganz offensichtlich hat sie begriffen, was los ist. Ich frage mich nur, woran sie es gemerkt hat. Vielleicht sollte ich mal mit ihr reden.

17. Juli

Inzwischen bin ich mir nicht mehr sicher, ob ich wirklich einen Schritt zurück machen will. Vielleicht sollte ich mich lieber darauf konzentrieren, meine Ängste in den Griff zu bekommen, und aufhören, irgendwelche Strategien zu entwickeln. Die Sache mit uns einfach so nehmen, wie sie kommt, und nicht immer alles verstehen wollen. Ich habe solche Lust auf ihn, fühle seine Küsse auf meinen Lippen. Rieche seinen Geruch. Er ist mir nah, egal, wie weit weg er gerade ist, abends schlafe ich mit dem Gedanken an ihn ein. Jetzt habe ich ihn schon über eine Woche nicht mehr gesehen.

Ständig denke ich an ihn: wenn ich unterwegs bin, beim Essen, auf der Arbeit, beim Schuheanziehen, wenn ich an der Kasse im Supermarkt bezahlen will und mir die Geheimzahl nicht einfällt.

Vielleicht bin ich einfach nicht in der Lage, so viel Schönes anzunehmen, vielleicht kann ich einfach nicht damit umgehen. So viele Jahre hat es in meinem Leben nichts Schönes gegeben, dass ich es jetzt auch nicht genießen, nicht wirklich leben kann. Warum bin ich nicht mutiger? Auch wenn es gefährlich ist, ich kann jetzt nicht aufgeben, es ist einfach stärker als ich. Auf Glück kann man nicht verzichten, außer man hat es nie kennengelernt. Ich würde jetzt gerne vor ihm tanzen, für mich und für ihn.

Und falls ich irgendwann für all das bezahlen muss, bin ich dazu bereit. Die Verantwortung liegt ganz allein bei mir.

Irgendwann hielt ich es einfach nicht mehr aus und rief ihn an.

»Ciao. Wie geht's dir?«

»Gut. Schön, von dir zu hören.«

Wenn du es so schön findest, von mir zu hören, warum hast du dich dann nicht gemeldet?, hätte ich am liebsten gefragt. Stattdessen stellte ich fest: »Du bist einfach verschwunden.«

»Du hast gesagt, du hättest zu tun, also habe ich abgewartet, bis du dich meldest. Ich freue mich, dass du anrufst. Du fehlst mir.«

»Du fehlst mir auch. Wann kommst du denn zurück?«

»In einer Woche. Wir haben hier noch ziemlich viel zu tun.«

»Bist du erschöpft?«

»Total erledigt. Und heute Abend hat auch noch ein Freund zum Junggesellenabschied eingeladen. Das wird mir den Rest geben. Für manche Sachen bin ich einfach zu alt.«

»Inklusive Striptease für den scheidenden Junggesellen?«

»Nein, nur ein ganz normales Abendessen, glaube ich.«

»Wer weiß, wenn der Abend erst mal fortgeschritten ist, zieht sich vielleicht doch noch jemand aus.«

»Schon möglich.« Ich hörte ihn leise lachen, dann sagte er: »Ich kann es kaum erwarten, zurückzukommen.«

Ich war glücklich, ihn wieder so nah zu spüren. Der Stein, der mir in den letzten Tagen auf der Seele gelegen hatte, war verschwunden, ich fühlte mich leicht und unbeschwert und kam mir dumm vor, weil ich mich so gequält hatte.

»Ich würde gern mal wieder einen Sonntag wie neulich mit dir verbringen. In deinen Armen liegen, mit dir kuscheln, auch ohne Sex.«

»Ohne Sex, wieso?«

»Wir müssen ja nicht unbedingt immer Sex haben, wollte ich sagen.«

Ich weiß nicht, warum mir dieser blöde Satz rausrutschte, aber genau so empfand ich es in letzter Zeit.

»Wenn wir uns das nächste Mal sehen, schauen wir einfach, ob wir miteinander schlafen möchten oder nicht. Ich für meinen Teil kenne die Antwort allerdings schon, fürchte ich …« Wir mussten lachen.

Mittags bekam ich Lust, ein bisschen spazieren zu gehen, und fuhr auf einen Schaufensterbummel in die Innenstadt. In der Menge suchten meine Augen nach ihm. Manchmal dachte ich, ich hätte ihn irgendwo entdeckt, konnte die leichte Berührung seiner Hand spüren. Ich betrat ein Geschäft, um etwas zu kaufen, und stellte mir vor, wie er darauf reagierte. Dann schlenderte ich weiter, glücklich über die elegante Tüte mit Stoffhenkeln in meiner Hand. Das ist ein bisschen oberflächlich, ich weiß, aber ich habe festgestellt, dass ich das manchmal ganz gern bin. Zu Hause ließ ich mir ein Bad ein. Paolo würde sich verspäten, und ich hatte Zeit, in aller Ruhe das Abendessen zuzubereiten. Während des Kochens schickte ich ihm eine SMS.

»Viel Spaß heute Abend, aber treib's nicht zu doll. Du fehlst mir. Kuss.« Immer wieder schaute ich auf mein Handy, aber er antwortete nicht, also schickte ich noch eine Nachricht: »Wo steckst du? Bin noch etwa eine Stunde allein zu Haus. Wenn du willst, kannst du mich anrufen.«

Die Stunde verging, Paolo kam nach Hause, und er hatte sich nicht gerührt. Während des Essens musste ich die ganze Zeit an den Junggesellenabschied denken, stellte mir vor, wie er lächelte und Blicke mit irgendwelchen Frauen wechselte, wie er es in London mit mir gemacht hatte. Mir wurde ganz heiß im Kopf. Paolo sagte irgendwas, aber ich war mit meinen Gedanken weit weg.

»Diese Arbeit wird dich noch zugrunde richten«, sagte er plötzlich.

»Was meinst du damit?«

»Nichts, in letzter Zeit bist du immer so zerstreut, du wirkst müde und erzählst fast gar nichts mehr. Früher war das anders. Da hast du zwar nicht so viel verdient, aber dafür warst du nicht ständig mit deinen Gedanken ganz woanders.«

»Vielleicht hast du recht.«

»Klar hab ich recht.«

Ich stand auf, um auf die Toilette zu gehen, und sah auf dem Weg kurz auf mein Handy, aber es waren keine neuen Nachrichten gekommen. Im Badezimmer überlegte ich, warum er nicht geantwortet hatte. Bestimmt weil er dachte, es sei schon zu spät. Ich schrieb: »Ich habe mein Handy auf Vibrationsalarm gestellt. Du kannst mir schreiben, wenn du magst. Du fehlst mir.« Eine Stunde verging, und er hatte immer noch nicht geantwortet. Der hat doch bestimmt noch kurz auf sein Handy geschaut, ehe er es in die Jackentasche gesteckt und sich mit den anderen zum Essen an den Tisch gesetzt hat, dachte ich. Ich wartete noch ein bisschen, dann wählte ich ganz kurz seine Nummer an, um zu sehen, ob das Handy vielleicht ausgeschaltet war. Vielleicht gab es ja auch im Restaurant keinen Empfang. Der Ruf ging durch. Wieder ergriff mich eine unkontrollierbare Angst.

»Jetzt werkelst du schon eine geschlagene Stunde in der Küche herum«, meckerte Paolo irgendwann. »Findest du es wirklich nötig, jetzt noch zu putzen? Das kann doch morgen die Putzfrau machen.«

»Ich will es selbst machen, und ich will es jetzt machen!«, keifte ich zurück. »Geh du ruhig wieder fernsehen, wie jeden Abend, und mach dir um mich keine Sorgen.«

»Okay, wie du meinst.«

Als ich mit Aufräumen und Saubermachen fertig war, ging ich ins Schlafzimmer, um zu schreiben, behielt aber die ganze Zeit das Handy im Auge. Es war fast Mitternacht. Jetzt konnte es nicht mehr lange dauern, bis sie das Restaurant verließen, und dann würde er bestimmt auf sein Handy schauen. Er musste einfach antworten.

18. Juli, 3.00 Uhr morgens

Hat er genug von mir? Von uns? Von unserem Spiel?

Ich habe noch kein Auge zugemacht, ich kann mich einfach nicht beruhigen. Vorhin bin ich aufgestanden und heimlich mit meinem Handy ins Bad gegangen. Keine Antwort.

Ich habe ihm eine Nachricht nach der anderen geschickt.

01.48 Uhr

»Ich bin noch wach. Bist du da?«

Nichts.

Während Paolo nichtsahnend im Schlafzimmer liegt und schläft, mache ich ein paar erotische Fotos, wie er *sie mag, und schicke sie ihm.*

02.03 Uhr

»Hast du keine Lust mehr, mit mir zu spielen?«

Immer noch keine Antwort. Ich rufe noch mal an, lasse es diesmal richtig lange klingeln. Ich habe Angst, dass Paolo mich hören könnte, aber die Sorge ist unnötig, er geht gar nicht dran.

02.20 Uhr

»Du kannst mir jederzeit antworten. Ich mache mir ein bisschen Sorgen.«

02.51 Uhr

»Schreib mir, dass es dir gutgeht, ein kurzes Okay genügt. Sonst kann ich nicht einschlafen.«

03.03 Uhr

»Hab ich dir was getan? Warum antwortest du nicht?«

In jener Nacht vernebelten mir meine Ängste und die Sorge völlig den Verstand, ich hatte mich nicht mehr im Griff. Gegen fünf bin ich eingeschlafen, um acht wachte ich wieder auf und schaute sofort aufs Handy: nichts, immer noch kein Lebenszeichen.

Ich hatte mir alle möglichen Szenarien überlegt: Gestern Abend hat er schon geschlafen – aber dann wäre er doch jetzt schon wieder wach und hätte geantwortet; es ist spät geworden, er war so betrunken, dass er in seinen Klamotten eingeschlafen ist und nicht mehr aufs Handy geschaut hat; er ist mit einer Frau, die er bei der Feier kennengelernt hat, nach Hause gegangen; er hat das Handy verloren, es ist ihm im Restaurant geklaut worden.

Gegen Mittag ging ich hinaus, um einen Spaziergang zu machen, und wählte noch einmal seine Nummer. Diesmal ging er nach mehrmaligem Klingeln dran. Ich hatte gar nicht mehr damit gerechnet und wusste plötzlich nicht recht, was ich sagen sollte.

»Hallo?«

Ich bemühte mich, ganz ruhig zu bleiben, damit er nicht merkte, wie aufgewühlt ich war und wie wütend, weil er sich nicht gemeldet hatte.

»Hallo … Wie geht's?«

»Gut.«
»Was machen die Arbeiten?«
»Es geht voran.«
»Wie war die Feier?«
»Nett.«
»Hattet ihr Spaß?«
»Ja.«
»Viel getrunken?«
»Es geht. Ich nicht so viel.«
»Bist du müde? Ist es spät geworden?«
»Ja, ich bin müde, aber allzu spät war es nicht. Ich bin früher nach Hause gegangen.«

Das Gespräch verlief ziemlich zäh, fand ich, wie ein einseitiges Interview.

»Du klingst irgendwie eigenartig. Geht's dir wirklich gut?«

»Ja, es geht mir gut.«
»Bist du sauer?«
»Nein.«
»Was ist denn dann los?«
»Nichts.«
»Das stimmt nicht. Du bist kühl, reserviert, sagst kaum was, gibst mir einsilbige Antworten ...«

»Ich bin nicht sauer, ich werde nur nicht gern mit Nachrichten und Anrufen bombardiert. Wenn ich nicht drangehe oder antworte, bedeutet das, dass ich in dem Moment nicht kann. Wenn ich sehe, dass jemand versucht hat, mich zu erreichen, dann melde ich mich schon, man braucht mir nicht tausend Nachrichten zu schicken.«

»Entschuldige, aber ich habe mir Sorgen gemacht. Ich

hab dich nicht erreicht und dachte, es wäre vielleicht was passiert.«

»Wieso Sorgen? Ich hatte doch gesagt, dass ich noch jede Menge zu tun habe und später zu einer Feier gehe.«

»Du hättest ja nur kurz zu schreiben brauchen, dass alles okay ist und wir uns ein anderes Mal sprechen, das ist doch nicht zu viel verlangt. Stattdessen bist du einfach abgetaucht.«

»Ich bin nicht abgetaucht. Ich bin es nur nicht gewohnt, so unter Beschuss zu stehen.«

»Es tut mir leid, wenn das bei dir so angekommen ist, das war nicht meine Absicht.«

Schweigen am anderen Ende.

»Wirklich, es tut mir leid. Ich wollte dich nicht bedrängen oder unter Beschuss nehmen, wie du es nennst. Ich wollte einfach nur deine Stimme hören.«

»Elena, hat sich irgendwas zwischen uns geändert?«

Diesmal schwieg ich. Am Telefon konnte ich ihm die Wahrheit nicht sagen: dass ich erkannt hatte, mich zu weit vorgewagt, mich zu sehr eingelassen zu haben. Also log ich wieder: »Ach was. Ich wollte einfach nur mit dir sprechen und hören, wie es dir geht, und dann hab ich angefangen, mir Sorgen zu machen. Vielleicht habe ich ein bisschen übertrieben, weil du mir fehlst und weil ich es schade fand, dass wir uns vor deiner Abreise nicht mehr gesehen haben.«

»Okay, ich verstehe. Dann lass uns über was anderes reden.«

»Hast du noch Lust, mich zu sehen, oder ist sie dir jetzt vergangen?«

»Doch, ich habe Lust, aber im Moment geht es halt nicht. Wir sehen uns, wenn ich wieder da bin.«

»Du brauchst nur anzurufen, dann komm ich, und wenn sie mir dafür kündigen.«

Durchs Telefon konnte ich spüren, dass ich ihn zum Lächeln gebracht hatte.

»Okay, so machen wir's. Aber jetzt muss ich los. Wir hören uns später wieder. Ciao.«

18. Juli, 14 Uhr

Immer wieder gehe ich seine Worte durch, versuche mich an seinen Tonfall zu erinnern, an die Länge der Gesprächspausen, die kleinste Nuance. Und jedes Mal komme ich zu einem anderen Ergebnis.

Wenn ich nicht aufpasse, mache ich noch alles kaputt. Die Geschichte droht mir zu entgleiten, alles, was ich sage oder tue, kommt mir falsch vor, und je mehr ich mich bemühe, es wieder geradezubiegen, umso schlimmer mache ich es. Ich weiß überhaupt nicht mehr, woran ich bin. Am liebsten würde ich gleich wieder anrufen und ihn um Verzeihung bitten, ihm sagen, dass mir mein Verhalten leidtut. Ihm gestehen, dass ich in letzter Zeit mehrmals nicht ehrlich war, während ich ihn früher nie angelogen habe. Dass wir uns per SMS *unterhalten, ist auch nicht gerade hilfreich, denn die kann man so oder so interpretieren. Manchmal reicht es nicht mal, zu telefonieren, weil man dabei das Gesicht des anderen nicht sieht. Wenn er hier bei mir wäre, dann bräuchte ich nichts zu erklären, er würde sofort alles verstehen, wie immer.*

Und wenn ich nicht die Einzige bin, die lügt? Vielleicht ist er ja doch mit einer anderen zusammen, vielleicht mit der, die bei unserem Dreier dabei war. Vielleicht ist er in Wirklichkeit ja mit ihr zusammen, und ich war das Geschenk für sie! Vielleicht fährt er jedes Wochenende mit ihr in die Toskana. Womöglich lebt sie in einer anderen Stadt, und sie sehen sich am Wochenende, wenn ich zu Hause bei Paolo bleiben muss. Vielleicht gehörte das Schminktäschchen ihr. Obwohl, an dem Sonntag, den wir gemeinsam verbracht haben, hat er keine verdächtigen Anrufe bekommen. Das hätte ich gemerkt. Ehrlich gesagt hat er noch nie einen Anruf bekommen, wenn wir zusammen waren, was im Grunde noch verdächtiger ist.

Ständig schwirren Gedanken durch meinen Kopf, aber die meisten führen zu nichts.

Ich vermisse ihn. Ich versuche mir unsere nächste Begegnung vorzustellen: wie ich durch seine Tür trete, wir uns umarmen, uns lieben und alles wieder sein wird wie vorher. Ganz ohne Worte.

Seit unserem Telefonat sind zwei Stunden vergangen. Ich dachte, er ruft vielleicht noch mal an, aber anscheinend tut er das nicht. Ich muss versuchen, ruhig zu bleiben und meine Ängste in Schach zu halten. Ich gehe jetzt erst mal spazieren.

18. Juli, 17 Uhr

Jetzt sind es fünf Stunden. Während des Spaziergangs habe ich die ganze Zeit das Handy in der Hand gehalten, aus Angst, ich könnte das Klingeln überhören. Aber er hat nicht angerufen.

Vielleicht ist er am Ende unseres Telefonats nur freundlich gewesen, damit ich mich abrege und ihn in Ruhe lasse. Ich weiß einfach nicht mehr, was ich denken soll. Gestern hab ich ihm zu viele Nachrichten geschickt, ich weiß, aber dafür habe ich mich doch entschuldigt.

Warum ruft er dann nicht an?

Obwohl ich so viel über alles nachgedacht hatte, konnte ich mich wieder nicht beherrschen und schickte ihm eine SMS, die ganz unverbindlich klingen sollte: »Wie geht's? Läuft's mit der Arbeit? Kuss.« Und dann fing ich wieder an, die Sekunden zu zählen, die Minuten, die Ewigkeit. Eine andere Option hatte ich ja nicht mehr, ich war schachmatt. Ich konnte ihn weder anrufen noch eine weitere Nachricht schicken.

Zehn Minuten später antwortete er: »Ja, alles bestens, danke.«

Es war derselbe Telegrammstil wie bei unserem Telefonat, und gleich regten sich meine Ängste wieder. Ich schrieb: »Wenn wir das nächste Mal telefonieren, muss ich dir was sagen.« Keine Reaktion. Es vergingen zwei schreckliche Stunden, in denen ich wie eine Irre durch die Wohnung tigerte. Noch mal spazieren gehen ging auch nicht. Ich ließ ein Bad ein, stieg aber nach fünf Minuten schon wieder aus der Wanne: Ich konnte mich einfach nicht entspannen, und mit all dem Wasser um mich herum hatte ich erst recht das Gefühl, keine Luft zu bekommen. Kurz vor dem Abendessen schickte er endlich eine Nachricht.

»Kannst du reden?«

»In zehn Minuten.«

Ich sagte Paolo, ich hätte beim Einkaufen etwas vergessen, und ging noch mal los. Ich rief ihn zurück.

»Ciao.«

»Ciao. Tut mir leid, dass ich nicht gleich geantwortet habe, aber wenn ich dir außerhalb der Arbeitszeit oder am Wochenende schreibe, bin ich immer ein bisschen nervös.«

»Keine Sorge, alles in Ordnung. Sonst hätte ich dich gewarnt. Wie geht's?«

»Gut. Wir haben das Problem mit dem Dach gelöst. Vorhin hat es angefangen zu regnen, aber Gott sei Dank gleich wieder aufgehört. Und du, was hast du so gemacht?«

»Ach, nichts Besonderes. Ich war einkaufen, und dann habe ich mich in der Wanne entspannt.«

»Und was wolltest du mir sagen?«

»Wieso?«

»Du hast doch vorhin geschrieben, dass du mir was sagen wolltest.«

»Ach das. Das war nicht so wichtig, ich wollte mich nur für gestern entschuldigen.«

»Reden wir nicht mehr davon, das hatten wir ja schon geklärt. Wir wollen uns lieber aufs Wiedersehen freuen.«

»Und wann ist das?«

»Kann ich dir noch nicht sagen. Sobald ich hier wegkann.«

Und da habe ich, ohne zu überlegen, geantwortet: »Wenn du noch bleiben musst, dann komme ich eben zu dir.«

»Wie meinst du das?«

»So wie ich es gesagt habe. Morgen früh setze ich mich ins Auto und fahre los.«

»Aber wie soll das gehen?«

»Mach dir darüber keine Gedanken, das kriege ich schon hin.«

Schweigen am anderen Ende.

»Ach, lass mal. Ich meine, hier geht alles drunter und drüber, ich hätte wahrscheinlich kaum Zeit für dich.«

»Das macht nichts, ich kann mich schon allein beschäftigen. Du tust, was immer du tun musst, und abends, wenn du damit fertig bist, sehen wir uns. Ich könnte mir Montag freinehmen.«

Wieder Schweigen.

»Hey, bist du in Ohnmacht gefallen?«

»Nein, ich habe nachgedacht. Es wäre zwar schön, dich zu sehen, aber trotzdem halte ich es für keine so gute Idee.«

»Ach ja?«

»Es ist ein bisschen schwierig, immerhin wohne ich hier bei meinem Bruder.«

»Ist es dir peinlich, wenn er dich mit einer Frau sieht? Oder gibt es vielleicht schon eine andere, und ich komme zu spät?«

Wieder ein kurzes Schweigen.

»Ja, es gibt da eine Frau. Ich teile sie mir mit meinem Bruder, und heute Abend ist er an der Reihe … Also hätte ich theoretisch eigentlich Zeit.«

Ich lachte. »Na, dann komme ich.«

»Spaß beiseite, ich hätte schon Lust, dich zu sehen, aber wir haben hier wirklich jede Menge zu tun, und ich hätte nur sehr wenig Zeit für dich. Es hat keinen Sinn, dass du dafür extra die weite Strecke auf dich nimmst. In ein paar Tagen komme ich sowieso zurück, vielleicht schon Donnerstag.«

»Wie du willst, aber an mir soll's auf jeden Fall nicht liegen, die Fahrerei würde mir nichts ausmachen.«

»Besser, wir sehen uns Donnerstag.«

»Na gut …«

»Ich muss Schluss machen, Elena, mein Bruder ruft. Mach's gut, wir telefonieren morgen.«

»Okay, ciao.«

Damals habe ich wirklich alles falsch gemacht. Nach dem Telefonat lief ich ziemlich aufgewühlt in der Wohnung herum und wäre gern allein gewesen, um ein bisschen zur Ruhe zu kommen.

»Was hast du bloß, bist du irgendwie genervt?«, fragte Paolo.

»Ach, die Arbeit, bitte sprechen wir nicht drüber.«

»Wenn du wüsstest, wie meine Woche war. Du, sag mal, was bringen wir eigentlich morgen als Nachtisch zu meiner Mutter mit? Soll ich die übliche Eistorte besorgen oder lieber Gebäck? Also ich hätte Lust auf Beignets.«

»Von mir aus hol, was du willst. Ich komme sowieso nicht mit.«

»Wie, du kommst nicht mit? Du kennst doch Mama. Bestimmt ist sie enttäuscht und löchert mich, ob sie dir gegenüber irgendwas falsch gemacht hat.«

»Und wenn schon, soll sie doch.«

»Ach komm, du weißt doch, wie viel ihr daran liegt. Wir brauchen ja nicht lange zu bleiben. Wenn du willst, können wir gleich nach dem Essen wieder fahren.«

»Hör zu, Paolo, es tut mir leid, wenn deine Mutter es persönlich nimmt – auch wenn ich eigentlich nicht glaube, dass ihr tatsächlich so viel daran liegt, mich zu sehen. Jedenfalls, ich werde nicht mitkommen, basta. Und ich habe keine Lust, mit dir darüber zu streiten.«

»Ach, mach doch, was du willst, mit dir kann man sowieso nicht reden. Mama hat ganz recht, du kannst manchmal wirklich ganz schön schwierig sein.«

Als er das sagte, hatte ich plötzlich das Gefühl, als würde in meinem Bauch eine Ladung Benzin explodieren. Das Blut schoss mir in den Kopf, mir wurde am ganzen Körper heiß. Ich verlor die Kontrolle. »Hör mal, Paolo, eins möchte ich hier mal klipp und klar sagen: Was deine Mutter über mich denkt, ist mir scheißegal! Und weißt du, warum? Ich kann sie nicht ausstehen, konnte ich noch nie. Die Besuche bei ihr sind für mich jedes Mal eine Qual. Mir wieder und wieder ihren Schwachsinn anhören zu müssen: Gibst du meinem Paolo nichts zu essen? Sieh nur, wie dürr er geworden ist. Greif nur zu, mein Sohn, lass es dir mal so richtig schmecken. Wie viele Lagen Pasta nimmst du eigentlich für die Lasagne? Ich hoffe doch, du benutzt keine Fertig-Béchamel? Warum um Himmels willen kaufst du Marmelade? Die kann man doch ganz leicht selber machen, das schaffst sogar du. Ich habe übrigens zwei Gläser für euch beiseitegestellt, eins mit Feigen und eins mit Pfirsichen bla bla. Weißt du was, Paolo? Meistens habe ich ihre Marmeladen gleich weggeworfen, weil sie einfach scheußlich schmecken. Da guckst du, was? Tut mir leid, deine Gefühle zu verletzen, aber ihre Feigenmarmelade ist einfach ungenießbar, die schmeckt nach verbranntem Gummi. Sei froh, dass ich morgen nicht mitkomme, denn glaub mir, diesmal würde ich es ihr ins Gesicht sagen. Alles würde ich ihr sagen! Dass sie dir fortwährend Schuldgefühle macht, um dich am Gängelband zu halten, dass sie dich ständig mit Essen vollstopft. Man sollte meinen, du wärst inzwischen alt genug, ihr endlich mal die Stirn zu bieten. Aber statt deinen Mann zu stehen, lässt du dich behandeln wie ein Kleinkind, das nicht mal in der Lage ist, sich selbst ein paar Unterhosen zu kaufen. Verstehst du, Paolo? Deine Mutter kauft dir immer noch die Un-ter-ho-sen! Und du nimmst das einfach alles hin, setzt die Scheuklappen auf und tust so, als wär alles in bester Ordnung, genauso wie in unserer Beziehung. Wie hältst du das nur aus? Ich jedenfalls ertrage das alles nicht mehr, weder deine Mutter noch unsere Ehe!«

Paolo sah mich völlig verdattert an. Meine Worte trafen ihn unerwartet, eine eiskalte Dusche, auch für mich selbst. Sie waren einfach so aus meinem Mund gekommen, ohne dass ich Zeit gehabt hätte, darüber nachzudenken, was ich da sagte.

»Aber Elena, was ist denn plötzlich in dich gefahren? Ich habe doch nur gefragt, ob du zum Essen zu meiner Mutter mitkommst. Hast du den Verstand verloren? Ich erkenne dich überhaupt nicht wieder.«

»Was los ist, willst du wissen? Dass du nicht begreifen willst, dass es aus ist zwischen uns, das ist los! Du verschließt die Augen und redest dir ein, wir würden uns noch lieben. Merkst du nicht, dass ich deine Berührungen nicht mehr ertrage? Dass ich dir ausweiche, sobald du versuchst, mich zu küssen? Was bist du bloß für ein Mann, dass eine Frau dich so behandeln kann, und du tust immer noch so, als wär alles in Ordnung? Ich liebe dich nicht mehr, Paolo, und das versuche ich dir schon seit Monaten irgendwie begreiflich zu machen. Und sag jetzt nicht, das wär ganz normal, nur eine Krise, die vorübergeht, oder, wie beim letzten Mal, eine ganz normale biologische Phase, die alle Paare durchmachen.«

Ich hatte mich richtig in Rage geredet, die Worte, und mit ihnen meine ganze Wut, sprudelten einfach aus mir heraus. Er versuchte sich zu verteidigen, so gut es ging.

»Dass es so weit gekommen ist, ist ganz allein deine Schuld. Du bist diejenige, die immer alles verkompliziert, die sich ständig beklagt und Probleme sieht, wo keine sind. Und die sich nicht unter Kontrolle hat, wie man sieht. Ich habe mir nichts vorzuwerfen.«

Seine Worte machten mich nur noch wütender. »Du kannst mich mal, Paolo! Mein ganzes Leben hab ich in diese Ehe investiert, alles, was ich habe, was ich bin. Ich habe mehr daran geglaubt als du und alles getan, damit sie funktioniert. Ich habe zurückgestanden, wenn ich dachte, dass es nötig ist, habe versucht, nichts von dir zu verlangen, was du mir nicht geben konntest. Bin auf dich zugegangen, um dir zu zeigen, dass ich noch da bin. Immer habe ich meine eigenen Bedürfnisse zurückgestellt, habe mein Leben völlig an deinen Rhythmus, deine Gewohnheiten, deine Wünsche angepasst und gedacht, irgendwann wäre ich dann auch mal an der Reihe. Ich habe mir eingeredet, dass ich nicht zu viel von dir verlangen darf und lernen muss, eigenständiger zu sein. Doch jetzt weiß ich, dass das alles ein Riesenirrtum war, mir ist klargeworden, dass ich nie an die Reihe kommen werde. Du hast nicht einen Finger krumm gemacht, um unsere Ehe zu retten, hast sie einfach den Bach runtergehen lassen und immer so getan, als wäre alles in bester Ordnung. Und jetzt willst du mir sagen, das alles sei meine Schuld? Du kannst mich wirklich mal, fahr doch zur Hölle!«

»Fahr du zur Hölle, Elena! Ich habe dich immer anständig behandelt, dir nie was zuleide getan, aber dir kann man's einfach nicht recht machen, du bist nämlich eine verzogene Zicke. Und jetzt kommst du plötzlich nach all den Jahren daher und willst einfach alles hinschmeißen.«

»Ich hab dich schon vor Monaten verlassen, Paolo, aber du hast es nicht mal mitgekriegt.«

»Diesen Unsinn höre ich mir nicht länger an. Du willst also nicht mit zu meiner Mutter kommen, bitte schön. Ich für meinen Teil brauche jetzt unbedingt ein bisschen frische Luft.«

Er verließ die Wohnung und knallte die Tür hinter sich zu. Als er zurückkam, war es schon ziemlich spät. Ich lag im Bett, in der üblichen Dornröschenstarre. Die ganze Nacht machte ich kein Auge zu. Um sieben stand ich auf und verließ die Wohnung. Nach einem langen Spaziergang und einem Frühstück in der Bar rief ich Carla an. Ich hatte das Bedürfnis, mit einer wahren Freundin zu reden, doch sie schärfte mir nachdrücklich ein: »Lauf jetzt bloß nicht gleich zu ihm, das wäre das Dümmste, was du tun kannst, glaub mir.«

»Ich weiß nicht, er war so seltsam am Telefon, ich denke, ich sollte hinfahren.«

»Du hast doch gerade erzählt, dass er gesagt hat, du sollst nicht kommen.«

»Na ja, er hat gesagt, dass er Lust hat, mich zu sehen, und dass ich ihm fehle, aber dass es wenig Sinn hat, den weiten Weg auf mich zu nehmen, weil er zu tun und darum wenig Zeit für mich hat.«

»Und dass ihr euch deshalb Donnerstag seht, oder?«

»Ja, stimmt, aber es war doch nur, weil es so eine weite Strecke ist. Wenn ich zu ihm fahre, könnten wir vielleicht in einem Restaurant was essen und zusammen die Nacht verbringen. Ich bin noch nie mit ihm zum Essen ausgegangen.«

»Und wer sagt, dass er Lust hat, mit dir ins Restaurant zu gehen und die Nacht mit dir zu verbringen? Das sind deine Wünsche, nicht seine.«

»Warum sollte er keine Lust dazu haben?«

»Vielleicht, weil er nicht mehr will als das, was ihr zurzeit habt.«

»Man könnte fast denken, es passt dir nicht, dass ich mit ihm glücklich sein könnte.«

»Nein, das ist es nicht. Ich sage nur, dass du vielleicht auf einem ganz anderen Trip bist als er. Darum erinnere ich dich an das, was er gesagt hat. Der Punkt ist, dass du dich plötzlich wahnsinnig in diese Affäre stürzt und mehr willst als am Anfang.«

»Aber Affären können sich weiterentwickeln, und manchmal werden daraus sogar Beziehungen.«

»Das meine ich ja: Das ist genau das, was du zurzeit nicht gebrauchen kannst. Du musst erst die Dinge mit Paolo regeln, ehe du dich auf was Neues einlässt.«

»Das mit Paolo wird sich bald erledigt haben.«

»Elena, glaub mir, was du im Moment brauchst, ist bestimmt keine neue Beziehung.«

»Aber ich habe Angst, ihn zu verlieren, Carla. Ich habe Angst, es könnte bald aus sein, wenn ich nicht hinfahre und ihm begreiflich mache, dass mir wirklich etwas an ihm liegt.«

»Lass dir Zeit, Elena. Du solltest nichts überstürzen.«

»Verstehst du es wirklich nicht, oder willst du es nur nicht verstehen: Er kann jede Frau haben, die er will. Ich sehe doch, wie sie ihn alle ansehen. Ich kann nicht warten. Wenn ich zu lange zögere, werde ich ihn verlieren.«

»Wenn er dich wegen einer anderen sausenlässt, dann verlierst du ihn früher oder später sowieso. Fahr nicht hin. Wenn du das tust, wirst du ihn auf jeden Fall verlieren. Er will nicht, dass du kommst, das hat er doch klar und deutlich gesagt.«

»Aber wenn ich abwarte, wird mir das Gleiche passieren wie dir mit Alberto. Du hast zu lange gewartet und ihn verloren. Soll ich den gleichen Fehler machen wie du?«

»Was hat Alberto damit zu tun? Hier geht's doch um was ganz anderes.«

»Schon, aber du hast ihn verloren, weil du nichts unternommen hast. Als du entdeckt hast, dass er sich mit der Schlampe, mit der er jetzt zusammenwohnt, E-Mails schrieb, hast du nichts gesagt, wolltest erst mal abwarten, wie weit das geht, und hast ihn schließlich verloren.«

»Als ich dahinterkam, hatte ich ihn schon verloren, da

war er schon Lichtjahre von mir entfernt. Ich hätte so oder so nichts mehr tun können.«

»Aber vielleicht doch.«

»Ich habe keine Lust, über mich und Alberto zu reden.«

»Warum verstehst du das nicht? Du warst es doch, die mich in dieser Geschichte von Anfang an unterstützt hat, die mir gesagt hat, ich soll mich darauf einlassen und mir die Chance nicht entgehen lassen. Und jetzt, wo ich mich drauf eingelassen habe, sagst du mir, ich soll mich besser zurückhalten?«

»Natürlich habe ich dich unterstützt, aber damals stand das Ganze noch unter anderen Vorzeichen.«

»Was kann ich dafür, dass ich inzwischen mehr empfinde?«

»Wie gesagt: Lass dir Zeit, überstürze nichts.«

»Ach, Carla, ich glaube, ich habe mich in ihn verliebt.«

»Jetzt red doch keinen Blödsinn.«

»Es ist aber so.«

»Hast du dir eigentlich mal überlegt, was du von diesem Kerl willst, Elena? Willst du eine Affäre? Willst du Paolo verlassen und mit ihm zusammen sein? Ihn heiraten und mit ihm Kinder bekommen? Habt ihr jemals darüber gesprochen? Vielleicht ist es keine Liebe.«

»Meiner Meinung nach schon.«

»Elena, du hast gerade eine Ehe mit einem Mann hinter dir, mit dem du seit Monaten nicht geschlafen hast, einem Mann, der dich überhaupt nicht wahrgenommen hat, für den du quasi nicht existierst. Da ist es ganz normal, dass du denkst, du müsstest dich gleich in den Erstbesten verlieben, der dir ein bisschen Aufmerksamkeit schenkt.«

»Aber es ist mehr als nur das.«

»Ja, ich habe verstanden, dass du mit ihm endlich guten Sex hast, dass du dich von ihm begehrt fühlst, wahrgenommen, verstanden. Aber mach nicht den Fehler, darum gleich mehr in die Geschichte hineinzuinterpretieren oder mehr zu wollen. Frag dich, was du wirklich willst, was du brauchst, wo du zurzeit stehst in deinem Leben. Versteck dich nicht gleich wieder in einer neuen Beziehung, versuch lieber mal herauszufinden, wer und was du auf dich gestellt, losgelöst von einer Beziehung, bist, was deine eigenen Wünsche und Träume sind.«

»Ich weiß genau, wer ich bin und was ich mir wünsche. Noch nie war ich mir so sicher wie jetzt. Ich verstehe nicht, wovon du überhaupt redest – was verlangst du von mir?«

»Hast du mich angerufen, damit ich dir nur nach dem Mund rede oder um meine Meinung zu hören? Ich sage dir, was ich denke und was ich für richtig halte. Du bist alt genug und kannst die Geschichte mit ihm wahrscheinlich besser einschätzen als ich. Trotzdem bin ich mir sicher, dass ein neuer Mann in deinem Leben nicht das ist, was du jetzt brauchst. Es ist ein Glück, dass ihr euch begegnet seid: Er hat dir geholfen, viele Dinge über dich selbst zu verstehen, durch ihn hast du dich besser kennen- und verstehen gelernt, und das ist etwas sehr Wertvolles, Wunderbares. Nutze es. Wirf dieses Geschenk nicht fort, nur weil du Angst hast, ihn zu verlieren, benutze es nicht dazu, ihn an dich zu binden. Nutze es, um dich zu befreien. Und lass dir Zeit. Du weißt ja nicht, ob er überhaupt dasselbe empfindet wie du.«

»Du bist doch nur neidisch, dass es mir so gut geht. Du willst, dass ich so einsam werde wie du, damit wir zusammen auf dem Sofa hocken und uns gegenseitig was vorheulen können.«

»Elena ...«

»Nichts da, Elena. Du redest wirklich dummes Zeug, Carla. Ich weiß gar nicht, wie ich auf die Idee gekommen bin, dich in so einer Sache um Rat zu fragen. Das Letzte, was ich will, ist, so zu enden wie du. Sieh dich doch an, du hast dich völlig gehenlassen und hockst da draußen auf dem Land, zusammen mit einem Kater, dem du wahrscheinlich die ganze Zeit das Fell vollflennst. Tut mir leid, aber ich sehe das Ganze anders als du. Ich will mir nicht in ein paar Jahren vorwerfen müssen, ich hätte nicht um den Mann gekämpft, den ich haben will.«

»Dann habe ich dir nichts mehr zu sagen, Elena. Ciao.«

19. Juli

Paolo und Carla kapieren gar nichts. Nur er kann mich verstehen.

Ich bin total verkrampft, nicht mal das Schreiben hilft. In aller Hektik habe ich ein paar Sachen gepackt und Paolo einen Zettel geschrieben: »Ich habe beschlossen, eine Weile fortzugehen. Hier halte ich es einfach nicht mehr aus. Ich will dir wirklich nicht weh tun, aber ich brauche ein bisschen Abstand, um zu verstehen, was eigentlich los ist. Ich werde ein paar Tage zu Carla fahren.«

Auf der Autobahn klemmte ich mich auf die linke Spur und fuhr die ganze Strecke in einem durch. Dann stand ich auf der Piazza des Dorfes und wusste nicht mal, wo ich eigentlich hinmusste. Ich versuchte, ihn anzurufen, aber er ging nicht dran. Also bin ich in die nächste Bar, hab einen Espresso getrunken und ihm eine Nachricht geschrieben: »Ich bin hier.«

Es dauerte nicht lang, da rief er an: »Was meinst du mit ›hier‹?«

»Hier in der Bar Roma, ich trinke einen Espresso.«

Schweigen.

»Damit hast du nicht gerechnet, was?«

»Ehrlich gesagt, nein. Ich hol dich ab, in fünf Minuten bin ich da.«

Ich ging kurz auf die Toilette, um mich ein bisschen herzurichten, dann setzte ich mich draußen ins Auto und wartete. Ich wusste nicht mal, was für einen Wagen er fuhr, und wurde nervös. Vielleicht hatte Carla ja doch recht, und es war eine dumme Idee gewesen, herzukommen.

Ein Auto kam näher, der Fahrer drückte kurz auf die Hupe. Ich wollte schon aussteigen, aber er gab mir Zeichen, ihm zu folgen, und fuhr wieder los. Eigentlich hatte ich mir eine andere Begrüßung vorgestellt, einen Kuss und eine Umarmung – unser erster Kuss in der Öffentlichkeit. Eine Viertelstunde fuhr ich hinter ihm her, bis wir weit draußen auf dem Land waren. Nie hätte ich das Haus allein gefunden. Schließlich fuhren wir durch ein offenstehendes schmiedeeisernes Tor und einen schmalen Kiesweg entlang bis zum Haus. Er parkte und kam mir entgegen.

Mit einem Lächeln auf den Lippen stieg ich aus und sah mich um. »Seid ihr schon fertig? Hier ist ja gar keiner.«

»Mein Bruder ist zu seinen Kindern nach Bologna gefahren, und die Arbeiter kommen sonntags nie.«

Wir standen einander direkt gegenüber und sahen uns schweigend an. Sein Gesichtsausdruck hatte etwas Fremdes, Abweisendes. Um mein Unbehagen zu verbergen, ließ ich meinen Blick über das Gelände schweifen.

»Zeigst du mir, wie weit ihr mit den Bauarbeiten seid?«

Er starrte mich noch immer an und fragte: »Warum bist du gekommen?«

Die Frage war wie ein Schlag in die Magengrube. Ich beschloss, aufrichtig zu sein: »Ich wollte dich sehen.«

»Warum hast du mir nicht vorher Bescheid gesagt?«

»Ich wollte dich überraschen.«

Dann schwiegen wir wieder. Am liebsten hätte ich mich einfach in Luft aufgelöst – wäre ich doch bloß nie hergekommen! Ich wollte mich nur noch ins Auto setzen und sofort wieder losfahren.

»Wenn ich ungelegen komme, kann ich gleich wieder fahren.«

»Ich habe nicht gesagt, dass du wieder fahren sollst.«

»Was willst du mir dann sagen?«

»Ich würde gerne verstehen, warum du hergekommen bist.«

»Ich wollte dich sehen, mehr nicht. Ist das so seltsam?«

»Nein, ich bin nur nicht sicher, ob es die Wahrheit ist.«

»Wie meinst du das? Was ist denn deiner Meinung nach die Wahrheit?«

»Die Wahrheit ist, dass du dich in letzter Zeit eigenartig benimmst.«

»Ich verstehe nicht, was du meinst.«

»Du hältst dich nicht an den Rahmen.«

»Was soll das heißen? Was für ein Rahmen?«

»Wenn du einfach so in mein Leben einbrichst, ohne mir vorher Bescheid zu sagen, dann sprengt das den Rahmen, in dem wir uns bisher begegnet sind, du überschreitest damit eine Grenze.«

»Was für eine Grenze? Wovon sprichst du? Ich begreife echt nicht, was du meinst.«

»Was ich dir zu sagen versuche, ist, dass dein Entschluss, hierherzukommen, die Dinge zwischen uns ändert.«

»Was soll denn anders sein? Dass ich dich mal bei Sonnenlicht sehe?«

»Es verletzt die Regeln.«

»Und was bitte schön sollen das für Regeln sein? Dass ich dich nur sehen darf, wenn ich zu dir nach Hause komme, um mit dir zu vögeln?«

»Hör auf. Du weißt ganz genau, wovon ich spreche.«

»Nein, weiß ich nicht.«

»Andere Regeln bedeuten auch ein anderes Spiel, und ich weiß nicht, ob ich das will.«

»Du spinnst doch, was redest du denn da? Ich bin nicht hergekommen, um dir ein neues Spiel vorzuschlagen, sondern einfach, weil ich dich sehen wollte und gedacht hab, du wolltest mich auch sehen.«

»Versuch es zu verstehen.«

»Ich verstehe gar nichts. Du redest von Spielen, Regeln, Grenzen, Rahmen … Soll das heißen, für dich ist das alles nur ein Spiel?« Jetzt starrte ich ihn an. Er wandte den Blick ab, und ich begriff, dass er ein bisschen verunsichert war. »Wovor hast du Angst?«, fragte ich.

»Ich habe Angst, dass du unsere Beziehung zu etwas anderem machen willst als dem, was sie bisher war, und ich weiß nicht, ob ich das will.«

»Wenn's nach dir geht, würden wir also immer so weitermachen? Ich komme zu dir, wir haben Sex, und danach gehe ich zurück nach Hause. Ist es das, was du willst?«

»Du weißt sehr gut, dass es nicht nur um Sex geht. Dass es nie nur um Sex gegangen ist.«

»Und worum geht es dann?«

»Ich weiß nicht, wie ich es nennen soll. Wir haben es zusammen erlebt, du müsstest eigentlich wissen, was ich meine.«

»Dann frage ich anders: Was willst du jetzt?«

»Nichts anderes als das, was wir bisher hatten.«

Ich hatte das Gefühl, als hätte mir jemand ein Messer in die Brust gerammt. »Aber die Dinge ändern sich, entwickeln sich weiter, ich denke, das ist ganz normal.«

»Es ist nicht nur, dass ich das nicht will, ich glaube schlicht, dass ich es nicht kann. Zumindest nicht zurzeit.« Sein Gesichtsausdruck hatte sich verändert. Nach einem langen Schweigen, das mir wie eine Ewigkeit vorkam, fügte er hinzu: »Was du willst, kann ich dir nicht geben. Innerhalb der Grenzen meiner Wohnung kann ich mich sicher bewegen, dort weiß ich, was ich will, kann geben und nehmen. Außerhalb dieses Rahmens finde ich mich nicht zurecht. Möglich, dass ich es eines Tages lerne, aber das ist nicht gesagt.«

Ich spürte, wie die Wut in mir hochstieg. »Du machst es dir ganz schön leicht. Versteckst dich hinter Worten: Ich bin, wie ich bin, ich kann nicht anders. *Take it or leave it, baby…*«

Er erwiderte nichts.

»Sag doch lieber gleich, dass ich nicht gut genug für dich bin, dass du meinst, es lohnt sich nicht, dich für mich zu ändern!«

Er sah mich einen Moment lang schweigend an. Ich hatte Angst vor seiner Antwort.

»Es liegt nicht an dir, sondern an mir. Ich kenne mich und weiß, wie weit ich gehen kann. Jeder lebt so, wie er am besten kann, jeder hat seine Grenzen.«

»Aber es ist schon ein Unterschied, ob man einfach nur sagt: Ich kann nicht, oder ob man sagt: Ich möchte schon, aber ich brauche Zeit.«

»Zurzeit bin ich nicht bereit, etwas zu ändern, und werde es vielleicht nie sein.«

»Wie willst du das wissen, wenn du es nicht mal versuchst? So wirst du dich immer an das Bild klammern, das du von dir selbst hast, und dir selbst nicht mal die Chance geben, etwas anderes auszuprobieren, anders zu leben.«

»Wie ich schon sagte, zurzeit bin ich dazu nicht bereit.«

Mir war, als würde um mich herum die Welt zusammenbrechen, doch ich blieb tapfer dort stehen und spielte meine letzte Karte aus. »Okay, dann lass uns einfach so tun, als hätte diese Unterhaltung nie stattgefunden.« Ich ging auf ihn zu und wollte ihn küssen, aber er wies mich zurück.

»Nein, warte. Lass uns das Thema jetzt ein für alle Mal klären, ich möchte nicht, dass wir das noch mal diskutieren müssen.«

Wir schwiegen eine Weile. Er sah mich eindringlich an, doch ich wandte den Blick ab und schaute hinüber zum Haus.

»Elena, ich denke, jetzt, wo die Sache einmal zur Sprache gekommen ist, wird es ziemlich schwer sein, einfach so weiterzumachen wie bisher.«

Ich riss meinen Blick vom Haus los und sah ihm direkt in die Augen. Ich hatte Angst.

»Was meinst du damit?«

»Jetzt, wo wir die Karten auf den Tisch gelegt haben, stehen die Dinge zwischen uns anders.«

»Willst du, dass ich gehe?«

Er antwortete nicht, wirkte unendlich weit weg, und der Ausdruck auf seinem Gesicht war irgendwie leer.

»Ich habe dich nicht gebeten herzukommen, also verlang jetzt nicht von mir, dass ich dich wieder wegschicke.«

Dabei sah er mich nicht an, sondern fixierte einen unbestimmten Punkt irgendwo in der Ferne. Ich kochte vor Wut. »Du bist ein echtes Arschloch, weißt du das? Und ich bin eine hoffnungslos blöde Kuh. Für wen hältst du dich eigentlich, dass du denkst, du könntest so mit anderen umgehen?«

»Ich habe dich nicht schlecht behandelt, ich habe dir nur gesagt, was ich denke.«

»Ach, leck mich doch. Was bin ich eigentlich für dich, ein nettes kleines Experiment? Habe ich dir leid getan? Die arme kleine Lady in der Ehekrise, mal sehen, was passiert, wenn ich sie ein bisschen vögle … Vielleicht verliebt sie sich ja in mich. Was hast du damit bezweckt? Was wolltest du beweisen? Was ist für dich dabei rausgesprungen?«

»Hör auf damit.«

Er nahm mich in die Arme.

»Nimm deine Hände weg, fass mich nicht an!«

»Beruhige dich, Elena, das ist kein Grund, so zu schreien.«

»Ich will mich aber nicht beruhigen, du verdammtes Arschloch!«

Doch plötzlich verwandelte sich mein Zorn in Tränen, und ich heulte los. Er nahm mich noch fester in die Arme, und zuerst versuchte ich, ihn abzuschütteln, aber schließlich gab ich nach. Ich hörte auf zu weinen, und wir standen eine Weile schweigend so da.

»Komm mit ins Haus … Ich hole dir ein Glas Wasser.«

Wir gingen in die Küche. Mit rotem Gesicht und geschwollenen Augen hockte ich auf einem Stuhl und trank das Wasser. Er stand ans Spülbecken gelehnt. Ich sah aus dem Fenster, tausenderlei Dinge gingen mir durch den Kopf: Ich dachte an Paolo, der nicht die leiseste Ahnung hatte, wo ich steckte und was ich gerade tat, ich dachte an Carla und fragte mich, was sie mir jetzt wohl raten würde. Und ich dachte an meine Großmutter. Vielleicht erinnerte mich der Geruch in der Küche an sie, vielleicht erschien mir auch die Vergangenheit als die einzig sichere Zuflucht. Ich dachte daran, wie ich als Kind mit ihr zusammen in der Küche saß – das heißt, ich kniete auf dem Stuhl, weil ich noch so klein war –, wie wir zusammen Bohnen putzten und die abgeschnittenen Enden auf ein Stück Zeitung in der Mitte des Tisches warfen. Dann kehrten meine Gedanken in den Raum zurück, in dem ich tatsächlich saß, und ich begriff, dass ich ihn auf keinen Fall verlieren wollte. Ich bat ihn um Verzeihung.

»Es gibt nichts, wofür du dich entschuldigen müsstest«, antwortete er.

Wieder schwiegen wir eine Weile, und ich hatte das Bedürfnis, jegliche Distanz zwischen uns auszulöschen. Ich wollte gehalten, gestreichelt werden. Ich sehnte mich nach einem langen, zarten Kuss, nach seinem Geruch, der Wärme seiner Haut. Ich wollte, dass er mich in die Arme nimmt und ins Bett trägt. Ich war total erschöpft. Ich schwieg, um ihm die Möglichkeit und den Raum zu geben, mich zu bitten, dass ich bleibe. Doch er sagte nichts.

»Können wir nicht so tun, als wäre nichts geschehen?«

Er antwortete nicht. Der Mann, in den ich verliebt war, der einzige, der hätte sehen können, wer ich wirklich bin, war nicht mehr da. Ich saß da in dieser Küche mit einem Menschen, den ich nicht kannte und der anscheinend keine Ahnung hatte, was ich in diesem Moment brauchte. Er hätte nur die Hand ausstrecken und mir ein

Lächeln schenken müssen, und ich hätte gewusst, dass es *uns* noch gibt. Doch seine Hände verharrten reglos auf dem Rand des Spülsteins.

»Ist wohl besser, wenn ich jetzt gehe«, sagte ich schließlich.

Ich wartete auf eine Reaktion, hoffte, er würde sagen: ›Geh nicht, bleib hier.‹ Doch er sagte kein Wort.

»Was ist mit dir? Ich erkenne dich überhaupt nicht wieder. Wie kannst du nur so kalt und gleichgültig sein?«

Ich stand auf, stellte das Glas auf dem Tisch ab und ging Richtung Tür.

Ehe ich die Küche verließ, drehte ich mich noch einmal zu ihm um und sagte: »Wenn du mich jetzt gehen lässt, wirst du mich für immer verlieren.«

Schon auf dem Weg zum Auto bereute ich meine Worte. Ich stieg ein, und als ich wendete, sah ich ihn auf der Schwelle zum Haus stehen. Er lehnte im Türrahmen, unsere Blicke trafen sich. Ich zögerte einen Moment, dann gab ich Gas, der Kies spritzte leise unter den Rädern auf. Ich schaute in den Rückspiegel, sah ihn dort stehen und betete zu Gott, er würde versuchen, mich aufzuhalten. Ganz langsam fuhr ich los, und dann sah ich, dass er einen Schritt machte. Jetzt, dachte ich, jetzt wird er es tun. Stattdessen machte er kehrt und ging zurück ins Haus. Mein Magen zog sich so schmerzlich zusammen, dass ich fast das Gefühl hatte, ich müsse mich übergeben. Ich fuhr durch das Tor hinaus, und mein Auto brachte mich irgendwie zurück nach Hause.

29. Juli

Zehn Tage sind vergangen, seit ich durch dieses Tor gefahren bin, seit ich in den Rückspiegel geschaut und gehofft habe, er werde mich aufhalten. Seither haben wir nichts mehr voneinander gehört.

An die Rückfahrt erinnere ich mich kein bisschen. Ich habe vor dem Haus geparkt und bin einfach im Auto sitzen geblieben, bestimmt ein paar Stunden lang. Ich war völlig durcheinander und brachte gar nicht mehr zusammen, was genau geschehen war. Als es dunkel wurde, ging ich nach oben. Ich hoffte, Paolo wäre vielleicht nicht da, ich hatte nicht die Kraft, auch noch mit ihm zu streiten. Als ich reinkam, lag er auf dem Sofa und sah fern. Ich ging schnurstracks ins Bad, wollte mir das Gesicht waschen und versuchen, mich ein bisschen zu sammeln. Dann habe ich ihm gesagt, dass ich mich hinlege, weil es mir nicht gutgeht. Wir schauten uns kurz in die Augen: Er schien nicht wütend zu sein, er sprach mit mir, als wäre überhaupt nichts gewesen. Ich legte mich ins Bett, ich fühlte mich wie gerädert und hatte, glaube ich, ein bisschen Fieber. Nach einer Viertelstunde brachte Paolo mir eine Tasse Tee, was ich wirklich lieb von ihm fand. Ich trank einen Schluck, dann schlief ich ein.

Die Tage danach waren hart. Ich bin nicht zur Arbeit gegangen, weil ich immer noch Fieber hatte. Paolo dachte, ich sei krank geworden, weil wir uns gestritten hatten. Er hat sich um mich gekümmert, war wirklich nett und aufmerksam, doch ich wollte nur allein sein. Seine Gegenwart hat mich daran gehindert, meinen Schmerz auszuleben, hat mich gezwungen, das, was ich fühlte, zu unterdrücken. Zehn Tage lang stand ich wie unter Schock, habe kaum ein Wort gesprochen und nicht gewusst, was ich tun soll. Oft war ich in Versuchung, ihm eine Nachricht zu schicken oder ihn anzurufen, weil ich eine Erklärung brauchte. Ich habe abgenommen, habe kaum etwas gegessen, wenig und schlecht geschlafen. Alles war furchtbar anstrengend: gehen, sprechen oder auch nicht sprechen, nur schon den Suppenlöffel an den Mund zu führen war eine echte Herausforderung. Mein Magen war völlig verkrampft, mein Kopf schwer, und manchmal habe ich nicht richtig atmen können. Selbst die Knochen haben mir weh getan. Paolos Fürsorge hat mich zusätzlich Kraft gekostet: Manchmal kann es ziemlich anstrengend sein, verhätschelt zu werden, vor allem auf diese Art.

Ich weiß nicht, wie es mit meinem Leben weitergehen soll, aber eigentlich ist mir das auch egal. Ich fühle mich von allem losgelöst, nichts hat mehr eine Bedeutung, nicht mal die vertrauten Dinge in der Wohnung um mich herum. Alles ist mir gleichgültig. Ich habe alles verloren.

8. August

Ich fühle mich zur Einsamkeit verdammt, und das ist kein gutes Gefühl. Eigentlich hatte ich mir mein Leben anders vorgestellt, ich hatte mir mehr davon erhofft. Allerdings sollte ich inzwischen alt genug sein, die Gründe dafür bei mir selbst zu suchen, sollte anfangen, meinen Blick mehr nach innen zu richten.

Ich will mein Leben nicht allein verbringen, doch offensichtlich bin ich nicht in der Lage, mit einem Mann zusammen zu sein. Ich habe einen Ehemann, den ich nicht mehr will, der mir oft das Gefühl gibt, meine besten Jahre vergeudet zu haben. Unser Zusammenleben ist nichts als das Erledigen von Aufgaben und Verpflichtungen. Wünsche und Sehnsüchte haben darin keinen Platz. Wir besprechen nur noch das Notwendigste, denn wenn man keine Wünsche mehr hat, hat man sich auch nichts mehr zu sagen.

Den ganzen Abend schon habe ich ein Gefühl wie schlimmes Heimweh und muss ständig an früher denken, als ich noch klein war. Ich sehe das Lächeln meiner Großmutter vor mir, ihre zärtlichen Handbewegungen. Sie ist mir immer so glücklich und ausgeglichen vorgekommen, obwohl ihr Leben wesentlich härter gewesen ist als meins, viel mühseliger und leidvoller. Warum gelingt es mir nicht, zu sein wie sie? Manchmal habe ich das Gefühl, dass sie mich von irgendwoher beobachtet und mir sagt, ich solle mir keine Sorgen machen, alles wird gut. Warum suche ich, immer wenn es mir schlechtgeht, Trost in weit zurückliegenden Erinnerungen? Ist das nur eine Flucht, oder habe ich vielleicht in meiner Vergangenheit einen Teil von mir zurückgelassen, der mir jetzt fehlt, wie ein Samenkorn, dem ich nicht genug Wasser gegeben habe? Ich bin so abgekämpft, so müde. Nichts von dem, was ich tue, scheint richtig zu sein, nie scheint es zu genügen. Mit Paolo gibt es für mich keine Zukunft mehr, und der Traum von einer Zukunft mit dem anderen Mann ist zerplatzt. Rund um mich ist es dunkle Nacht. Ich sehne mich nach dem ersten Licht des Morgens.

Es kostete mich fast einen ganzen Monat, meine Gedanken neu zu ordnen und die ersten Schritte in mein neues Leben zu tun. Als Erstes rief ich Carla an.

»Wie geht's?«

»Gut, danke.«

»Störe ich?«

»Nein. Was gibt's?«

»Ich wollte nur mal hallo sagen und hören, was du so treibst.«

»Ich bin gerade beim Aufräumen, und danach wollte ich einkaufen gehen.«

Dann schwieg sie. Ich glaube, sie wartete darauf, dass ich etwas Bestimmtes sagte.

»Eigentlich habe ich angerufen, um mich bei dir zu entschuldigen.« Ich wartete auf ihre Antwort, wollte wissen, ob sie noch sauer auf mich war, doch sie sagte nichts, also fuhr ich fort: »Ich wollte dich um Verzeihung bitten und dir sagen, dass es mir leidtut.«

Schweigen.

»Ich … ich habe mich echt blöd benommen.« Immer noch Schweigen. »Ich weiß, das war total daneben. Ich habe einfach drauflosgeplappert, ohne nachzudenken, und lauter dummes Zeug geredet. Ich war völlig neben der Spur … Sag doch was, bitte.«

»Was willst du denn hören?«

»Das, was du denkst.«

»Ich denke, dass du dich echt blöd und total danebenbenommen hast und dass du, ohne nachzudenken, lauter dummes Zeug geplappert hast.«

Sie war nicht mehr sauer auf mich. Mein Herz machte einen Sprung.

»Verzeihst du mir?«

»Du hast mir wirklich sehr weh getan.«

»Ja, ich weiß, und es tut mir leid.«

»Ich hab lange über das nachgedacht, was du mir alles an den Kopf geworfen hast. Ein paar Tage lang ist es mir wirklich übelgegangen.«

»Ich hab's nicht so gemeint.«

»Das Schlimme ist, manches davon ist wahr.«

»Ich war völlig außer mir an dem Tag. Es tut mir leid.« Schweigen. »Wenn du nicht sofort sagst, dass du mir verzeihst, setze ich mich auf der Stelle ins Auto und komme zu dir.«

»Dann sage ich besser nichts, denn ich würde dich echt gerne sehen.«

»Ich dich auch.«

Sie wusste noch nicht, was zwischen ihm und mir vorgefallen war.

»Ich muss dir was erzählen, was dich freuen wird.«

»Was denn?«

»Du hattest recht, ich hätte nicht zu ihm fahren sollen. Seither haben wir uns weder gesprochen noch gesehen.«

Sie schwieg ein paar Sekunden, dann sagte sie: »Es

stimmt nicht, dass mich das freut. Und, wie geht's dir jetzt?«

»Inzwischen wieder besser, aber zuerst ist es mir verdammt schlechtgegangen, darum habe ich mich auch nicht eher gemeldet.«

»Möchtest du, dass wir uns treffen?«

»Danke, aber ich muss erst noch ein paar Dinge in Ordnung bringen.«

Wir telefonierten über eine Stunde, und ich erzählte ihr alles. Danach bat ich sie, mir ganz offen zu sagen, was sie davon hielt. Jetzt fühlte ich mich bereit, ihre Worte anzunehmen. Ihrer Meinung nach sei so ein Mann zurzeit nicht das Richtige für mich, weil ich nicht mit seinen Bedürfnissen umgehen könne und er vermutlich nicht mit meinen. Auch wenn es zwischen uns eine starke Anziehung gegeben habe und einen gewissen Grad an Verständnis füreinander, hätten wir beide eigentlich jeweils nur einen bestimmten Teil des anderen gekannt.

»Aber wie kann er es einfach so sang- und klanglos beenden? Er hat ja nicht mal ansatzweise versucht, mir zu zeigen, dass ihm etwas an mir liegt. Und jetzt frage ich mich, ob ihm das mit uns überhaupt jemals wichtig gewesen ist.«

»Ich denke schon, dass du ihm etwas bedeutet hast, sonst wäre er dir gegenüber nicht so aufmerksam und zärtlich gewesen. Vielleicht war er noch nicht bereit, einen Schritt weiter zu gehen, und du hast ihm quasi keine Wahl gelassen. Anstatt zu warten, bis es ganz von allein geschieht, hast du dich von deinen Ängsten leiten lassen.«

»Ja, das stimmt. Aber er hätte doch nur was zu sagen brauchen, es mir erklären, dann hätte ich gewartet.«

»Du hast deine Gespenster aus der Kiste gelassen und er seine.«

»Ich habe mich ganz schön dämlich verhalten.«

»Nein, das finde ich nicht. Du warst nur nicht in der Lage, das Ganze etwas abgeklärter zu betrachten. Die Frau, die ich gesehen habe, während du mit ihm zusammen warst, hat mir wirklich gut gefallen. Eine mutige und schöne Frau, die weiß, was sie will, und es auch sagt.«

»Das stimmt, nur dass diese Frau nicht mehr existiert, er hat sie zum Leben erweckt, und mit ihm ist sie wieder verschwunden. Als es aus war zwischen uns, hatte ich ein Gefühl, als würde eine riesige Flutwelle alles mit sich fortreißen. Sogar meinen Körper. Nicht nur, dass er nicht mehr da ist, tut weh, sondern auch, dass ich diese Frau verloren habe. Sie hat mir gefallen. Vor allem, weil sie in der Lage war, so zu lieben, wie ich selbst das niemals gekonnt habe. Jetzt bin ich in mein altes Leben zurückgeworfen, das Leben, in dem ich unfähig bin, so intensive Gefühle zu empfinden, und irgendwie habe ich nicht die Kraft, noch mal von vorn anzufangen. Über *ihn* werde ich mit der Zeit hinwegkommen, auch wenn es im Moment furchtbar schmerzt. Was viel schlimmer ist, ist der Gedanke, ohne *sie* leben zu müssen.«

»Das sehe ich anders. Die Frau, die er zum Leben erweckt hat, existiert nicht nur durch ihn, sondern sie gehört zu dir, sie ist ein Teil von dir. Niemand kann dich in etwas verwandeln, was du nicht bist. Er konnte nur einen Teil von dir ans Licht bringen, den du selbst vielleicht noch nicht kanntest. Veränderung bedeutet, dass man zu jemandem wird, der man eigentlich schon immer war.«

»Ja, vielleicht hast du recht. Aber woher hat er gewusst, dass dieser Teil in mir schlummert, wenn ich es selbst nicht gewusst hab?«

»Wahrscheinlich hat er es irgendwie gespürt. Doch du warst diejenige, die den Mut aufgebracht hat, sich darauf einzulassen. Zum ersten Mal, seit ich dich kenne, hast du es gewagt, eine Beziehung wirklich zu leben, und damit meine ich nicht die Tatsache, dass du zu ihm in seine Wohnung gegangen bist, sondern dass du wirklich auf einen anderen Menschen zugegangen bist.«

»Offenbar sogar zu weit, wie sich herausgestellt hat.«

Carla hatte recht, trotzdem wusste ich nicht, wie ich diese Frau ohne ihn wiederfinden sollte. Nur eine undeutliche Spur, ein vager Geruch, ein leises Echo waren von ihr geblieben. Sie hatte mich gezwungen, mein Leben in einem anderen Licht zu sehen, es neu zu überdenken, einen Teil von mir, den ich bisher nicht gekannt hatte, zu entdecken.

Das Gespräch mit Carla hatte mir gutgetan, doch den Schmerz hatte es mir nicht genommen. Es war dumm und völlig hirnverbrannt, und ich wusste, dass es auf jeden Fall das Falsche gewesen wäre – doch hätte er mich angerufen, ich wäre sofort zu ihm gerannt.

10. August

Als ich von der Arbeit nach Hause kam, stand Paolo am Herd und kochte. Auf dem Esstisch standen Weingläser und in der Mitte ein Strauß langstieliger roter Rosen. Was es zu feiern gebe, habe ich ihn gefragt, und er hat geantwortet, dass man doch nicht immer einen Grund brauche, um zu feiern. Die Rosen waren wirklich schön, aber ich habe mich nicht darüber freuen können, im Gegenteil, ich hab das alles irgendwie als beklemmend empfunden. Trotzdem habe ich ein mechanisches Lächeln aufgesetzt, und als ich mich bei ihm bedankte, hat sich die Beklommenheit in Melancholie verwandelt.

Während des Essens habe ich kaum etwas gesagt, er dagegen hat gar nicht mehr aufgehört zu plappern, so habe ich ihn noch nie gesehen. Vor dem Kaffee hat er mir die Reservierung für einen Urlaub in Sharm El-Sheikh überreicht. Ich hab nichts gesagt, ich wusste nicht, ob ich mich darüber freuen sollte.

»Freust du dich nicht, dass wir nach Ägypten fliegen? Ich hab im September Urlaub gekriegt, zur selben Zeit wie du.«

Ich war so verwirrt, dass ich kein Wort rausbrachte. Ich hab nur kurz danke gesagt und bin dann gleich in die Küche, um das Geschirr zu spülen.

11. August

Gestern vor dem Einschlafen hab ich daran denken müssen, wie ich morgens mal Fieber hatte und davon aufgewacht bin, dass Paolo seine Hand auf meine Stirn legte. Die gleiche Geste hätte mich bei einem Mann, den ich liebe, sehr gerührt, doch bei Paolo hat es sich bloß angefühlt wie eine Berührung unter Geschwistern. Ich weiß, dass die Zeit gekommen ist, ich kann es nicht länger aufschieben. Ich habe keine Kraft mehr, jeden Tag eine Frau zu spielen, die ich nicht bin, gegenüber einem Mann, der gar nicht da ist. Der Mann, der bis vor kurzem noch der Mittelpunkt meines Lebens war, der ihm auf irgendeine Weise sogar Sinn gegeben hat, interessiert mich einfach nicht mehr, und die Beziehung, in die ich alles investiert habe, bis ich schließlich gar nicht mehr ich selbst war, sondern nur noch eine leere Hülle, diese Beziehung gibt es nicht mehr. So etwas ist kein Leben in Freiheit mehr, geschweige denn Glück. Ich fühle mich ausgelaugt und kraftlos. Ich bin mir ganz sicher, dass wir beide niemals wieder zueinanderfinden werden.

Es ist mir sehr wichtig, die richtigen Worte und die richtige Art zu finden, um es Paolo beizubringen. Mit mir als Frau an seiner Seite wird er nie glücklich sein können, und ich nicht mit ihm als Mann. Wir beide müssen unser Glück woanders suchen.

An jenem Abend, gleich nachdem ich das geschrieben hatte, stand ich auf und ging hinüber zu Paolo, der auf dem Sofa saß und fernsah. Ich setzte mich neben ihn und blickte dann und wann, ohne dass er es merkte, zur Seite und beobachtete ihn. Er hatte keine Ahnung, was ihn erwartete. Ich würde ihn schon bald verlassen, und diesmal war es mir ernst. Während ich da saß und überlegte, wie ich es ihm am besten beibringen sollte, dachte ich, dass jede Minute, die verging, eine der letzten diesseits einer Grenzlinie war: vor der Trennung, nach der Trennung. Ich war ein wenig ratlos, denn ich wusste, dass ich ihm weh tun würde, und mir fiel nicht ein, was ich hätte tun oder sagen können, um es weniger schmerzhaft zu machen. Ganz gleich, was ich sagte, ich würde ihn verletzen, und das war kein gutes Gefühl. Ich liebte ihn zwar nicht mehr, doch ihm absichtlich Leid zufügen wollte ich auch nicht. Ich betrachtete sein Profil, seine Hände, die Handgelenke, die Arme. Vielleicht ist es ja das letzte Mal, dass du ihn so aus der Nähe siehst, dachte ich und empfand eine tiefe Zärtlichkeit. Wie hatte es so weit mit uns kommen können? Dieser Mann hatte mir so viel bedeutet. Ich stand auf und ging ins Bad, um in den Spiegel zu schauen. Ich wollte weinen, doch ich konnte nicht, vielleicht weil ich eigentlich lieber geschrien hätte. Ich wusch mir das Gesicht, ging zurück und setzte mich wieder neben ihn.

»Paolo, wir müssen reden.«

»Was gibt's denn?«

»Wir müssen über uns reden.«

Er setzte an, etwas zu sagen, doch dann sah er mir in die Augen und stockte. Einige Sekunden lang schauten wir uns schweigend an. Ich bin mir sicher, dass er da schon begriffen hatte, was Sache war. Er wandte den Blick ab und schaute wieder auf den Bildschirm.

»Paolo, bitte.«

Er stellte lauter.

Ich nahm ihm die Fernbedienung aus der Hand und schaltete aus. »Hör mir zu.«

»Sag nichts, Elena. Du wirst sehen, die Dinge kommen wieder in Ordnung, wir sind doch auf einem guten Weg. Der gemeinsame Urlaub in Sharm El-Sheik wird uns guttun.«

»Ich werde nicht mit dir nach Ägypten fliegen.«

»Was soll das heißen? Wir haben doch schon die Tickets.«

»Es tut mir leid.«

»Aber ich gebe mir doch wirklich Mühe, Elena, das musst du doch bemerkt haben. Gib mir einfach noch etwas Zeit.«

»Es ist zu spät, Paolo. Wir können nichts mehr dagegen tun.«

»Es ist nicht zu spät. Du darfst nichts überstürzen, hab ein bisschen Geduld. Solche Dinge regeln sich nicht von heute auf morgen, das braucht Zeit. Vertrau mir.«

»Natürlich habe ich bemerkt, dass du aufmerksamer bist. Trotzdem ist es zu spät.«

»Hast du dich in einen anderen verliebt?«

»Ach, hör doch auf.«

»Wenn es einen anderen gibt, dann muss ich das wissen.«

»Es gibt keinen anderen.«

»Schwör es.«

»Paolo, bitte.«

»Warum weichst du aus?«

»Weil es keine Rolle spielt, ob es einen anderen gibt, hier geht es um uns. Es ist vorbei, Paolo, lass mich gehen.«

»Ich will dich aber nicht gehen lassen.«

»Bitte, es fällt mir auch nicht leicht, das musst du mir glauben.«

»Wenn es dir so schwerfällt, dann tu's nicht.«

Ich schwieg.

»Gib uns etwas Zeit. Wenn du in ein paar Monaten immer noch entschlossen bist, werde ich dich nicht mehr aufhalten, versprochen. Gib uns nur ein paar Monate …«

»Ich habe uns genügend Zeit gegeben, ich habe alles gegeben, was ich konnte.«

»Wir können noch mal neu beginnen.«

»Ich will nicht darüber diskutieren, ob wir uns trennen oder nicht. Das ist für mich bereits beschlossene Sache. Ich versuche nur, gemeinsam mit dir einen guten Weg zu finden.«

Er rutschte ein Stück von mir weg.

»Ich will mich aber nicht trennen, was kann ich dafür, wenn du …«

»Bitte, Paolo, es gibt keinen Grund, laut zu werden, und es hat keinen Sinn, bei irgendwem die Schuld zu suchen.«

»Und ob, das alles ist nämlich allein deine Schuld!«

»Ich möchte eine Chance auf ein glückliches Leben. Wenn es dir hilft, mir die Schuld für alles zu geben, dann tu das. Ich jedenfalls will mich nicht mit dir streiten, und ich will auch niemandem die Schuld geben.«

»Ich will nicht, dass wir uns trennen. Was habe ich dir denn getan? Warum hasst du mich?«

»Ich hasse dich nicht, aber wenn wir zusammenbleiben, wird es eines Tages so weit kommen.«

»Und was soll ich deiner Meinung nach jetzt tun?«

»Gar nichts, du sollst nur meine Entscheidung akzeptieren.«

»Ich erkenne dich überhaupt nicht wieder, du machst mir Angst. Wie kannst du nach all den gemeinsamen Jahren so kalt und nüchtern darüber sprechen?«

»Ich habe keine andere Wahl. Auch wenn du es vielleicht nicht glaubst, es fällt mir wirklich schwer, so mit dir zu reden.«

Er sah mich an wie ein kleines, verschrecktes Kind, und ich hätte ihn gern in den Arm genommen, aber ich durfte nicht weich werden. »Glaub mir, es fällt mir ganz bestimmt nicht leicht.«

Wir saßen nebeneinander auf dem Sofa und starrten verloren auf die gegenüberliegende Wand.

Nach einer Weile sagte er, ohne mich anzusehen: »Kannst du dich erinnern, als wir das Bild da gekauft haben? Eigentlich hat es mir nie richtig gefallen.«

»Mir auch nicht.«

Ich sagte nichts. Er vergrub das Gesicht in den Händen und begann zu weinen, laut und schluchzend. Seit Jahren hatte ich ihn nicht mehr weinen sehen.

»Entschuldige, Elena, verzeih … es stimmt nicht, dass alles deine Schuld ist. Es ist meine Schuld, ich konnte dich einfach nicht wirklich lieben. Ich kann überhaupt niemanden lieben, und dafür kannst du nichts.« Ich sagte nichts, ich fühlte mich hundeelend. Er schwieg eine Weile, und schließlich beruhigte er sich ein wenig. Er wischte sich die Tränen weg und putzte sich die Nase. »Entschuldige.«

»Du brauchst dich nicht zu entschuldigen.«

Er wich meinem Blick aus, sah hinauf zur Decke, ließ seinen Blick durchs Zimmer wandern, betrachtete die Möbel.

»Paolo, sieh mich an.«

»Ich kann nicht. Wenn ich dich ansehe, fange ich wieder an zu flennen wie ein verdammter Idiot.«

»Okay, dann sieh mich nicht an, aber sag mir, ob du verstanden hast, dass die Entscheidung richtig ist.«

»Nein, habe ich nicht.«

»Paolo …«

»Ja, du hast recht, ich hab's verstanden. Aber weh tut es trotzdem. Ich kann mir ein Leben ohne dich einfach nicht vorstellen. Ich kann mir nicht vorstellen, dass ich morgens aufwache und du liegst nicht neben mir, dass ich abends nach Hause komme und du bist nicht da, dass wir nicht zusammen zu Abend essen, dass du nicht im Schlafzimmer bist, während ich hier sitze und fernsehe.

Ich mag es zu wissen, dass du schon dort liegst, wenn ich den Fernseher ausmache und ins Bett komme.« Er wandte sich mir zu. »Ich kann mir keinen einzigen Tag ohne dich vorstellen. Was soll ich denn jetzt bloß tun?«

»Ich weiß es nicht.«

Wieder schwiegen wir eine Weile, dann ging er in die Küche, um für uns beide ein Glas Wasser zu holen.

»Hier, bitte.«

»Danke.«

»Bedank dich lieber nicht, ich hab Gift reingetan«, sagte er mit einem bitteren Lächeln. Sein Gesicht war ganz rot. Er setzte sich wieder aufs Sofa. »Ich werde bei meinem Bruder übernachten, hier halte ich es nicht aus.« Während er in die Schuhe schlüpfte, ohne sie zuzubinden, fügte er hinzu: »Alles, was du gesagt hast, ist wahr, aber in einem irrst du dich: Es stimmt nicht, dass ich nicht bemerkt hätte, dass du dich immer weiter von mir entfernst. Ich hab nur nicht gewusst, was ich machen soll, wie ich es verhindern kann, darum habe ich einfach zugesehen und gar nichts getan, in der Hoffnung, dass es irgendwie von selbst wieder in Ordnung kommt. Ich weiß nicht, was der Auslöser dafür war, dass du angefangen hast, dich zu verändern, aber irgendwann war ein Punkt erreicht, an dem ich dich nicht mehr wiedererkannte. Ich konnte einfach nicht damit umgehen. Das tut mir sehr sehr leid, ich weiß, dass ich mir das niemals verzeihen werde.«

»Da gibt's nichts zu verzeihen.«

»O doch, Elena, viel. Unser ganzes Leben.«

20. Oktober

Es ist nicht leicht, in meinem Alter plötzlich allein zu leben. Ich habe keinerlei Erfahrungen damit. Die ersten paar Mal, als ich abends nach Hause kam und alles war dunkel und still, überkam mich ein Gefühl von Leere, und ich hab mich ein bisschen gefürchtet. Allein zu Abend essen, allein ins Bett gehen, allein aufwachen. Abends habe ich nicht einschlafen können, und am Morgen bin ich immer schon sehr früh aufgewacht. Beim kleinsten Geräusch in der Nacht bin ich aufgestanden, um nachzusehen, woher es kam. Ständig hab ich gedacht, es wären Einbrecher draußen, die in meine Wohnung wollen.

Meine alten Automatismen funktionieren nicht mehr. Ich muss mich an einen neuen Rhythmus, neue Zeiten und eine neue Umgebung gewöhnen. Abends bin ich gern früh zu Hause, und ich habe mir angewöhnt, immer ein Licht brennen zu lassen, auch wenn ich schlafe.

Ständig frage ich mich, ob ich den richtigen Entschluss gefasst habe. Eigentlich kenne ich die Antwort – ich will nicht mit einem Mann zusammenleben, den ich nicht mehr liebe –, trotzdem gibt es Abende, an denen ich mich in der neuen, leeren Wohnung sehr verloren fühle. Ich denke, viele Paare bleiben im Grunde nur zusammen, damit sie Gesellschaft haben oder aus Gewohnheit oder weil dann der Lebensunterhalt billiger ist. Würden sie sich trennen, wüssten sie nicht, wohin.

Bis vor kurzem habe ich sehr oft Leute zum Essen eingeladen, nur damit ich nicht allein war. Carla hat mich ein paarmal besucht und ist übers Wochenende geblieben.

Doch ohne es richtig zu merken, habe ich inzwischen die Anfangsschwierigkeiten überwunden. Es geht mir immer besser, und tagsüber kann ich es oft gar nicht mehr erwarten, endlich nach Hause zu kommen, die Tür hinter mir zu schließen, allein zu sein und das zu tun, wonach mir der Sinn steht. Wenn ich die Bilder sehe, die einfach auf dem Boden an der Wand lehnen, bin ich glücklich: Ich mochte das schon immer, aber Paolo wollte partout, dass wir sie aufhängen. Jetzt kann ich etwas beschließen und dann in letzter Minute doch noch meine Meinung ändern, ohne deshalb Schuldgefühle zu haben.

Seit einer Woche esse ich jeden Abend das Gleiche: einfachen Reis mit Thunfisch, einem Löffel Olivenöl und etwas Sojasoße. Ich kann nicht genug davon kriegen, es schmeckt einfach köstlich. Natürlich könnte ich das nie einem Gast anbieten, es sieht aus wie ein undefinierbarer Brei, den man eher an Hunde verfüttern würde. Ich esse, was ich will, wann ich will und sooft ich will. Vor zwei Wochen musste ich immerzu Avocados essen, kleingeschnitten auf Toastbrot, im Salat, mit Krabben oder als Guacamole. Nichts anderes hat mich gereizt. Ich mag es, dass ich kein Schnarchen oder Husten oder die Klospülung mitten in der Nacht mehr hören muss. Ich mag es, morgens nicht vom Wecker eines anderen geweckt zu werden. Ich mag es, beim Schlafen die Arme und Beine in alle

Richtungen auszustrecken und mich zu drehen, wohin ich will, ohne auf jemand anderen Rücksicht nehmen zu müssen.

Vor ein paar Tagen habe ich abends nicht einschlafen können, darum bin ich aufgestanden und in die Küche gegangen, um mir ein Glas warme Milch zu machen. Dann habe ich den Fernseher eingeschaltet, und in dem Moment ist mir bewusst geworden, dass ich weder darauf achten muss, ihn nicht zu laut zu stellen, noch darauf, nicht zu viel Licht zu machen. Es ist das erste Mal, dass ich eine Wohnung ganz für mich allein habe. Sie ist zwar kleiner als die gemeinsame Wohnung mit Paolo, aber ich fühle mich darin so frei wie nie zuvor. Ich habe entdeckt, wie schön die Stille in den eigenen vier Wänden ist. Ich genieße die Einsamkeit. Abends nach dem Essen mache ich mir einen Kräutertee, lege mich aufs Sofa und schaue einen Film an, vertiefe mich in ein Buch oder führe lange Telefonate mit Carla und creme mir dabei die Beine ein. Ich kaufe mir Blumen für die Küche, mache eine Flasche Wein auf, auch wenn ich nur ein Glas davon trinken will, und manchmal lege ich laute Musik auf und tanze ganz allein durch die Wohnung. Ich habe gelernt, mir selbst im Spiegel zuzulächeln. Ich habe entdeckt, dass es Spaß macht, sich selbst zu verführen. Ich ertappe mich dabei, wie ich glückselig die neuen bunten Tassen und Schüsseln auf dem Küchenbord betrachte. Wenn ich auf der Arbeit bin, kann ich es nicht erwarten, zurück nach Hause zu kommen und ein langes, heißes Bad zu nehmen. Keiner klopft und fragt, ob er reinkommen darf, ich muss nicht für jemand andres kochen, ich habe keinen vorgegebenen

Zeitplan, keine Pflichten. Manchmal lasse ich das Abendessen auch ganz ausfallen, oder ich beschließe, ein neues Rezept auszuprobieren, gehe nach dem Büro die nötigen Zutaten einkaufen, trage sie nach Hause und tobe mich in der Küche aus wie ein Kind.

Das Alleinleben hat mich gelehrt, mich zu fragen, was ich will und was ich mir wünsche. Für andere mag das selbstverständlich sein, für mich war es das nie. Ich habe gelernt, auf meine innere Stimme zu hören, die mir sagt, wie ich leben soll. Ich habe begriffen, dass ich selbst bestimmen muss, wer ich sein will, und dass es nicht mehr mein Lebenszweck sein kann, andere glücklich zu machen, indem ich so tue, als wäre ich jemand, der ich nicht bin. Im Spiegel meiner neuen Wohnung erkenne ich jene Frau, die ich, ohne es zu merken, irgendwo abgelegt und beinahe schon vergessen hatte. Viele Erinnerungen an meine Kindheit und Jugend sind wiederaufgetaucht, als ich noch davon träumte, die Welt zu verändern. Ich habe die Lust am Lernen, Erfahren und Verstehen wiedergefunden. Jede neue Entdeckung ist für mich wie ein wunderbares Geschenk, jede neue Erkenntnis löst Begeisterung in mir aus.

Vor der Frau, die ich jetzt bin, breitet sich eine neue, andere Zukunft aus.

Einmal, kurz nachdem ich ausgezogen war, ging ich abends zu Federica. Wir aßen zusammen, dann half ich ihr beim Packen, denn sie wollte das Wochenende mit ihrem derzeitigen Lover irgendwo auf dem Land verbringen. Wir alberten herum und wählten die verrücktesten und gewagtesten Kombinationen aus Tops, Miniröcken und Dessous aus. Doch plötzlich stockte mir das Blut in den Adern: Aus der Schublade einer Kommode holte sie ein Schminktäschchen heraus, genau so eins, wie ich in seinem Badezimmer gesehen hatte.

Ich muss weiß wie die Wand geworden sein, denn sie sah mich erschrocken an und fragte: »Was ist denn los? Geht's dir nicht gut?«

»Sag, dass das nicht wahr ist!«

»Was denn?«

»Das glaube ich einfach nicht… Sag mir, dass du nicht in dieser Wohnung warst!«

»Von welcher Wohnung redest du? Was ist denn plötzlich in dich gefahren?«

»Du weißt ganz genau, was ich meine.«

»Elena, es reicht. Entweder sagst du mir jetzt, worum es geht, oder du hörst sofort auf damit. Du siehst total verstört aus, aber ich habe echt keinen Schimmer, wovon du redest.«

»Wie lange hast du dieses Schminktäschchen schon?«

»Das Schminktäschchen? Wieso, was soll die Frage?«

»Ich will wissen, wie lange du es schon hast. Los, sag's mir!«

»Seit ein paar Monaten, glaube ich … Warum ist das wichtig?«

»Sag mir die Wahrheit.«

»Die Wahrheit in Bezug auf was?«

»Entweder du sagst es mir, oder ich gehe auf Nimmerwiedersehen. Also, wie lange hast du es schon?«

»Meine Mutter hat es mir vor zwei Monaten oder so geschenkt. So, jetzt weißt du's. Würdest du mir jetzt bitte erklären, wieso du dich so aufregst?«

»Schwör mir, dass du es erst seit zwei Monaten hast.«

»Wenn du willst, rufen wir meine Mutter an, dann kann sie es dir bestätigen.«

»Schon gut, ich glaube dir. Bitte entschuldige.« Ich setzte mich auf ihr Bett. Ich kam mir vor, als wäre ich zehn Jahre gealtert.

»Okay, aber nur, wenn du mir endlich sagst, was los ist. Du hättest mal dein Gesicht sehen sollen. Du hast mir einen ganz schönen Schreck eingejagt.«

Nachdem ich mich so verrückt aufgeführt hatte, blieb mir nichts anderes übrig, als ihr den Grund dafür zu beichten. Ich erzählte ihr alles, angefangen von dem Zettel in meiner Manteltasche bis zu dem Augenblick, als ich sein Grundstück in der Toskana verließ. Nicht mal Carla hatte ich so viele Details erzählt, doch an diesem Abend ließ ich nichts aus, und als ich fertig war, hatte ich das Gefühl, als hätte jemand einen schweren Felsbrocken von meiner Brust gewälzt. Ich hatte gar nicht realisiert, dass mich das immer noch so bedrückte, erst durch das Gefühl der Befreiung hinterher wurde es mir klar. Dadurch, dass ich alles erzählte und noch einmal durchlebte, begriff ich vielleicht zum ersten Mal wirklich, was dieser Mann mir bedeutet hatte, wie wichtig die Begegnung mit ihm für mein Leben gewesen war. Ich fühlte mich frei und merkte, wie ich plötzlich feuchte Augen bekam.

Federica nahm mich in den Arm und sagte: »Ach Elena, du bist einfach wunderbar.«

Dann packten wir zu Ende, und als ich mir später das Schminktäschchen noch einmal genauer ansah, musste ich mir eingestehen, dass es in Wirklichkeit ganz anders aussah als das, das ich in seinem Badezimmer gesehen hatte.

Durch meine neugewonnene innere Klarheit ging ich vieles im Leben ganz anders an.

Einmal, während einer Sitzung, lobte der Chef meine Arbeit, worauf Binetti wieder sein übliches Grinsen aufsetzte. Als die Sitzung zu Ende war, hielt ich ihn zurück und sagte: »Ich würde gern kurz mit dir sprechen.« Ich wartete, bis alle anderen draußen waren, und schloss die Tür. »Hör zu, Binetti, wir arbeiten jetzt schon viele Jahre zusammen, aber eins möchte ich gerne wissen: Was hat eigentlich dieses Grinsen zu bedeuten, das ich seit Monaten auf deinem Gesicht sehe?«

»Was für ein Grinsen? Wovon redest du?«

»Du weißt sehr gut, wovon ich rede. Also: Falls es etwas zu bedeuten hat, dann will ich das wissen. Wenn du mir aber nichts zu sagen hast oder wenn du zu feige dazu bist, dann vergessen wir's. Nur eins möchte ich klarstellen: Ich will dieses Grinsen nicht mehr sehen, weder heute noch morgen noch irgendwann. Von jetzt an wirst du es dir verkneifen, haben wir uns verstanden?«

»Du tickst doch nicht mehr ganz sauber. Ich glaube, du hast echt ein Problem.«

»O nein, ein Problem hat hier nur einer, und zwar du, und falls du ein Problem mit mir hast, dann solltest du mir das sagen.«

»Kannst du mir vielleicht mal verraten, was du eigentlich von mir willst?«

»Ich will, dass du deine Anzüglichkeiten ab jetzt für dich behältst.«

»Was für Anzüglichkeiten?«

»Du kannst ruhig so tun, als wüsstest du nicht, wovon ich rede, das überrascht mich nicht im Geringsten. Ich denke, wir haben uns trotzdem verstanden.«

»Jetzt hör mal zu, du gehst mir wirklich auf den Sack. Gönn dir mal wieder einen richtigen Fick, dann redest du auch nicht mehr so einen Mist.«

»Ich glaub, du hast mich nicht verstanden, Binetti: Wenn hier einer ununterbrochen Mist von sich gibt, dann du, und ab sofort wirst du damit aufhören. Und das ist mein voller Ernst, sonst werde ich dafür sorgen, dass du wirklich Probleme bekommst. Probleme, die du dir in deinen schlimmsten Alpträumen nicht ausmalen kannst. Ich will dieses idiotische Grinsen auf deinem Gesicht nie wieder sehen, und sollte mir noch mal zu Ohren kommen, dass du hinter meinem Rücken irgendwelche Bemerkungen über mich machst, dann wirst du bitter dafür büßen, ganz egal, ob es wahr ist oder nicht. Ich habe die Nase endgültig voll von dir.«

»Willst du mir vielleicht drohen?«

»Das ist keine Drohung. Betrachte es vielmehr als ein Versprechen. Ich kann mir vorstellen, dass es für ein Spatzenhirn wie dich leichter ist zu glauben, dass der Chef mich mit wichtigen Projekten betraut, weil ich mit ihm im Bett gewesen bin. Mann, bist du beschränkt: Denkst du im Ernst, ich würde mit jemandem ins Bett gehen, nur damit ich noch mehr arbeiten darf? Glaub mir, falls ich jemals die Beine für irgendwas breitmachen sollte, dann dafür, dass ich mich nicht mehr jeden Morgen um sieben aus dem Bett quälen und zur Arbeit gehen muss. Und damit Ende der Diskussion. Dieses Mal bleibt es noch unter uns, aber beim nächsten dämlichen Grinsen, bei der nächsten bescheuerten Bemerkung mach ich dich vor versammelter Mannschaft fertig, verstanden? Ciao. Ich wünsche dir noch einen angenehmen Tag.«

»Moment mal …«

»Halt einfach die Klappe, Binetti. Sieh's ein, und gib dich für heute geschlagen.«

Als ich das Besprechungszimmer verließ, fühlte ich mich wie eine Tigerin. Ich hätte es mit der ganzen Welt aufgenommen. Ich ging in die Toilette und weinte vor Glück. Ich sah meinem Spiegelbild in die Augen und sagte: »Da bin ich. Ich bin zurück.«

22. April

Federica kann den Termin morgen in Rom nicht wahrnehmen, deshalb werde ich an ihrer Stelle hinfahren. Sie hat mich gebeten, für sie einzuspringen, weil sie einen wichtigen Abend geplant hat, mit Marco – der Erste seit Jahren, dem sie keinen Spitznamen verpasst hat. Nach dem Hengst-Mann, dem Kleiner-Finger-Mann, dem Ich-weiß-alles-Mann, dem Unterhosen-Mann, dem Eurostar-Mann und all den anderen ist endlich Marco in ihr Leben getreten.

Der Abend ist wichtig für sie, da habe ich ihr das natürlich nicht abschlagen können. Außerdem liebe ich Rom und fahre immer wieder gerne dorthin. Besonders mag ich es, abends nach dem Essen durch die Gassen zu schlendern, ehe ich ins Hotel zurückkehre.

Das Arbeitstreffen lief gut. Ich hatte für die Rückfahrt nach Mailand den Zug um sechzehn Uhr gebucht, aber das Meeting zog sich durch unnötiges Geplänkel noch in die Länge.

»Bist du mit dem Flieger hier oder mit dem Zug?«

»Mit dem Zug.«

»Auf der Strecke Mailand–Rom lohnt es sich eh nicht, zu fliegen. Man muss eine Stunde vor Abflug am Flughafen sein, der Flug selbst dauert eine Stunde, und eine weitere Stunde braucht man, um mit dem Taxi ins Zentrum zu kommen. Im Zug dagegen kann man noch ein bisschen arbeiten, und man hat sogar Internetanschluss.«

Alles Dinge, die ich schon mindestens hunderttausendmal gehört hatte, doch es war das erste Mal, dass ich deswegen meinen Zug verpasste.

Als ich endlich rauskam, sagte ich dem Taxifahrer, er solle sich beeilen, trotzdem sah ich den Zug nur noch von hinten, als ich am Bahnhof ankam. Die Wartezeit bis zum nächsten vertrieb ich mir im Café, in ein paar Geschäften und im Buchladen, bis ich plötzlich merkte, dass es höchste Zeit war. Im Zug saß ein älterer Herr auf meinem Platz.

»Entschuldigen Sie bitte, ich glaube, Sie sitzen auf meinem Platz.«

»Verzeihen Sie, aber würde es Ihnen etwas ausmachen, den Platz zu tauschen? Meine Frau hat leider nur noch einen Platz am anderen Ende des Wagens bekommen.«

»Kein Problem, das mache ich gern.«

Ich suchte den Platz, setzte mich, und der Zug fuhr los.

Weil ich so romantisch veranlagt bin, denke ich manchmal, dass es etwas zu bedeuten hat, wenn mir so was passiert, dass das Schicksal etwas für mich bereithält, von dem ich noch nichts ahne. Vielleicht begegne ich heute ja dem Mann meines Lebens, sagte ich mir im Scherz. Ich war so erledigt, dass ich beschloss, im Zug etwas zu essen, um dann zu Hause nur noch kurz unter die Dusche zu springen und gleich ins Bett gehen zu können.

Kurz vor Mailand ging ich in den ersten Waggon vor und stellte mich an die Tür, um beim Aussteigen Zeit zu sparen. Neben mir stand ein Mann, der wohl die gleiche Idee gehabt hatte. Wenige Meter vor dem Bahnhof blieb der Zug stehen. Wir warfen uns einen verschwörerischen Blick zu, und ich lächelte ihn an. »Da würde man am liebsten aussteigen und die letzten Meter zu Fuß gehen …«

»Vermutlich sind die Türen genau aus dem Grund immer bis zum letzten Moment gesperrt«, antwortete er.

Beim Aussteigen verabschiedeten wir uns voneinander, und er ging voraus, weil er einen schnelleren Schritt hatte als ich. Als ich zum Taxistand kam, sah ich dort drei Wagen stehen und drei Leute, die noch vor mir an der Reihe waren. Einer von ihnen war der Mann, mit dem ich die letzten Minuten der Zugfahrt an der Tür gewartet hatte.

»Ich lass dir gern den Vortritt«, sagte er, als er mich sah.

Die Versuchung war groß.

»Danke, aber ist schon okay, ich kann warten.«

»Bist du sicher? Es würde mir nichts ausmachen.«

»Kein Problem.«

Er stieg ein, und das Taxi fuhr los. Sofort bereute ich, dass ich sein Angebot ausgeschlagen hatte. Nach wenigen Metern hielt das Taxi plötzlich an, und er stieg aus. »Was hältst du davon, wenn wir es uns teilen? Na komm, das kannst du nicht auch noch ausschlagen.«

Wir fuhren zuerst zu meiner Wohnung, unterwegs unterhielten wir uns ein bisschen. Ich mochte die Art, wie er sprach, er hatte eine feine, kluge Ironie. Als wir bei mir ankamen, wollte er nicht, dass ich mich an der Fahrt beteiligte, und er holte den Trolley für mich aus dem Kofferraum. Ich sah ihn an und wollte ihm gerade gestehen, dass ich leider seinen Namen vergessen hatte, doch er schien mein Zögern anders zu deuten: »Ich weiß, du würdest mich jetzt gern bitten, mit raufzukommen und noch was mit dir zu trinken. Tut mir leid, Elena, aber heute bin ich einfach zu müde.«

Verdattert sah ich ihn an und hatte keine Ahnung, was ich sagen sollte. Ich wusste nicht, ob er das ernst meinte oder ob es nur ein Scherz sein sollte. Schließlich brach ich in Gelächter aus und er mit mir. Er wartete, bis ich an der Haustür war, ehe er wieder ins Taxi stieg. Ich drehte mich noch einmal um, um mich zu bedanken, und er lächelte mir zu.

Vor dem Einschlafen grämte ich mich ein bisschen, dass ich so wenig über ihn wusste. Manchmal kann man sich auch nach jemandem sehnen, dem man nur ganz kurz begegnet ist. Am Morgen beim Aufwachen fiel mir wieder ein, dass er Nicola hieß.

An einem Samstagnachmittag parkte ich gerade den Wagen, als jemand an die Fensterscheibe klopfte. Ich erschrak. Es war Simone.

»Oh … hallo. Hast du meinen Wagen erkannt?«

»Nein, die Art, wie du einparkst.«

Ich war ein wenig verlegen, seit der Trennung hatte ich ihn nicht mehr gesehen. Er musste es bemerkt haben, denn er fragte sofort, ob wir nicht irgendwo einen Kaffee zusammen trinken wollten. Wir plauderten ein wenig über dies und jenes, dann fragte ich ihn, wie es Paolo gehe.

»Ihm geht's gut. Am Anfang war es natürlich schwierig, aber inzwischen kommt er wirklich prima zurecht.«

»Das freut mich. Es klingt vielleicht seltsam, aber ich fand es sehr schade, dass es mit uns so enden musste.«

»Letztendlich hast du ihm einen Gefallen getan, denke ich.«

»Ich habe viel über unsere Ehe nachgedacht. Inzwischen glaube ich, dass ich manchmal wirklich unerträglich war.«

»Ja, wahrscheinlich, aber mit ihm zu leben ist auch nicht leicht. Vermutet hatte ich es ja schon immer, doch jetzt, wo wir uns die Wohnung teilen, kann ich es auch bezeugen.«

»Er wohnt bei dir?!«

»Ja, aber nur vorübergehend.«

»Ich hatte nie den Eindruck, dass ihr euch so nah steht.«

»Früher wohl nicht, aber inzwischen schon. Nach der Trennung ist er noch eine Weile in eurer gemeinsamen Wohnung geblieben, doch dann hat er es nicht mehr ausgehalten, weil da in allen Ecken schmerzliche Erinnerungen lauerten. Und was hat der Dummkopf getan? Er ist zu Mama gezogen. Eines Sonntags habe ich seine Sachen zusammengepackt und ihn quasi mit Gewalt fortgezerrt. Ich habe ihn ins Auto gestoßen und zu mir nach Hause gebracht. Regelrecht entführt habe ich ihn. Mama ist immer noch stinkwütend auf mich, sie sagt, ich würde ihn noch völlig verderben.«

»Von ihrem Standpunkt aus betrachtet, stimmt das wahrscheinlich auch.«

Er lachte. »Die erste Zeit war wirklich nicht einfach, eine echte Geduldsprobe, mindestens jeden zweiten Tag haben wir uns gestritten. Doch inzwischen kommen wir ganz gut miteinander aus – glaubst du, dafür komme ich ins Paradies?«

»Ganz bestimmt.«

»Tja, wie du siehst, gelingt es mir nun doch, mit jemandem zusammenzuleben. Ich habe mir gedacht, wenn ich das mit meinem Bruder schaffe, könnte es vielleicht auch irgendwann mit einer Frau klappen.«

»Na ja, es ist zwar nicht dasselbe, aber ganz bestimmt ein großer Fortschritt, wenn man bedenkt, dass du dich früher für keinen Menschen mehr als nötig einsetzen wolltest.«

»Irgendwo gibt es für alles eine Grenze. Ich konnte ihn

nicht Mama überlassen, sie hätte ihn bis ans Ende seiner Tage bei sich gefangen gehalten. Ich muss sagen, ich bin froh, dass ich es getan habe. Wir verstehen uns wirklich gut. Wir reden viel, nicht bloß über euch beide, auch über unsere Kindheit, unseren Vater, sogar über Mama, über das Leben im Allgemeinen. Er sagt, er habe vieles begriffen und eingesehen, dass er viele Fehler gemacht hat – und das trifft vielleicht auch auf mich zu.«

»Sicher kannst du ihm gute Ratschläge geben.«

»O nein, das tue ich nicht. Ich höre vor allem einfach zu. In ein paar Monaten wird er über alles hinweg sein, denke ich.«

Es freute mich zu hören, dass es Paolo besserging und dass Simone ihm zur Seite stand. Bevor wir uns verabschiedeten, bedankte er sich bei mir.

»Danke wofür?«

»Dank dir habe ich meinen Bruder wiedergefunden, ich muss sagen, dass er mir sogar sympathisch ist.«

Kurze Zeit nach dieser Begegnung rief Paolo mich an. Die Agentur, die mit dem Verkauf unserer Wohnung beauftragt war, hatte einen Interessenten gefunden. Es war Monate her, dass ich mit ihm gesprochen hatte, darum war ich ziemlich nervös. Er machte ein paar ironische Sprüche, vielleicht um seine eigene Nervosität zu verbergen. Irgendwann sagte er: »Wahrscheinlich interessiert es dich gar nicht mehr, doch es gibt eine große Neuigkeit in meinem Leben … Ich kaufe mir meine Unterhosen jetzt selbst!«

Wir mussten herzlich lachen.

Wir vereinbarten, uns bald einmal auf einen Kaffee zu

treffen und den Verkauf der Wohnung zu besprechen. Ehe er auflegte, sagte er: »Ich habe dich wirklich gern, Elena.«

Das rührte mich sehr.

»Ich dich auch, Paolo.«

Gestern habe ich den schwierigsten Teil des Umzugs hinter mich gebracht: die Küche. All die zerbrechlichen Dinge einzupacken kostet viel Zeit und Konzentration.

Ich hatte Carla gesagt, dass ich das lieber allein machen wollte, doch dann kam sie mit einer Flasche Wein vorbei, um zu sehen, wie ich vorankomme, und wir unterhielten uns ein bisschen, während sie mir bei den letzten Gläsern half. Sie ist gerade in Mailand, um sich Wohnungen anzusehen, sie hat beschlossen, zurückzukehren.

»Und, war was dabei?«

»Also, manche waren wirklich gruselig. Eine Frechheit, so was überhaupt anzubieten. Aber eine hat mir wirklich gut gefallen, eine Mansardenwohnung mit Dachluken und alten Holzbalken. Ein bisschen dunkel, dafür hat sie eine kleine Dachterrasse. Es gibt allerdings noch einen weiteren Interessenten, der schon vor mir da war, und ich kann sie nur haben, wenn er sie nicht will. Am Montag schaue ich mir noch eine andere hier in der Nähe an. Wenn du Lust hast, kannst du mich ja begleiten. So gegen Mittag, dachte ich.«

»O ja, gern.«

»Ich werde übrigens nicht so uneigennützig sein wie du und dich auf jeden Fall für den Umzug einspannen, also verausgab dich nicht allzu sehr. Wirklich schade, die

Wohnung hier wäre genau das Richtige für mich gewesen.«

»Ja, ich weiß, aber ich habe noch mal mit der Hauseigentümerin gesprochen, und sie will erst noch einige Arbeiten durchführen lassen und sie dann verkaufen. So, hier sind Grissini und Parmesan, wenn ich auf leeren Magen trinke, kriege ich am Ende nicht mal mehr die Kartons zu. Außerdem müssen die Sachen weg, ich hasse es, Essen wegzuwerfen.«

»Du benutzt mich also als Mülleimer für deine alten Lebensmittel?«

»Sei froh, dass ich die Dosen mit dem Thunfisch zulasse.«

Als ich mich bückte, um aus einem der Kartons einen Teller für Parmesan und Grissini zu holen, fiel ihr Blick auf mein Bein.

»Was hast du denn da gemacht? Das ist ja eine riesige Blase!«

»Wir haben neulich eine kleine Tour mit dem Motorrad unternommen, und beim Absteigen bin ich mit dem Unterschenkel an den Auspuff gekommen.«

»Autsch! Das ist einer Freundin von mir auch mal passiert, und sie hat eine Narbe zurückbehalten.«

»Es hat so weh getan, dass ich fast geheult hätte.«

»Und was hat er gemacht?«

»Er hat gesagt: Jetzt trägst du mein Brandzeichen. Das bedeutet, du bist jetzt mein Eigentum, und wir werden auf immer zusammenbleiben … Es sei denn, ich beschließe, dich zu verkaufen.« Wir lachten.

»Wie geht es ihm?«

»Gut. Er ist froh, dass ich zu ihm ziehe, hat er gesagt, weil er dadurch gezwungen ist, Platz zu schaffen und jede Menge alten Krempel wegzuwerfen, den er sowieso nicht mehr braucht.«

Wir hörten ein Handy klingeln.

»Ist das deins oder meins?«, fragte Carla.

»Deins.«

Während sie am Fenster stand und sich lachend mit einem Freund unterhielt, betrachtete ich sie. Sie sah glücklich aus, strahlte wieder wie früher, vielleicht sogar noch intensiver.

Ich wartete, bis sie aufgelegt hatte, dann sagte ich: »Du siehst wirklich hübsch aus heute. Das Kleid steht dir richtig gut.«

»Danke. Hab ich letzte Woche erst gekauft. Es war Liebe auf den ersten Blick. Am liebsten würde ich es jeden Tag anziehen.«

Ich freue mich, dass Carla zurück nach Mailand zieht, dass sie ihre Krise überwunden hat und wieder mehr auf sich achtet, auch auf ihr Äußeres.

»Komm mal mit nach drüben.« Wir gingen ins Schlafzimmer. »Die Sachen, die auf dem Bett liegen, habe ich aussortiert. Vielleicht gefällt dir ja was davon.«

»Oh, da ist ja mein Lieblingskleid! Bist du sicher, dass du es nicht mehr haben willst?«

»Ganz sicher. Das habe ich extra beiseitegelegt, um es dir zu schenken.«

»Du hast noch gewusst, dass es mir so gut gefällt?«

»Wie hätte ich das vergessen können? Jedes Mal, wenn ich es anhatte, hast du es mir doch gesagt.«

»Ja, ich weiß. Ich lechze schon seit einer Ewigkeit danach. Hör zu, falls du es dir anders überlegst, gebe ich es dir zurück, okay?«

»Schau doch mal, ob dir von den anderen Sachen auch was gefällt. Dort sind Schuhe, da T-Shirts, Pullover und Kleider und hier Taschen, Gürtel und so weiter.« Carla begutachtete die verschiedenen Stapel. »Leg die Sachen, die dir gefallen, einfach in den Karton da. Ich bringe sie dir dann nach deinem Umzug vorbei.«

»Was ist mit der Tasche hier? Willst du die wirklich nicht mehr haben? Sie ist wunderschön.«

»Ich bin auch hin und her gerissen, hab sie dreimal in den Karton gelegt und wieder rausgeholt. Am besten, du nimmst sie gleich mit, bevor ich's mir noch mal anders überlege.«

»Ich finde, du solltest sie behalten, sie gehört einfach zu dir.«

Es fällt mir schwer, in Worte zu fassen, wie glücklich ich war, dass Carla zurück nach Mailand kam. Ich freute mich so sehr auf die Zeit, die wir miteinander verbringen, und auf all die Dinge, die wir zusammen unternehmen würden. Ihre Rückkehr war wie ein wunderschönes Geschenk für mich.

»Sag mal, wie lange ist es eigentlich her, dass wir zusammen im Kino waren?«

»Eine Ewigkeit«, antwortete sie, während sie immer noch ganz verzückt das Kleid betrachtete, das jetzt ihr gehörte.

Wir nahmen uns in den Arm.

Als Carla gegangen war, räumte ich noch ein bisschen

herum, bis ich schließlich vor Müdigkeit fast umfiel. Ich hatte keine Lust mehr, die ganzen Sachen, die auf dem Bett lagen, noch wegzuräumen, darum beschloss ich, auf dem Sofa zu schlafen.

Heute Morgen riss mich das Telefon aus dem Schlaf.

»Hab ich dich geweckt?«

»Ja, ich hab auf dem Sofa geschlafen.«

»Tut mir leid.«

»Nein, ist okay. Ich hab noch eine Menge Arbeit vor mir. Wie spät ist es denn?«

»Zwanzig nach acht.«

»Und warum bist du an einem Sonntagmorgen um diese Zeit schon auf den Beinen?«

»Ich wollte früh aufstehen, um noch ein paar Sachen wegzuräumen. Du sollst wissen, dass in meinem Leben genug Platz für dich ist, und du sollst dich wohl fühlen.«

»Keine Sorge, so furchtbar viele Sachen habe ich gar nicht.«

»Wie wär's, wenn ich in einer Stunde mit Frühstück vorbeikomme?«

»Gute Idee. Bis dann also.«

28. März

Ich erinnere mich noch genau an den Moment, als ich begriff, dass Nicola mir wirklich gefällt. Wir waren bereits ein paar Monate zusammen. Eines Freitagabends, nachdem wir zusammen zu Abend gegessen hatten, habe ich bei ihm übernachtet. Am Morgen bin ich aufgewacht, als ich hörte, wie er zur Tür hereinkam und die Hausschlüssel auf das Tellerchen im Flur legte. Geräusche, die mir nach und nach immer vertrauter geworden sind. Er kam direkt ins Schlafzimmer, und einen Moment lang war ich in Versuchung, so zu tun, als ob ich noch schliefe, um zu sehen, was er wohl tun würde, wenn er mich schlafend vorfindet. Doch es gelang mir nicht, stattdessen begrüßte ich ihn mit einem schlaftrunkenen Lächeln. Er war hinausgegangen, um die Zeitung und Croissants zu kaufen. Er setzte sich auf die Bettkante, strich mir die Haare aus dem Gesicht und küsste mich, erst auf die Stirn, dann auf den Mund. Manchmal schauen wir einander minutenlang in die Augen, ohne ein Wort zu sagen, nachdem wir uns geliebt haben zum Beispiel oder vor dem Einschlafen oder beim Aufwachen, wenn unsere Gesichter auf den Kissen ruhen und einander zugewandt sind. Jedes Mal, wenn wir das tun, habe ich das Gefühl, dass sich in dieser Stille etwas, was tief in uns ist, vom einen auf den anderen zubewegt. Oft denke ich, dass all unsere Worte nur dazu dienen, Raum für diese Momente des Schweigens zu schaffen.

Auf dem Weg in die Küche rief er mir zu: »Lass dir Zeit. Sag einfach Bescheid, wenn du Lust auf Frühstück hast, dann lege ich los.«

Also habe ich mich noch mal genüsslich unter dem weißen Plumeau ausgestreckt. Ich ließ meinen Blick durchs Zimmer wandern, habe seine Kleidung, seine Bücher, seine Brille, die Lampe, die Krawatte betrachtet. Wie lange ich so dalag, weiß ich nicht, ich weiß nur, dass ich mich wohlfühlte und nirgendwo anders hätte sein wollen. In dem Moment hab ich gewusst, dass ich mich in ihn verliebt hatte.

Nicola ist anders als alle Männer und überhaupt alle anderen Menschen, die mir jemals begegnet sind. Er ist ein stolzer Mann, der in sich ruht, der mit den Augen lächeln kann und der mich vor allem auch zum Lachen bringt. Er besitzt die Fähigkeit, allen Situationen etwas Leichtes, Heiteres zu geben und Spannungen mit einem Wort oder einem Lächeln aufzulösen. Er hat eine feine Ironie, mit der er mir oft vor Augen führt, wie unwichtig im Grunde die Dinge sind, über die ich mich manchmal aufrege. Immer, wenn ich an ihn denke, muss ich lächeln, so wie in den Tagen nach unserer ersten Begegnung, als der Pförtner mir die Briefe, Blumen oder Nachrichten übergab, die Nicola für mich abgegeben hatte. Weil wir in vielen Dingen sehr verschieden sind, habe ich anfangs gedacht, wir könnten uns niemals wirklich nahekommen. Da lag ich falsch. Durch unsere Verschiedenheit bleibt nicht nur ein gesunder Abstand zwischen uns gewahrt, sie ist sogar zu einer der Stärken unserer Beziehung geworden, denn sie gibt uns die Möglichkeit, die Dinge immer aus mehreren Blickwinkeln zu betrachten.

Wenn ich jetzt zu ihm ziehe, dann nicht, weil ich denke, dass wir für immer zusammenbleiben werden, sondern weil er in diesem Augenblick der Mensch ist, neben dem ich am Abend einschlafen und am Morgen aufwachen möchte.

Vor einigen Tagen habe ich über mein Leben nachgedacht und mich gefragt, wie viele Männer nötig waren, bis ich für diesen bereit war. Doch dann habe ich begriffen, dass ich die Frage anders stellen muss: Wie viele Rollen habe ich erst spielen müssen, bis ich zu der Frau geworden bin, die für diesen Mann bereit ist?

Ich lege das Tagebuch in den Karton und mache ihn zu. Ich setze mich aufs Sofa, schaue mich um und verabschiede mich von meiner Wohnung. Ganz still sitze ich da und betrachte die Wände, bis mich plötzlich ein Geräusch irritiert: Ich sehe eine Fliege, die versucht, durch das geschlossene Fenster nach draußen zu gelangen. Immer wieder prallt sie gegen die Glasscheibe und versteht nicht, warum es kein Durchkommen gibt. Ich stehe auf und öffne das Fenster, um ihr den Weg ins Freie zu ermöglichen, doch sie scheint es nicht zu kapieren und fliegt immer weiter gegen die Scheibe an. Sie ist nicht in der Lage, den Ausweg zu sehen, dabei bräuchte sie nur ein ganz kleines Stück zur Seite zu fliegen und sie wäre frei. Stattdessen versucht sie es unbeirrbar immer wieder an derselben Stelle, so dass ich sie schließlich mit der Hand in die richtige Richtung scheuche. Sie fliegt erst ein Stück vom Fenster weg, und endlich findet sie den Weg nach draußen.

Nach dem Duschen ziehe ich ein geblümtes Kleid an und stecke mir die Haare hoch. Ich will wunderhübsch aussehen, wenn er kommt. Ich will jenen Ausdruck auf seinem Gesicht sehen, der mir sagt, dass ich für ihn die Allerschönste bin. Ich stecke mir Ohrringe an und löse eine Strähne aus der Frisur, so dass sie mir wie ganz natürlich ins Gesicht fällt. Auf meinem Handy kommt eine SMS an: »In fünf Minuten bin ich bei dir.«

Ich gehe hinaus und warte draußen auf der Treppe vor dem Haus. Die Straße ist menschenleer, der Himmel klar, die Sonne mild. Aus dem einzig verbliebenen Baum ist Vogelgezwitscher zu hören. Meine Haare sind noch ein wenig feucht vom Waschen. Die kühle Luft des Frühlingsmorgens prickelt auf meinem Gesicht und meinen bloßen Armen. Ich hüte meine Gefühle, als wären sie das Kostbarste, das ich besitze. Jetzt zum Beispiel empfinde ich Bezauberung und Glück. Empfindungen, die plötzlich einfach da sind, wie ein Geschenk, eine kleine Aufmerksamkeit, eine leichte Berührung. Ohne Eile lasse ich meinen Blick schweifen. Nichts bleibt mir verborgen, alles nehme ich wahr. Es ist, als würde die Welt sich vor mir auftun. In dieser Ruhe und Stille liegt etwas Wunderbares. Etwas tief in mir drin erkennt und begreift alles, was mich umgibt. Ganz unmittelbar.

Ein Auto fährt vor. Es ist Nicola. Er lächelt mir zu und setzt sich neben mich.

»Du siehst nicht aus wie jemand, der gerade mitten in einem Umzug steckt.«

»Ich mache eine Pause.«

Er beugt sich mir zu und küsst mich auf den Hals.

»Schon beim Aufwachen heute Morgen habe ich mich nach deinem Geruch gesehnt.«

Er öffnet die Papiertüte in seiner Hand, und mir steigt der Duft von warmen Croissants in die Nase.

»Heidelbeermarmelade, Schoko oder Vanille.«

Ich nehme mir eins.

»Was für eins hast du genommen?«
»Weiß ich nicht, ich lasse mich einfach überraschen.«
Lächelnd beiße ich hinein.

Fabio Volo im Diogenes Verlag

Einfach losfahren

Roman. Aus dem Italienischen
von Peter Klöss

Micheles Leben ist perfekt: Job, Freunde, Frauen – alles bestens. Bis sein engster Freund Federico aus heiterem Himmel beschließt, den Alltag hinter sich zu lassen und einfach loszufahren. Allein zurückgeblieben, stürzt er sich in die Eroberung von Francesca und hat Erfolg: Michele und Francesca sind für ein paar Monate im siebten Himmel. Doch bald lassen ihn Alltag und Routine zweifeln. Eine Nachricht von Federico rüttelt ihn wach, und nun beschließt auch er, einfach loszufahren.

»Ein frisch-frecher Roman über eine Männerfreundschaft und den mutigen Aufbruch in ein Leben abseits vorgegebener Wege.«
Frankfurter Allgemeine Zeitung

»Fabio Volo formuliert, wie es ihm sein Name, der im Deutschen ›Flug‹ bedeutet, vorschreibt: federleicht, traumwandlerisch sicher, schwebend schön.«
Hendrik Werner / Die Welt, Berlin

Auch als Diogenes Hörbuch erschienen,
gelesen von Heikko Deutschmann

Noch ein Tag und eine Nacht

Roman. Deutsch von Peter Klöss

Eines Morgens fällt Giacomo in der Straßenbahn eine junge Frau auf. Am nächsten Tag sitzt sie wieder da. Über Monate beobachtet Giacomo sie, ohne sie anzusprechen – das morgendliche Treffen wird für ihn zum geheimen Rendezvous. Als schließlich sie ihn an-

spricht, ist er für ein paar Sekunden auf Wolke sieben. Gleich darauf schlägt er aber hart auf dem Boden auf: Denn Michela geht fort. Für immer. Nach New York. Giacomo versucht, Michela zu vergessen, sich für andere Frauen zu interessieren. Doch schließlich packt er seinen Rucksack und reist ihr hinterher.
Verspielt, berührend, sexy – die Liebesgeschichte von Michela und Giacomo vor der traumhaften Kulisse Manhattans hat in Italien schon über eine Million Leser begeistert.

»Fabio Volo beschreibt eine dritte Form von Liebe: keine simple Bettgeschichte, keine Für-immer-und-ewig-Geschichte, sondern eine Lovestory nach dem Motto: ›Sehen wir mal, ob wir fähig sind, uns wenigstens für eine bestimmte Zeit aufrichtig zu lieben.‹«
La Repubblica, Rom

Zeit für mich und Zeit für dich

Roman. Deutsch von Peter Klöss

Lorenzo wurde im Leben wenig geschenkt: Er ist in einfachen Verhältnissen aufgewachsen und musste all seine Kraft darauf verwenden, sich durchzuboxen. Beruflich hat ihm das zu einer Traumkarriere in der Werbung verholfen, seine Familie und seine Freundin kamen jedoch zu kurz. Nun hat ihn Federica verlassen – und sein Vater sich enttäuscht von ihm abgewendet. Lorenzo setzt alles daran, die beiden geliebten Menschen zurückzugewinnen – doch womöglich ist es schon zu spät.
Zeit für mich und Zeit für dich ist die Geschichte eines jungen Mannes, der auf der Suche nach der verlorenen Liebe zu mehr Echtheit und zu sich selbst findet.

»Fabio Volo hat erneut ein fesselndes Buch über die süßen und bitteren Seiten des Lebens geschrieben.«
Alexandra Kraus / Kölner Stadt-Anzeiger